SHERRILYN KENYON

Herrin der Dämmerung

Buch

Cratus hat stets unbarmherzig für die alten Götter gekämpft, die ihn geschaffen haben – bis er alles aufgab und ins selbst gewählte Exil ging. Delphine dagegen hat die letzte Ewigkeit damit verbracht, die Menschheit vor uralten Feinden zu beschützen, die es auf deren Träume abgesehen haben. Doch ihre Gegner werden immer stärker, und Delphines Verbündete haben sich von ihr abgewandt. Nun liegen all ihre Hoffnungen auf Cratus und seinen überragenden Fähigkeiten – aber Cratus hat sich geschworen, nie wieder in einen Kampf zu ziehen. Doch die Zeit wird immer knapper …

Autorin

Die promovierte Historikerin Sherrilyn Kenyon schreibt seit ihrem zehnten Lebensjahr und ist mittlerweile eine der erfolgreichsten Autorinnen weltweit. Unter ihrem Pseudonym Kinley MacGregor veröffentlichte sie höchst erfolgreich Highland-Sagas. Doch vor allem mit ihren *Dark-Hunter*-Romanen begeistert sie ihre Leser und erobert seit Jahren regelmäßig Spitzenplätze der *New-York-Times*-Bestsellerliste. Gemeinsam mit ihrem Mann und drei Söhnen lebt Sherrilyn Kenyon in Tennessee.

Von Sherrilyn Kenyon bereits erschienen:

Magie der Sehnsucht (36686), Nächtliche Versuchung (36687), Im Herzen der Nacht (36688), Prinz der Nacht (37121), Geliebte der Finsternis (37229), Herrin der Finsternis (37230), Geliebte des Schattens (37606), Wächterin der Dunkelheit (37607), Dunkle Verführung (37833), In den Fängen der Nacht (37953), Gebieter der Träume (26924), Lockruf der Finsternis (26967), Göttin der Nacht (26973), Süße Verdammnis (26974), Prinz der Ewigkeit (6045), Königin der Dunkelheit (6059), Gebieterin der Schatten (6086)

Sherrilyn Kenyon

Herrin der Dämmerung

Roman

Deutsch
von Larissa Rabe

blanvalet

Die Originalausgabe erschien 2009 unter dem Titel
»Dream Warrior« bei St. Martin's Press, New York.

MIX
Papier aus verantwortungsvollen Quellen
FSC® C014496

Verlagsgruppe Random House FSC® N001967

1. Auflage

Redaktion: Regine Kirtschig
Umschlaggestaltung: www.buerosued.de
Umschlagabbildungen: Getty Images / CoffeeAndMilk;
www.buerosued.de
JvN · Herstellung: sam
Satz, Druck und Bindung: GGP Media GmbH, Pößneck
Printed in Germany
ISBN 978-3-7341-0214-1
www.blanvalet.de

Besuchen Sie uns auch auf www.facebook.com/blanvalet und
www.twitter.com/BlanvaletVerlag

Prolog

Sie würden ihn holen kommen.

Cratus stand auf dem höchsten Punkt des Olymps und betrachtete einen wunderbaren Sonnenuntergang. Die warmen Farben breiteten sich über den Horizont, während der Himmel allmählich dunkler wurde. Es erinnerte ihn an einen strahlenden Feueropal, der funkelte und blitzte. Nirgendwo war dieses Schauspiel atemberaubender anzusehen als hier oben auf dem Olymp, und er wollte es ein letztes Mal genießen, ehe er sich seiner wohlverdienten Strafe stellte.

Er würde nicht um Schonung bitten, das war unnötig. Er kannte den Zorn des Zeus besser als irgendjemand sonst, denn er war viele Jahrhunderte lang der Hammer des Zeus gewesen und hatte seine Urteile in die Tat umgesetzt.

Nun wäre er derjenige, den das Urteil traf.

»Wenn du fliehst, komme ich mit.«

Er warf einen Blick auf die kleine Gestalt seiner Schwester Nike. Seine Schwingen waren schwarz, ihre hingegen schneeweiß. Ihr dunkles lockiges Haar wurde von einem weißen Band zusammengehalten, das zu ihrem Kleid passte. Nike war die Verkörperung des Sieges und schon sein ganzes Leben lang seine Helferin.

Gemeinsam mit ihrem Bruder und ihrer Schwester waren sie die Wächter des Zeus gewesen. Der Vater der Götter hatte seine Beschützer sogar mehr geschätzt als die eigenen Kinder. Bis Cratus eine unverzeihliche Sünde begangen hatte: Er hatte jemanden verschont, den er hätte töten sollen. Es stand ihm nicht zu, die Urteile seines Herrn zu hinterfragen, er musste nur dessen Befehle ausführen. Er begriff selbst immer noch nicht richtig, warum er es eigentlich getan hatte. Die Götter wussten, dass ihm Mitgefühl völlig fremd war.

Doch nun stand er hier, er hatte sich schuldig gemacht …

Es ist Zeit zu sterben.

Cratus seufzte schwer. »Das kann ich nicht von dir verlangen, *akribos*. Noch stehst du in der Gunst des Zeus, setz das meinetwegen nicht aufs Spiel. Außerdem kann niemand der Gerechtigkeit des Olymps entkommen, das weißt du so gut wie ich. Wo ich mich auch verstecke, sie werden mich überall finden.«

Nike griff nach seiner Hand und drückte sie an die Wange. »Ich weiß, warum du es getan hast, und ich achte dich dafür.«

Doch das änderte nichts an den Tatsachen.

Was geschehen war, war geschehen. Jetzt blieb ihm nichts mehr, außer die Strafe anzunehmen.

Er blicke vom Sonnenuntergang zu seiner Schwester hinüber, die an seiner Seite stand, ihr schönes Gesicht war noch immer in seine starre Handfläche geschmiegt. Seit Beginn der Zeiten war sie die Einzige, der er je wirklich vertraut hatte. Seiner Schwester mit den eindringlich blassblauen Augen. Ihr Mut und ihre Loyalität waren unvergleichlich. Für Nike würde er absolut alles tun.

Aber er mochte sie nicht opfern, nur weil er sich so dumm verhalten hatte.

»Bleib hier oben, wo du sicher bist.«

Sie packte seine Hand noch fester. »Ich möchte lieber bei dir sein, Bruder. Bis zum Ende, so wie immer.«

Er strich ihr zärtlich über die Wange, dann ließ er die Hand sinken und blickte zum Fuß des Berges, wo die Tempel der Götter wie mit Edelsteinen besetzte Eier in Nestern von immergrünem Blattwerk zu liegen schienen. »Bleib hier, Nike … bitte.«

Sie nickte, aber er sah den Widerwillen in ihren Augen. »Nur, weil du es bist.«

Cratus reichte Nike seinen goldenen Helm als Erinnerung an die Schlachten, die sie gemeinsam geschlagen hatten, und küsste sie auf die Stirn. Dann ging er den Berg hinunter auf die Halle der Götter zu. Sein getriebener Schild wog genauso schwer wie sein Gewissen, und er lehnte sich auf seinen mächtigen Speer wie auf einen Wanderstecken.

Nike blieb zurück, wie sie es versprochen hatte, aber er spürte, dass ihr Blick auf ihm ruhte, als er davonging. Ihr Angebot, mit ihm zusammen zu fliehen, ging ihm durch den Kopf. Aber es lag nicht in seiner Natur, vor etwas davonzulaufen. Er war ein Krieger: Kämpfen war alles, was er konnte, und alles, wofür er lebte.

Er würde bis zum bitteren Ende kämpfen.

Mehr noch, er würde seinen Feinden nicht die Befriedigung gönnen, ihn in Ketten vor Zeus zu zerren. Er hatte sein ganzes Leben lang auf eigenen Füßen gestanden, und genau so würde er auch sterben.

Allein und ohne mit der Wimper zu zucken. Ohne Bettelei und ohne Furcht.

Das war wirklich ein passendes Ende. Er hatte im Namen des Zeus so viele Leben eiskalt beendet – was jetzt kam, wäre seine Buße.

Er blieb vor den Türen stehen, die zur Versammlung der Götter führten. In diesen Raum war er schon hunderttausend Mal getreten.

Heute wäre es das letzte Mal.

Mit hoch erhobenem Kopf stieß er die riesigen goldenen Türen auf, sofort schlug ihm gebannte Stille aus der Halle entgegen, wo alle den Atem anhielten und darauf warteten, wie Zeus ihn bestrafen würde.

Der Göttervater stand ganz still vor seinem Thron und blickte dunkel und bedrohlich. Cratus' Blick schweifte hinüber zur rechten Seite des Podestes, wo jahrhundertelang sein Platz gewesen war.

Das war er nun nicht mehr.

Er holte tief Luft, um sich Mut zu machen, und ließ noch auf der Türschwelle seinen Schild fallen. Der hohle, metallische Klang hallte laut in der Stille wider. Genauso leer und hohl war es auch in seinem Herzen.

Noch immer regte sich niemand.

Nicht einmal das Gewand einer Göttin raschelte.

Cratus hielt seinen Blick entschlossen auf Zeus gerichtet, hob den Speer über die Schulter und warf ihn mit solcher Kraft, dass er über dem Kopf von Zeus in der Wand stecken blieb – eine letzte Herausforderung, bei der jeder Gott im Saal erschrocken nach Luft schnappte.

Cratus zog sein Schwert, hielt es hoch über den Kopf und warf es Ares vor die Füße. Als Nächstes legte er Köcher und Bogen ab und reichte sie Artemis. Mit jedem Schritt, den er auf Zeus zu tat, zog er einen weiteren Teil seiner Rüstung aus und ließ ihn auf den Marmorboden fallen, wo er laut aufschlug. Zuerst seine Armschienen, dann die Beinschienen, seinen Harnisch und zum Schluss den Waffengurt.

Als er bei Zeus ankam, trug Cratus nur noch seinen braunen Lendenschurz. Er zog seine Schwingen ein und senkte den Kopf als Zeichen der stillen Unterwerfung vor dem König der Götter.

Zeus stieß einen lauten Fluch aus, dann zog er einen Blitz aus seinem leuchtenden Köcher und schleuderte ihn Cratus mitten ins Gesicht.

Auge und Wange explodierten in pochendem Schmerz.

Cratus bedeckte das Gesicht mit der Hand und spürte, wie warmes Blut zwischen seinen Fingern aus der Wunde strömte.

»Wie kannst du es wagen herzukommen, nach allem, was du getan hast! Niemand fordert mich so heraus!«

Der nächste Schlag warf Cratus um und ließ ihn über den Boden schlittern. Der kalte Marmor riss ihm die Haut auf und prellte seine Muskeln.

Neben den Füßen von Apollo blieb er liegen. Der schaute voller Verachtung auf ihn hinunter und grinste spöttisch, dann wich er zurück und trat aus der Schusslinie des Zeus.

Cratus wischte sich das Blut von der Wange, das von seinem Gesicht zu Boden tropfte, dann rappelte er sich hoch.

Aber er kam nicht weit.

Zeus stellte ihm den Fuß auf den Rücken und drückte ihn wieder hinunter, sodass er auf dem Bauch lag. »Du hast dich meinem Befehl widersetzt. Du sollst mich um Gnade anbetteln.«

Cratus schüttelte den Kopf. »Ich bettle nicht.«

Zeus drehte ihn mit einem Tritt auf den Rücken und schleuderte einen Blitz durch seine Schulter, der ihn an den Boden nagelte. Cratus spürte den durchdringenden Schmerz bei jedem Herzschlag und schrie laut auf.

»Du frecher Hund. Selbst jetzt wagst du es noch, mich herauszufordern?«

»Ich werde nicht …« Seine Worte gingen in ein Knurren über, als Zeus weitere Blitze auf ihn schleuderte, zuerst in seine Seite und dann in die andere Schulter.

Zeus verzog den Mund und trat zurück. Er ließ seinen gebieterischen Blick über die versammelten Götter gleiten. »Ist einer unter euch, der für diesen aufsässigen Wurm eintreten will?«

Mit dem unverletzten Auge schaute Cratus die Seinen an.

Einer nach dem anderen wandte sich ab: Hera, Aphrodite, Apollo, Athene, Artemis, Ares, Hephaistos, Poseidon, Demeter, Helios, Hermes, Eros, Hypnos … und alle anderen. Aber diejenigen, bei denen es wirklich schmerzte, waren seine Mutter, sein Bruder Zelos und seine Schwester Bia.

Sie traten zurück und schauten weg, Scham lag auf ihren Gesichtern.

So sei es denn.

Im Herzen wusste er, dass Nike für ihn eingetreten wäre. Aber sie hatte getan, worum er sie gebeten hatte, und war der Versammlung ferngeblieben.

Zeus durchbohrte ihn mit einem weiteren Blitz, der wahrscheinlich auch geschmerzt hätte, wenn sein Körper noch in der Lage gewesen wäre, Schmerz zu empfinden. »Es scheint ganz so, als wärst du hier allen egal.«

Na, so eine Überraschung! Cratus lachte und spuckte Blut, als er sich an den Tag erinnerte, an dem er Hephaistos gezwungen hatte, Prometheus als Strafe für alle Ewigkcit an einen Felsen zu schmieden. Der Gott war unwillig gewesen, seine Befehle auszuführen, und hatte Cratus als mitleidslos beschimpft, weil er darauf bestanden hatte, dem herzlosen Gebot des Zeus müsse unbedingt Folge geleistet werden.

Cratus hatte sich damals über das lächerliche Mitgefühl des Hephaistos lustig gemacht. Er hatte dem Gott gesagt, es sei besser, der Strafende zu sein als das Opfer.

Jetzt war er also an der Reihe. Kein Wunder, dass niemand für ihn eintreten wollte.

Er hatte es nicht anders verdient.

Zeus packte ihn an der Kehle und riss ihn vom Boden hoch. Sein ganzer Körper war gefühllos von den pulsierenden Blitzen, die ihm noch immer im Fleisch steckten. Cratus konnte nichts weiter tun, als den König der Götter anzustarren.

»Wirst du deine Waffen wieder aufnehmen und erneut für mich kämpfen?«

Cratus schüttelte den Kopf. Nie wieder würde er wie ein willenloser Köter jeder Laune seines Herrn folgen.

»Dann sollst du in alle Ewigkeit leiden, du wirst mich jeden Tag um Gnade anbetteln.«

Kapitel 1

New Orleans, 2009
6000 Jahre später …
Ungefähr jedenfalls
(Es können auch ein paar Jahrhunderte mehr oder weniger sein …)

Delphine hielt kurz inne, um sich zurechtzufinden. Sie betrachtete die alten Gebäude mit den schmiedeeisernen Balkongittern und den kunstvollen Schnitzarbeiten. Viele Fenster waren mit Brettern zugenagelt. Eine merkwürdige Stadt … Andererseits hielt sie sich gewöhnlich nicht in der Sphäre der Sterblichen auf – außer in den Träumen der Menschen. Aber darin sah deren Welt völlig anders aus.

Sie war verblüfft, wie unglaublich hell und laut dieser Ort war, ganz zu schweigen von dem schrecklichen Gestank von etwas, das irgendeine Art von Ausscheidung sein musste …

Sie zuckte erschrocken zusammen, als ein Auto durchdringend laut an ihr vorbeisauste.

Phobos packte sie am Arm und riss sie neben sich auf den unebenen Gehweg. »Sei vorsichtig! Wenn du von einem Auto angefahren wirst, tut es weh.«

»Tut mir leid, ich hab nicht aufgepasst.«

Er nickte und blickte die Straße entlang. Mehrere Autos parkten vor einer Reihe Häuser, die eng aneinandergebaut waren.

»Das da drüben müsste die Autowerkstatt sein.«

Sie folgte seiner ausgestreckten Hand mit dem Blick. LANDRY'S GARAGE, AUTOTEILE UND REPARATUR.

»Bist du sicher, dass er da ist?«

Phobos schaute sie überrascht an. »Die Frage ist nicht, ob er da ist, sondern wie er uns empfangen wird. Wir haben Glück, wenn er uns nicht die Eingeweide rausreißt.« Er fuhr mit der Hand über die Stirn und wischte sich den Schweiß ab, aber er schwitzte sofort wieder.

Delphine war noch nie im Leben an einem Ort gewesen, wo es so heiß war. Der arme Phobos trug auch noch schwarze Kleidung, war also nicht gerade passend angezogen. Er sah bei dieser Hitze so übel aus, wie sie sich fühlte. Sie hatte ihn immer für einen ziemlich attraktiven Gott gehalten, denn er hatte besonders schönes Haar und scharf geschnittene Gesichtszüge.

Außerdem war er groß und geschmeidig und bewegte sich rasch und sicher. Das erschreckte seine Feinde und machte ihn im Kampf zu einem tödlichen Gegner. Es war seine Aufgabe, Furcht und Schrecken zu verbreiten. Einmal hatten er und sein Zwillingsbruder Deimos auf den antiken Schlachtfeldern ganz besonders schlimm gewütet. In den letzten Jahrhunderten waren sie die Krieger der Furien geworden und bestraften alle, die die Götter verärgert hatten.

Bis sich vor zwei Tagen auf einmal alles geändert hatte …

Bei der Erinnerung daran überlief Delphine ein Schauer. Obwohl sie eigentlich keine Gefühle haben sollte, verspürte sie noch immer einen Druck im Magen, als sie an den Schrecken dachte, den sie miterlebt hatte. Sie wären sicher noch einige Zeit damit beschäftigt, ihre Welt nach dem bösartigen Angriff Noirs wieder in Ordnung zu bringen.

»Wieso haben sie ausgerechnet uns für diese Mission ausgewählt?«, fragte sie Phobos.

»Wir waren nicht dabei, als Zeus ihn verbannt hat, deswegen wird er uns vielleicht nicht ganz so sehr hassen, wie er die anderen Götter hasst.« Er schnaubte spöttisch. »Und was am wichtigsten ist: Wir gehören zu der kleinen Handvoll Götter, die weder gefangen genommen wurden noch tot sind.«

Na, das war ja nun kein bisschen tröstlich …

Und es bedeutete auch nicht unbedingt, dass Cratus ihnen zuhören würde. Von seiner Hilfe gar nicht zu reden. »Glaubst du, wir haben eine Chance?«

»Ungefähr die gleiche Chance wie ein Eiszapfen am Äquator. Aber Cratus bezieht seine Kräfte von der Ersten Macht des Seins, die auch Noir hervorgebracht hat. Wenn wir ihn nicht auf unsere Seite holen können, sind wir am Arsch.«

Sie wusste immer noch nicht recht, was sie von der Sache halten sollte. Zeus hatte sie beide hergeschickt, damit sie einen Ex-Gott um einen Gefallen baten, der sie wahrscheinlich in der Luft zerreißen würde, sobald sie nur bei ihm auftauchten. Delphine war Cratus nie begegnet, aber sein Ruf eilte ihm voraus.

Er hatte mit niemandem Mitleid.

Und er war ebenso brutal wie zielstrebig und entschlossen. Obwohl Zeus ihm seine Kräfte als Gott genommen hatte, fürchteten ihn die anderen Götter noch immer. Das allein sagte schon viel über seine Persönlichkeit aus. Hephaistos selbst hatte sie gewarnt, dass man mit Cratus nicht vernünftig reden könnte.

Er hatte ihn als zornig und niederträchtig beschrieben.

Und diese Einschätzung stammte aus der Zeit, ehe er durch seine Strafe völlig übergeschnappt war.

»Bist du sicher, dass es keine andere Möglichkeit gibt?«

Phobos' Gesicht verdüsterte sich. »Die Hälfte deiner Leute ist tot, und jedes Mal, wenn meine Leute sich auch nur einen Schritt vor die Türe trauen, werden sie zurückgeprügelt bis in die Steinzeit. Glaub mir, diesem Drecksack Honig ums Maul zu schmieren, ist das Letzte, wozu ich Lust habe.«

Aber es war ein notwendiges Übel.

»Eigentlich ist ja Zeus derjenige, der hier als Bittsteller vorsprechen müsste«, murrte sie und wischte sich ihrerseits den Schweiß von der Stirn.

Phobos schnaubte nur. »Und, willst du ihm das vielleicht sagen?«

Wohl kaum. Der oberste Gott ließ nicht zu, dass ihn irgendjemand kritisierte. Sie kniff die Augen zusammen. »Das hier war deine geniale Idee, Phobos. Also geh du vor.«

»Was ist denn mit dir los – hast du etwa Angst?«

Delphine schaute ihn böse an. Sie hatte mehr Gefühle als die meisten anderen Dream Hunter, aber im Vergleich zu einem Menschen war sie so gut wie gefühllos. »Wenn ich könnte, würde ich dich jetzt wahrscheinlich hassen.«

Er sog scharf den Atem durch die Zähne. »Tja, den besten Sex hat man mit einer Frau, wenn sie richtig sauer und wütend ist.«

»Das kann ich kaum bestätigen, ich hatte schließlich noch nie Sex mit einer Frau.« Sie stieß ihn leicht mit der Schulter an, damit er weiterging. »Wir sind auf einer Mission, Dolophonos. Denk dran: Wenn wir versagen, stirbt dein Zwillingsbruder.«

»Du kannst dir sicher sein, dass ich das nicht vergessen habe.« Entschlossen überquerte er die Straße.

Delphine folgte ihm, obwohl sie ihr schlechtes Gefühl nicht loswurde. Das hier würde nicht gut ausgehen, das wusste sie.

Sie betraten das Büro der Autowerkstatt. An einem ramponierten Metallschreibtisch saßen ein kleines Mädchen, das auf einem Blatt Papier herumkritzelte, und eine Frau von etwa dreißig Jahren. Sie war recht hübsch, hatte braune Augen und dunkles Haar und lächelte freundlich, als sie die beiden sah. »Was kann ich für Sie tun?«

Phobos trat an Delphine vorbei vor den Schreibtisch. »Wir suchen einen Typen namens Cratus.«

Sie runzelte die Stirn. »Ich kenne niemanden, der so heißt, tut mir leid. Vielleicht arbeitet er in der Werkstatt weiter hinten die Straße runter?«

Phobos kratzte sich am Kopf, offensichtlich war er genauso baff wie Delphine. »Ich weiß ganz sicher, dass er in dieser Werkstatt hier arbeitet, glauben Sie mir. Meine Quellen sind über jeden Zweifel erhaben.«

Das kleine Mädchen wischte sich die Nase ab und schob sich mit dem Knöchel die Brille zurecht. »Haben die beiden ihren Freund verloren, Mami?«

»Mach du weiter deine Hausaufgaben, Mollie.« Sie wandte sich wieder an Phobos. »Es tut mir wirklich leid, aber ich habe den Namen Cratus noch nie gehört. Ich arbeite seit fünf Jahren hier und kann Ihnen versichern, dass keiner von unseren Jungs so heißt. So einen Namen vergisst man ja schließlich nicht, oder?« Das Telefon klingelte, und sie streckte die Hand aus. »Kann ich sonst noch was für Sie tun?«

»Nein.« Phobos trat an das große Fenster, durch das man vom Büro in die Werkstatt schauen konnte. Hier arbeiteten Männer in grauen und blauen Overalls an verschiedenen Autos.

Delphine trat neben ihn und erstarrte, als sie den Mann sah, den sie suchten.

Bei allen heiligen Göttern …

Diesen Mann konnte man wirklich nicht übersehen.

Kein Wunder, dass er der Gott der Kraft war, der Sohn des Kriegshandwerks … Aus jeder einzelnen Pore strömte er Macht und Furchtbarkeit aus. Er war über eins achtzig groß und außerordentlich muskulös. Während sie zu ihm hinüberschaute, wischte er sich mit einem dunkelblauen Lappen Schmierfett von den Händen. Seinen grauen Overall trug er nur zur Hälfte, der Reißverschluss war geöffnet, und die Ärmel hatte er sich um die schmalen Hüften geschlungen. Er trug ein schwarzes Tanktop, das seine Muskeln noch besser zur Geltung brachte, und seine Arme waren von den Handgelenken bis zu den Schultern mit schwarzen Tattoos bedeckt.

Aber es war sein Gesicht, bei dem es ihr den Atem verschlug. Sie hatte noch nie einen so schönen Mann gesehen, obwohl sich über die rechte Seite seines Gesichts vom Haaransatz bis zum Ohrläppchen eine zerklüftete Narbe zog. Über dem rechten Auge trug er eine schwarze Augenklappe, und so tief, wie die Narbe war, fragte sich Delphine, ob er das Auge vollständig verloren hatte.

Doch die Narbe beeinträchtigte seine Schönheit in keiner Weise, sondern verstärkte sie fast, indem sie sein Gesicht noch wilder erscheinen ließ. Das pechschwarze Haar war verschwitzt und lockte sich leicht um sein Gesicht, das scharfkantig geschnitten war wie Metall und auf dem ein leichter Bartschatten lag.

Von jedem Zentimeter seines Körpers ging eine wilde Kraft aus. Er gehörte auf ein Schlachtfeld, so stark und tödlich wie er wirkte, ein Schwert in der Hand, mit dem er seine Feinde tötete und verstümmelte – und nicht in eine Autowerkstatt.

Er war alles, was sie über ihn gehört hatte, und noch mehr.

Die Götter mochten ihnen gnädig sein …

Sie wäre überrascht, wenn er sie beide nicht umbrachte.

Phobos sah sie über die Schulter hinweg an. »Er ist es.«

Die Sekretärin legte auf und runzelte die Stirn, als sie Cratus durchs Fenster sah. »Ach so, Sie suchen Jericho?«

Phobos wandte sich zu ihr um. »Sie meinen Cratus.«

Sie zeigte auf den Mann, den Delphine angestarrt hatte.

»Das da ist Jericho Davis. Er arbeitet erst seit ein paar Wochen hier. Ist er mit dem Gesetz in Konflikt geraten oder so was in der Art? Wenn etwas gegen ihn vorliegt …«

»Nein, nein, gar nicht.« Phobos warf ihr ein geradezu charmantes Lächeln zu. »Wir sind alte Freunde von ihm.«

Sie kniff misstrauisch die Augen zusammen. »Tja, aber wenn er gar nicht Jericho Davis heißt, dann müssen wir das wissen. Landry nimmt es damit wahnsinnig genau und achtet darauf, dass seine Leute sich an die Gesetze halten. Wir stellen keine Ex-Sträflinge oder sonst irgendwelche dahergelaufenen Leute ein. Das hier ist ein anständiger Betrieb, und wir wollen, dass es so bleibt.«

Phobos hob beruhigend die Hand. »Keine Sorge, ich bin sicher, er ist kein Verbrecher. Ich muss nur mal kurz mit ihm reden.«

Die Sekretärin schnaubte. »Sie haben doch gesagt, Sie kennen ihn?«

»Das stimmt.«

»Wie wollen Sie denn mit einem Mann reden, der stumm ist?«

Phobos schaute Delphine an, die von dieser Enthüllung genauso überrascht war wie er selbst.

So grausam war doch sicher nicht einmal Zeus …

Aber natürlich, sie kannte doch Zeus! Bestimmt wäre er auch dazu in der Lage.

Der Gedanke machte sie regelrecht krank, und sie schaute wieder zu Jericho, wie er hier genannt wurde, der jetzt unter der Motorhaube eines Autos verschwunden war. Was genau hatte Zeus ihm angetan? Er hatte ihm seine Stellung und das Leben als Gott genommen, außerdem sehr wahrscheinlich auch die Stimme und ein Auge.

Dass sie von ihm noch Hilfe erhalten würden, wurde mit jedem Augenblick unwahrscheinlicher.

»Bleib du hier«, sagte Phobos und legte die Hand auf die Klinke der Tür, die vom Büro zur Werkstatt führte.

Gar kein Problem. Sie würde lieber einem tollwütigen Löwen gegenübertreten als von einem Mann, dem die Götter so übel mitgespielt hatten, einen Gefallen einzufordern. Warum um alles in der Welt sollte *dieser* Mann ihnen jemals helfen?

Sie hoffte trotzdem das Beste und ging zum Fenster, um Phobos zu beobachten. Sie schloss die Augen und öffnete sich für den Äther, sodass sie ihre Unterhaltung mithören konnte.

Von der Werkstatt hörte sie laute metallische Geräusche, und dazu lief im Radio »Live Your Life« von T.I. Ein paar Männer schwatzten und scherzten bei der Arbeit. Einer sang das Lied aus dem Radio mit und traf keinen Ton, während er den Luftdruck in den Reifen eines roten Jeeps überprüfte.

Phobos blieb neben Cratus und dem weißen Intrepid stehen.

Cratus blickte auf, und sein Gesicht versteinerte sich. Sofort schaute er wieder nach unten und arbeitete weiter.

Phobos trat einen Schritt näher. »Wir müssen uns unterhalten.«

Cratus reagierte nicht.

»Cratus ...«

»Was haben Sie hier zu suchen?« Auf einmal stand ein älterer Mann in einem Overall neben Phobos. »Wenn Sie mit dem guten Jericho hier reden wollen, dann verschwenden Sie nur Ihre Zeit, der Junge kann nicht sprechen.« Der Mann schüttelte den Kopf. »Muss er auch nicht. Wie er die Autos wieder zum Laufen kriegt, grenzt schon an Zauberei.« Er schaute zu den anderen Mechanikern hinüber und lachte. »Der Typ hier will ein Schwätzchen mit Jericho halten ...« Seine Angestellten stimmten in das Gelächter ein, dann ging der Mann weiter zu dem Jeep, an dem der singende Mann arbeitete.

»Jericho«, versuchte Phobos es noch einmal, »bitte hör mir nur eine Minute zu.«

Wenn Blicke töten könnte, wäre Phobos sofort Geschichte gewesen. Jericho warf den Schraubenschlüssel kurz in die Luft und drehte ihn um, dann ging er zum nächsten Auto.

Phobos schaute zu Delphine hinüber, die hilflos die Schultern zuckte. Sie hatte keine Ahnung, wie man Cratus überzeugen könnte.

Seufzend folgte Phobos ihm. »Nun komm schon, ich …«

Jericho wirbelte so schnell herum, dass Delphine mit den Augen kaum folgen konnte, da lag Phobos schon auf der Motorhaube eines Wagens und hatte eine Hand an der Kehle. »Verpiss dich und verrecke, du mieser Dreckskerl«, knurrte Cratus in der altgriechischen Sprache der Götter und schlug Phobos' Kopf kräftig gegen die Motorhaube.

Alle Mechanikerkollegen, die sein tiefes Knurren gehört hatten, hörten auf zu arbeiten und starrten ihn an.

»Verdammt noch mal«, sagte ein großer, schlanker Schwarzer, »er kann ja auf einmal sprechen. Weiß jemand, was das für eine Sprache war?«

»Russisch vielleicht?«

»Nee, ich glaub Deutsch.«

»Kumpel«, sagte ein jüngerer Kollege und zupfte Cratus am Ärmel, »wenn du eine Delle in die Motorhaube machst, zieht der Chef dir das vom Lohn ab.«

Cratus verzog das Gesicht und schleuderte Phobos weg, als wäre er eine Puppe. Er rollte ein ordentliches Stück über den Boden, bis er sich endlich aufrappeln konnte.

Erschrocken stand er wieder auf und sprach ebenfalls in ihrer alten Sprache, sodass die Menschen sie nicht verstehen konnten. »Cratus, wir brauchen deine Hilfe.«

Cratus ging an Phobos vorbei und stieß ihn mit der Schulter so heftig an, dass er vor Schmerz das Gesicht verzog und sich den Arm hielt. Er ging zum Intrepid zurück. »Cratus gibt es nicht mehr.«

»Du bist der Einzige, der …«

Cratus knurrte ihn an. »Du bist für mich gestorben. *Ihr alle!* Und jetzt raus hier.«

Delphine schaltete sich in die Gedanken von Phobos ein. »Soll ich reinkommen?«

»Nein, ich glaube nicht, dass du helfen könntest.« Phobos wandte sich erneut an Cratus. »Das Schicksal der ganzen Welt liegt in deinen Händen. Ist dir das völlig gleichgültig?«

Der wilde Blick, den Cratus ihm zuwarf, war Antwort genug. Und außerdem besagte er noch, dass Phobos sich zur Hölle scheren und verrecken sollte.

Delphine seufzte. Was sollten sie jetzt machen? Sie brauchten den Gott der Kraft. Jemanden, der sich Nachschub von der Ersten Macht des Seins holen konnte, um das bösartigste aller Wesen zu bekämpfen. Ohne Cratus hätten sie keinerlei Chance, gegen Noir und seine Armee von Skoti zu siegen.

Der ältere Mann ging hinüber zu Cratus. »Woher stammst du denn, Junge?«

Cratus schenkte ihm keine Beachtung, sondern kehrte schweigend zu seiner Arbeit zurück.

Phobos folgte ihm beharrlich. »Zeus ist bereit, dir zu vergeben, was du getan hast. Er bietet dir an, dass du wieder ein Gott werden kannst. Wir brauchen dringend deine Hilfe.«

Als Cratus sich immer noch weigerte, ihm zu antworten, seufzte Phobos frustriert. »Schau mal, ich versteh ja, warum du so wütend bist, aber hier steht das Leben meines Bruders auf dem Spiel. Wenn du mir nicht hilfst, bringt Noir ihn um.«

Cratus arbeitete weiter und regte sich ansonsten nicht.

In Phobos' Kiefer begann ein Muskel zu zucken. »Na schön. Wenn es mit der Welt zu Ende geht und alle tot sind, denk dran, dass du der Einzige warst, der das hätte verhindern können.«

Cratus ignorierte ihn weiterhin.

Phobos drehte sich um und ging zurück zu Delphine.

Sie erwartete, dass Cratus es sich jeden Augenblick überlegte und Phobos zurückrief. Aber er schien wirklich genau das gemeint zu haben, was er gesagt hatte: Es war ihm gleichgültig.

Selbst sie, die nur ganz eingeschränkte Gefühle besaß, hatte noch mehr davon, als dieser Mensch zeigte.

»Wir sind so gut wie tot«, sagte Phobos grimmig, als er zu ihr zurückkehrte. »Vielleicht sollten wir versuchen, zu den Gegnern überzulaufen, bevor sie Hackfleisch aus uns machen.«

Delphine warf einen hoffnungslosen letzten Blick auf den Mann in der Werkstatt. »Vielleicht sollte ich es mal versuchen?«

Er schüttelte den Kopf. »Man dringt gar nicht zu ihm durch. Dem ist nicht mehr zu helfen.«

»Ich kann versuchen, ihn heute Nacht in seinen Träumen anzusprechen, da kann er nicht vor mir fliehen.«

Phobos sagte nicht, sie solle es lassen, aber sie konnte ihm ansehen, dass er es für Zeitverschwendung hielt. »Brauchst du Verstärkung?«

»Ich glaube, es ist besser, wenn ich es allein versuche.«

Phobos schnaubte. »Na, dann viel Glück. Wenn du mich brauchen solltest, ich bin immer in der Nähe.«

Delphine schaute noch einmal zurück zu Cratus. Er arbeitete, aber am Ausdruck seines verbliebenen Auges konnte sie erkennen, dass er Qualen litt, so tief und zerfleischend, dass es sie für ihn schmerzte.

Wie merkwürdig, solche Gefühle zu haben. Aber das änderte nichts. Sie musste ihre Mission erfüllen.

Wir sehen uns heute Nacht. Sie wollte auf keinen Fall versagen.

Jericho hielt inne. Schmieröl überzog das Tattoo mit den Worten der Verdammnis, die ihm seine eigene Mutter auf Befehl des Zeus in die Haut gebrannt hatte. Alte Erinnerungen durchzuckten ihn erneut, als er daran dachte, wie die Götter des Olymps sich gegen ihn gewandt hatten.

Und alles nur, weil er sich geweigert hatte, ein kleines Kind umzubringen. Wenn er die Augen schloss, erinnerte er sich an diesen alles entscheidenden Moment, als wäre es gestern gewesen. Die kleine Hütte … und die Schreie der Göttin, als sie um Gnade flehte.

»Bring mich um, aber nicht mein Kind, bitte! Beim Zeus, das Kind ist doch unschuldig! Ich werde alles tun, was du willst!«

Er hatte das Kind gepackt, in der festen Absicht, den Auftrag des Zeus auszuführen. Der Vater des Kindes wollte ihn von hinten angreifen, aber Dolor, der Gott des Schmerzes, packte ihn schon und metzelte ihn vor den Augen der Göttin nieder, die so verzweifelt versucht hatte, ihre Familie zu retten.

Die einzige Sünde des Kindes bestand darin, dass es das Licht der Welt erblickt hatte.

Als er in das winzige, vertrauensvolle Gesicht geblickt und das Baby ihn angelächelt hatte, völlig ahnungslos, was geschah, da war sein Entschluss ins Wanken geraten.

»Bring es um!«, hatte Dolor geknurrt.

Cratus hatte seinen Dolch gezückt, um dem Kind die Kehle durchzuschneiden. Doch das Baby hatte lachend die Hände nach ihm ausgestreckt. Seine Augen funkelten, und die winzigen Finger packten seine große Hand.

Also hatte er das Einzige getan, was ihm möglich gewesen war: Er hatte seine Kräfte eingesetzt, damit das Baby einschlief, dann hatte er es hinausgeschmuggelt und es Menschen auf dem Land gegeben, damit sie es aufzögen.

Ein einziger Moment des Mitgefühls.

Und als Folge davon eine Ewigkeit der Schande, des Missbrauchs und der Herabwürdigung.

Nach allem, was sie ihm angetan hatten, wagten sie es jetzt, ihn um einen Gefallen zu bitten! Sie mussten völlig von Sinnen sein.

Er war fertig mit ihnen.

»Hey, Mann«, sagte Darice und trat neben ihn. »Wieso hast du uns denn nicht gesagt, dass du doch sprechen kannst?«

Weil sich möglicherweise eine Freundschaft daraus entwickeln würde, wenn er mit Darice spräche. Und wenn er diesen Fehler machte, dann würde Darice vor seinen Augen sterben, brutal und mitleidslos.

Zeus hatte ihm alles genommen.

Also ignorierte er Darice und schraubte die Lichtmaschine ab, die ausgetauscht werden musste.

Darice knurrte unwillig. »Ist ja auch egal. Wahrscheinlich bist du dir zu gut dazu, dich mit Leuten wie uns abzugeben.«

Sollten sie doch denken, was sie wollten. Es war viel einfacher, als wenn er versuchen würde, ihnen eine Wahrheit zu erklären, die sie ohnehin nie würden akzeptieren können. Er stand völlig allein in der Welt. Wie immer.

Darice ging davon und arbeitete an dem Toyota weiter, der eben reingekommen war. Er und Paul rissen ein paar gutmütige Witze, während sie sich um den Kühler kümmerten und sich daranmachten, die Zündkerzen auszutauschen.

Jericho hatte gerade die Lichtmaschine herausgeholt, als ein Schatten auf ihn fiel. Er schaute hoch und sah den Eigentümer der Werkstatt, Jacob Landry, neben sich stehen. Er war klein und pummelig, hatte graues Haar, das sich allmählich lichtete, und seine Augen wirkten habgierig.

»Wie ich höre, gab es vorhin Ärger mit dir.«

Jericho schüttelte verneinend den Kopf.

»Oh doch. Außerdem hat Charlotte gesagt, dass du sehr wohl sprechen kannst. Stimmt das?«

Er nickte.

»Junge, warum belügst du mich denn? Als ich dich eingestellt hab, hab ich dir doch gesagt, dass ich keine Spielchen spiele. Wenn du hier arbeiten willst, bist du morgens pünktlich, lässt dein Privatleben außen vor und lügst mich nicht an. Comprende?«

»Ja, Sir«, sagte er und versuchte, den feindseligen Tonfall aus seiner Stimme herauszuhalten. Er hasste es, dass er Mistkerle wie diesen Mann anschleimen musste, nur damit er genug Geld fürs Essen verdienen konnte. »Kommt nicht wieder vor, Mr. Landry, versprochen.«

Landry piekste ihn in die Schulter. »Das will ich dir auch geraten haben.«

Jericho packte den Schraubenschlüssel fester und hätte Landry am liebsten gezeigt, wozu er fähig war. Es hatte eine Zeit gegeben, da hätte er jedem die Eingeweide herausgerissen, der es gewagt hätte, so mit ihm zu sprechen. Ganz zu schweigen davon, dass es niemand gewagt hätte, ihn zu berühren, ohne dass er ihm die Erlaubnis dazu erteilt hatte. Ehe er als Mensch gelebt hatte, erzitterte jeder, der mit ihm in Kontakt kam, aus Furcht vor seiner Stärke und Strenge.

Aber Landry piesackte andere gern. Er genoss sein bisschen Macht über die Leute, die für ihn arbeiteten. Und es ging ihm nur dann gut, wenn sie vor ihm katzbuckelten.

So sehr es Cratus auch ankotzte: Er brauchte diese Stelle. Die Welt wurde immer moderner, und es wurde immer schwieriger, Leute zu finden, die Personaldokumente zu einem vernünftigen Preis fälschen konnten, und Leute, die ihn einfach in Ruhe ließen.

Andere Unsterbliche durften ein Vermögen anhäufen, aber auch das stand für ihn außer Frage. Wenn er auch nur einen Dollar sparen wollte, sorgte Zeus dafür, dass er ihn wieder verlor. Ihm stieß dann eine Katastrophe nach der anderen zu.

Auf diese Weise lebte er nun schon so viele Jahrhunderte, dass er sie nicht einmal mehr zählte.

Er war nichts, und er würde nie wieder etwas besitzen, nicht einmal Würde.

Seufzend machte er sich wieder an die Arbeit. Er verabscheute sich und dieses Leben.

Das könntest du ändern …

Es musste wirklich schlimm um ihn stehen, wenn Zeus jemanden schickte, um ihn um Hilfe zu bitten.

Du könntest wieder ein Gott werden …

Dieser Gedanke quälte ihn. Es klang wirklich verführerisch – aber die Sache hatte einen Haken. Er müsste die Leute wiedersehen, die ihm einst den Rücken zugekehrt und ihn diesem armseligen Schicksal überlassen hatten. Jeder von diesen Dreckskerlen hatte ihn damals einfach ignoriert.

Jeder Einzelne.

Schlimmer noch, sie hatten ihn gefoltert.

Und zwar jede einzelne Nacht. Seit Tausenden von Jahren suchten ihn die Dolophoni, die Abkömmlinge der Furien, und die Götter des Traumes heim und brachten ihn um. Jeden Morgen wurde er erneut dazu verurteilt, dieses armselige Leben zu leben, genau da, wo es am Tag zuvor geendet hatte.

Sosehr er auch versuchte, sie abzuschütteln, er konnte sie nicht besiegen. Sie rissen ihn genussvoll zu Boden und prügelten auf ihn ein, sie fügten ihm Wunden zu, damit er zur Strafe die schlimmsten Schmerzen erlitt. Sie hatten ihm jedes Organ seines Körpers schon so oft herausgerissen, dass sich der Schmerz bereits in den Genen eingenistet hatte. Er fürchtete die Nächte und die Schrecken, die sie mit sich brachten.

Erst letzte Nacht hatten ihm zwei Dolophoni das Herz aus dem Leib geschnitten …

Wieder einmal.

Er würde ihnen nie vergeben, was sie ihm angetan hatten. Wenn die Welt bedroht war – was ging ihn das an? Wenn alles ein Ende fand, dann hätte er wenigstens seinen Frieden.

Vielleicht würde er dann endgültig tot bleiben, nachdem er wieder einmal gestorben war.

Delphine kehrte auf den Olymp zurück und verbrachte den restlichen Tag damit, ihre Zielperson auszuforschen. Stundenlang sah sie zu, wie er allein vor sich hin arbeitete. Während die anderen Männer miteinander lachten und scherzten, hielt er sich abseits, verbittert und allein. Ab und zu sah sie, wie er zu den anderen hinüberschaute und deren Kameradschaft mit einem Funken derartigen Verlangens betrachtete, dass es sie schmerzte.

Aber die anderen ignorierten ihn, als wäre er unsichtbar.

Um halb sieben wusch er sich, während die anderen schon fertig waren und gingen. Er zog sich den Mechaniker-Overall aus, stopfte ihn in einen abgenutzten schwarzen Rucksack, den er sich über die Schulter warf, und ging hinaus zu einem Motorrad älteren Baujahrs.

Unterwegs hielt er kurz an und kaufte in einem kleinen Eckladen Brot, Hühnchen, Salat, einen Taschenbuch-Roman und ein Sixpack Bier. Ohne ein Wort mit jemandem zu wechseln, bezahlte er, packte die Sachen in den Rucksack und fuhr nach Hause in sein winziges Einzimmerapartment. Das war derart heruntergekommen, dass sich sogar der abgewetzte, beschädigte Linoleumbelag in der Mitte des Zimmers abgesenkt hatte. Delphine fragte sich, wieso das Gebäude noch nicht über ihm zusammengestürzt war.

Es war das Deprimierendste, was sie je gesehen hatte.

Möbel gab es überhaupt keine, nicht mal einen Fernseher oder einen Computer. Eine zerschlissene Decke am Fenster diente als Vorhang, und das Bett bestand aus einer abgewetzten Decke auf dem Boden. Es gab ein einziges Kissen, das so alt und durchgelegen war, dass es wahrscheinlich keinen Unterschied machte, ob man darauf lag oder nicht. Dann lagen da noch ein zweites Paar Schuhe, ein kleines Häufchen Kleidung und eine alte Wolljacke.

Das war alles.

Es ging ihr ans Herz, als sie sah, wie er eine Flasche Bier aufmachte, den Overall im Waschbecken wusch und ihn dann zum Trocknen in dem heruntergekommenen Bad aufhängte. Er fuhr sich kurz mit der Hand durchs dunkle Haar, ging in die Küche, wo es keinen Herd gab, nur einen dreckigen alten Kühlschrank, und bereitete sich aus dem Brot, das er gekauft hatte, ein Sandwich zu. Das aß er in aller Ruhe, während er auf der Decke saß und in seinem Buch las.

Sobald er ein Geräusch hörte, schaute er erwartungsvoll auf, doch wenn er sicher war, dass es nichts mit ihm zu tun hatte, kehrte er wieder zu seiner Lektüre zurück.

Kurz nach Mitternacht seufzte er und schaute zur Decke hinauf. »Wo zum Teufel seid ihr, ihr Arschlöcher? Habt ihr Angst oder was?«

Er schwieg kurz, als erwarte er tatsächlich eine Antwort, sah sich wütend um und zerrte sich das Tanktop vom Leib. Delphine sah die schrecklichen Narben auf seiner Brust. Sie hätte sie für Wunden aus einer Schlacht gehalten, aber sie waren ungeheuer zerklüftet und schienen genau dort zu sein, wo die lebenswichtigen Organe saßen, als wären sie ihm schon mehr als einmal hasserfüllt aus dem Leib gerissen worden.

»Na schön«, sagte er mit vor Abscheu verzerrter Stimme, »aber versaut mir das Zimmer nicht zu sehr. Ich hab es satt, dass ich morgens immer als Erstes das ganze Blut wegputzen muss. Und versaut mir das Buch nicht, das würde ich zur Abwechslung gerne mal zu Ende lesen.« Er machte das Licht aus und legte sich schlafen.

Allein und einsam.

Mit wem hatte er denn da gesprochen?

Durch seine Strafe hat er den Verstand verloren … Hephaistos hatte sie gewarnt, dass sein geistiger Zustand sehr instabil sein könnte. Offenbar hatte er damit recht behalten.

Delphine saß in der Dunkelheit und wartete darauf, dass Cratus anfing zu träumen. Doch das dauerte ewig, denn er schien gegen den Schlaf anzukämpfen. Es war, als warte er darauf, dass jemand ihn angriff, und als wolle er dafür gewappnet sein.

Während sie wartete, hätte sie ihn gern getröstet und wusste doch nicht einmal, warum. So ein Gefühl hatte sie noch nie gehabt.

Wahrscheinlich lag es daran, dass sie wusste, wie einem zumute war, wenn man von der ganzen Welt getrennt war – zugegeben, es ging ihr nicht so krass wie ihm, aber sie erinnerte sich noch immer an das schreckliche Gefühl in ihrem früheren Leben. Als junge Frau hatte sie mitten unter den Menschen gelebt und gedacht, sie wäre auch ein Mensch. Selbst da hatte sie schon gewusst, dass mit ihr irgendetwas nicht stimmte. Sie hatte niemals solche Gefühle verspürt wie die anderen Menschen.

Erst als Teenager hatten sich ihre Kräfte voll entfaltet. Sie hatte große Angst gehabt, dass ihre Familie und ihre Freunde sich von ihr abwenden würden, und so hatte sie die Kräfte zurückgedrängt und niemandem davon und von ihren lebhaften Träumen erzählt.

Bis der Dream Hunter Arik ihr im Traum erschienen war und ihr erklärt hatte, wer und was sie in Wirklichkeit war. Er hatte ihr erklärt, dass ihre Mutter von dem Gott des Schlafes verführt worden war und dass sie aus dieser Beziehung entstanden war.

Bis zum heutigen Tage verdankte sie Arik ihre geistige Gesundheit. Er hatte ihr erklärt, wie die Oneroi – die Götter des Schlafes – erschaffen worden waren, damit sie sich um die Träume der Menschheit kümmerten. Jede Nacht hatte Arik Delphine im Traum besucht und sie unterrichtet, bis sie ihre Kräfte beherrschte. Sobald sie in der Lage gewesen war, ihre Kräfte gezielt einzusetzen, hatte er sie auf die Verschwindende Insel mitgenommen und sie den anderen Göttern vorgestellt.

Jahrhundertelang waren sie dort Freunde gewesen.

Irgendwann hatte Arik sich in einen Skoti verwandelt – einen der bösartigen Traumgötter, die Jagd auf die Seelen der Menschen machten, während diese schliefen. Doch sie war ihm so dankbar für seine Hilfe und Anleitung gewesen, dass sie ihn in der Sphäre des Traums niemals verfolgt hatte und ihn auch nicht bekämpfte, wie sie es bei anderen Skoti tat.

Aber Cratus hatte niemanden, der ihn schützte …

Das zeigte sich auf besonders brutale Weise, als einen Augenblick später die Luft um ihn herum zu surren begann. Delphine wollte schon einschreiten, aber ihr siebter Sinn riet ihr, noch zu warten.

Hier würde irgendetwas Schlimmes geschehen.

Sie konnte die Boshaftigkeit spüren. Eine wilde Kraft lief ihr über den Rücken, es war schmerzhaft, und plötzlich konnte sie sich nicht mehr rühren.

In Sekundenbruchteilen hatte sich das tödlichste aller Wesen neben dem schlafenden Cratus materialisiert. Auf den ersten Blick wirkte Azura klein und fast zerbrechlich. Aber dieses Aussehen täuschte. Sie war das personifizierte Böse und tödlicher als jedes andere Wesen, abgesehen von ihrem Bruder und ihrer Schwester. Sie hatte blaue Haut, sodass ihr Äußeres gut zu ihrem eiskalten Herzen passte. Haar, Augen, Wimpern und Lippen waren weiß wie Schnee. Sie trug ein schwarzes ledernes Neckholder-Top zu kurzen Hosen und kniete neben Cratus nieder.

Delphine wollte sich zu den beiden versetzen, aber es ging nicht.

Azura warf einen Blick über die Schulter und lächelte, als wüsste sie, dass Delphine sie sehen konnte. »Ihr werdet alle von dieser Welt verschwinden«, sagte sie leise, und dann berührte sie Cratus am Arm.

Er fuhr hoch und war sofort kampfbereit.

Azura wich ihm aus. »Beruhige dich, Titan. Ich bin nicht hier, um dir wehzutun.«

Cratus erstarrte, als er sich plötzlich in Gesellschaft von jemandem befand, der zu den ursprünglichen Göttern des Universums gehörte. Das einzige Problem war, dass Azura das personifizierte Böse darstellte. Zugegeben, sie war nicht ganz so unheimlich wie ihr Bruder Noir oder ihre Schwester Braith, aber sie war ein harter Brocken.

»Was willst du hier?«

Sie lächelte. »Du weißt genau, was ich will, Baby. Ich bin hier, um dir ein Angebot zu machen, das du sicher nicht ablehnen kannst.«

Er schnaubte. »Ich habe kein Interesse, für die Götter zu kämpfen.«

Sie tätschelte ihm sanft die Wange. »Süßer, da unterschätzt du uns aber ganz gewaltig.« Sie ließ die Hand auf seinen Arm sinken.

Cratus zischte vor Schmerz auf, als die Worte, die seine Mutter dort hatte eintätowieren lassen, auf einmal wie Feuer brannten. Der Schmerz war so durchdringend, dass er sich nicht mehr rühren konnte und nicht einmal mehr atmen. Er wollte Azuras Hand wegschieben, aber selbst das konnte er nicht.

Sie flüsterte ihm in der Ersten Sprache des Universums etwas zu, noch während sie das tat, spürte er, wie sein Wille ihm entglitt und sein Gesichtsfeld immer dunkler wurde.

Dann war der Schmerz weg, und sein Herz war so leer wie der Saustall, den er sein Zuhause schimpfte.

»Folge uns, Cratus, und diene zur Rechten deines Herrn. Niemand wird sich je wieder gegen dich wenden können.«

Er wollte ablehnen, aber der Teil seines Herzens, der widerstand, war verschlossen und versiegelt. Stattdessen sah er all die Jahrhunderte vor sich, die er gelitten hatte, spürte erneut alle Herabwürdigungen, die er durchgemacht hatte, angefangen damit, dass Zeus ihn mit seinen Blitzen am Boden festgenagelt hatte.

Als den Sohn von Kraft und Kriegshandwerk verlangte es ihn nach Rache.

Nein, mehr als das, er brannte regelrecht auf Rache.

»Folge mir, Cratus, dann sorgen wir dafür, dass Zeus dich um Gnade anflehen wird.«

»In meiner Welt ist alles, was zu gut scheint, um wahr zu sein, immer nur Trug.«

Sie lächelte ihn sanft und beruhigend an. »Diesmal nicht. Du wirst alle Macht haben, die du willst, und alle Reichtümer, die du dir nur vorstellen kannst. Du wirst nie wieder vor einem Chef kriechen, den du verabscheust. Du wirst nie wieder mit den Göttern kämpfen, die dir diesen Fluch auferlegt haben.« Sie beugte sich vor und flüsterte ihm ins Ohr: »Rache …«

Rache.

Sanft rieb sie ihre Wange an seiner. »Gib mir die Hand, Cratus, dann bringe ich dich weit fort aus diesem Elend, an einen Ort, wo es dir niemals an etwas mangeln wird.«

Tu es nicht! Hinter dem, was Azura versprach, steckte noch einiges mehr, so war es immer. Tief in seinem Innern wusste er das – doch während er auf dem armseligen Boden lag, sah er nur seine Vergangenheit vor sich, den unendlichen Kreis der Qual, zu dem Zeus ihn verdammt hatte.

Zumindest könnte Azura ihn töten und von dieser Qual erlösen.

Er hatte nichts, wofür er leben wollte – gar nichts.

Das Sterben hingegen war leicht. Er war schließlich seit Tausenden von Jahren jede Nacht gestorben. Aber eine Minute Ruhe vor dem zu haben, was sein Leben bedeutete …

Diese Chance würde er ergreifen.

Sein Blick bohrte sich regelrecht in ihren, und er nickte. »Ich bin dabei.«

Lachend ergriff Azura ihn bei der Hand. »Dann komm, mein tapferer Krieger! Wir werden Feuer und Zerstörung auf die Olympier und die Menschen regnen lassen. Der letzte Krieg hat begonnen.«

Kapitel 2

Delphine war entsetzt. Sie tat ihr Möglichstes, um sich in Cratus' Zimmer zu versetzen und Azura aufzuhalten, aber sie vermochte es nicht.

Azura hatte sie irgendwie blockiert und ließ sie nicht hinein.

»Nein!«, schrie Delphine, aber es war zu spät, die beiden waren schon aus der Wohnung verschwunden. Jetzt war Cratus in den Händen des Bösen.

Was hatten sie vor?

Wie konnte das nur passieren?

Warum konnte sie es nicht verhindern? Sie hätte nicht erst warten sollen, bis er schlafen ging, sie hätte ihm zeigen sollen, dass sie da war und bleiben würde, egal, ob er protestierte oder nicht. Sie hätte ihn im Auge behalten müssen, bis er klein beigegeben hätte.

Aber das spielte jetzt alles keine Rolle mehr. Hätte, könnte, würde – das änderte nichts daran, dass Cratus jetzt auf der Seite der Gegner stand.

Verdammt!

Es gab nur eine kleine Handvoll Götter, die aus der Ersten Macht des Seins Kraft ziehen konnten, und die meisten von ihnen waren bereits zu Noir übergelaufen. Von denen, die noch auf ihrer Seite waren, kam keiner auch nur ansatzweise an Noir heran. Nur Cratus wäre stark genug gewesen, gegen Noir und Azura zu kämpfen. Nun würde sie Phobos und Zeus gegenüber zugeben müssen, dass sie versagt hatte.

Sie hätte noch Glück, wenn sie sie nicht vor lauter Wut umbrachten.

Aber Delphine war kein Feigling. Ihre Pläne waren zunichtegemacht, das musste sie den Göttern so schnell wie möglich sagen, damit sie sich alle auf das vorbereiten konnten, was vor ihnen lag.

Auf ihre unvermeidbare Niederlage.

Sieh's mal positiv. Du bist dann sehr wahrscheinlich innerhalb von wenigen Minuten tot und wirst nicht für alle Ewigkeit eingekerkert.

Sie schluckte und wäre am liebsten geflohen, um sich an einem sicheren Ort zu verstecken.

Wenn das nur möglich gewesen wäre! Denn von jetzt an gab es auf der ganzen Welt keinen sicheren Ort mehr. Noir und Azura waren zurückgekehrt, und sie würden nicht eher ruhen, bis alle anderen Götter in Ketten lagen.

Bis sie die Welt der Menschen erobert hatten.

Delphines Herz hämmerte vor Furcht, als sie das kleine Zimmer verließ und sich auf den Weg zum Olymp machte. Zeus und die anderen waren zu dieser Zeit normalerweise in der Halle der Götter versammelt, aßen, tauschten Klatschgeschichten aus und schmiedeten Pläne. Sie mied diesen Ort in der Regel. Sie hatte sich hier nie wirklich willkommen gefühlt. Die Götter verkehrten in ihren eigenen Zirkeln, und Delphine versuchte, außen vor zu bleiben, besonders, da so viele Göttinnen unglaublich eifersüchtig waren. Sie hatte Geschichten gehört, nach denen Göttinnen niederen Standes von eifersüchtigen Göttinnen in die schrecklichsten Monster verwandelt worden waren. Es hatte genügt, dass sie im gleichen Raum gewesen waren wie irgendein Gott und er sie nur angeschaut hatte, während seine Frau anwesend war. Delphine wollte keine Gorgone mit schauerlicher Fratze und Schlangenhaaren werden und auch keine grausig deformierte Spinne oder sonst was in der Art, daher hatte sie die Halle der Götter immer gemieden.

Bis heute.

Sie unterdrückte ihre Furcht, die sie als Dream Hunter eigentlich gar nicht hätte verspüren dürfen, stieß die Türen auf und warf einen Blick auf die Götter, die sich versammelt hatten. Apollo spielte auf der Leier, Aphrodite und Ares teilten sich eine Schüssel Ambrosia, und Hermes und Athene saßen sich gegenüber und spielten Schach mit winzigen lebenden Figuren.

Zeus saß zufrieden auf seinem Thron, Hera saß neben ihm und sprach mit Persephone. Alles wirkte ganz entspannt und gemütlich, und Delphine verabscheute es, dass sie jetzt stören musste.

Als sie näher trat, erschien Phobos und zog sie zur Seite. »Was ist passiert?«

»Cratus ist übergelaufen.« Sie hätte schwören können, dass sie diese Worte nur im Flüsterton ausgesprochen hatte, aber alle erstarrten mitten im Wort oder in der Bewegung, als hätte sie laut in die Halle gerufen.

Zeus erhob sich langsam. Seine Augen blitzten vor Wut. Er war groß und blond und wäre sehr schön gewesen, hätte er nicht die hässliche Veranlagung gehabt, beinahe jeden zu töten, den er auch nur ansatzweise nicht leiden konnte. »Soll das etwa heißen, ihr habt bei eurer Aufgabe versagt, Cratus hierher zu bringen?«

Wenn du mich so zornig anschaust, traue ich mich sicher nicht, das zu sagen. Sie musste sich auf die Zunge beißen, um nicht laut zu sticheln. Zeus hatte üble Laune und wäre sicher alles andere als freundlich.

Phobos riss die Augen weit auf, zum Zeichen, dass sie schweigen sollte – als ob sie einen solchen Rat gebraucht hätte! Dann wandte er sich selbst an Zeus und verteidigte Delphine. »Nur ein kleiner Rückschlag, Herr, weiter nichts.«

Aber die schlichtenden Worte konnten den König der Götter nicht besänftigen. »Willst du ihren Platz einnehmen, sodass ich dich köpfen kann?«

»Muss ich das?«

Zeus brüllte vor Wut. »Ihr seid nicht gerade witzig!«

Er wollte schon auf sie losgehen, da trat Nike vor. »Herr«, sagte sie leise, »dürfte ich vielleicht mit den beiden sprechen?«

Zeus schaute sie so zornig an, als bezöge sie als Nächste Prügel, sobald er mit den beiden anderen fertig war. »Mach's kurz.«

Nike nickte und stieg vom Sockel herunter, auf dem der Thron des Zeus stand. Apollo grinste höhnisch, aber sie beachtete ihn gar nicht, sondern zog Delphine zu sich heran.

»Erzähl mir, was passiert ist.«

Wieder sprach Delphine ganz leise. »Azura hat sich ihn geschnappt, ehe ich überhaupt zu ihm gelangen konnte. Sie hat ihm Freiheit und Rache versprochen, wenn er auf ihrer Seite kämpft.«

Zeus fluchte. »Ich werde euch alle beide töten lassen!«

Nike stellte sich schützend vor Delphine. »Herr, bitte hab etwas Geduld mit mir. Ich bin die Göttin des Sieges, und Cratus ist mein Bruder. Glaub mir, wenn hier jemand weiß, wie man zu ihm durchdringen und ihn umstimmen kann, dann bin ich es.«

Zeus verzog geringschätzig den Mund. »Dann stimm ihn um. Aber über das Leben dieser beiden bestimme immer noch ich.« Er schaute Phobos und Delphine bedeutungsvoll an.

Delphine gefiel überhaupt nicht, in welche Richtung sich das Ganze entwickelte, sie wollte so schnell wie möglich von Zeus weg. Außerdem musste sie sich die Frage verkneifen, warum er nicht sofort Nike losgeschickt hatte, damit sie ihren Bruder umstimmte, wenn sie ihn doch so gut kannte.

Aber es ging darum, ihr eigenes Leben zu retten, und wenn sie Zeus derart reizte, dann würde er sie in der Luft zerreißen.

»Was mein Bruder braucht, kann ich ihm nicht geben.« Nike schaute Delphine an. »Aber sie kann es. Gib uns eine Chance, Herr. Ich weiß, dass wir ihn für unsere Seite gewinnen können.«

Zeus schaute noch zorniger, und Delphine war sicher, er würde jeden Moment zuschlagen.

Aber nach einigen entsetzlich langen, bangen Augenblicken gab er nach. »Ihr bekommt noch genau eine Chance. Azura und die anderen werden ihre Geiseln in zwei Wochen töten und uns angreifen. Ihr habt zwölf Tage Zeit, Cratus umzustimmen – oder ihn zu töten.«

Bei diesem Auftrag schüttelte Delphine verständnislos den Kopf. »Man kann ihn doch gar nicht töten.«

Zeus lachte bitter. »Oh doch, das kann man. Selbst wenn Noir und Azura es schaffen, seine Kräfte vollkommen wiederherzustellen. Du musst ihn nur ins Herz stechen, dann stirbt er sehr wohl.«

Delphine runzelte die Stirn. »Wie ist das möglich?«

Der stolze Gesichtsausdruck von Zeus behagte ihr gar nicht. »Ehe ich ihn verbannt habe, habe ich ihm sein unsterbliches Herz aus der Brust gerissen, jetzt hat er nur noch ein schwaches menschliches Herz. Und wenn das durchbohrt wird, dann stirbt er – ganz einfach. Dann wird er am nächsten Morgen nicht wieder auferstehen, so wie es bisher immer der Fall war.«

Sie sah, wie schmerzlich Nikes Blick wurde. »Komm mit, Delphine.«

Sie folgte der kleineren Göttin zu den Türen, die hinaus auf einen Balkon führten. Von hier aus konnte man die Regenbogen-Wasserfälle und das dichte grüne Blattwerk überblicken, das die Halle der Götter umgab. Phobos wollte ihnen folgen, aber Nike hinderte ihn daran.

»Das hier ist nicht für deine Ohren bestimmt, Phobos, du hast hoffentlich Verständnis dafür.«

Er nickte, trat in die Halle zurück und schloss die Türen hinter sich.

Sobald sie allein waren, zog Nike Delphine zur äußersten Ecke des Balkons und begann ganz leise zu sprechen. »Du weißt ja selbst, was auf dem Spiel steht, dazu brauche ich nichts mehr zu sagen. Aber was du nicht weißt, ist, dass es eine Seite meines Bruders gibt, die nur ich kenne. Wir beide standen uns sehr nahe, weil er mich vor unseren Eltern beschützt hat, dafür habe ich ihn immer verehrt. Er hat ein gutes Herz. Aber an dieses Herz kommt man nicht leicht heran, denn er hält es unter Verschluss – und wir reden hier noch von der Zeit vor seiner Bestrafung. Du musst immer daran denken, dass er der Sohn von Hass und Kriegshandwerk ist. Das alles hat er mit der Muttermilch eingesogen und beherrscht es blind.«

Delphine begriff nicht, was das mit ihrer Mission zu tun hatte. Seine Abstammung war ihr egal, sie wollte nur wissen, was sie tun musste. »Wie kann ich ihn besiegen?«

»Das kannst du nicht. Nicht wenn er im Besitz seiner vollen Kräfte ist. Das ist die reine und lautere Wahrheit. Unser Vater hat einmal versucht, ihn zu schlagen, als er schon erwachsen war, doch Cratus hat ihn allein für den Versuch zu einem blutigen Haufen zusammengeschlagen. Zeus hat Cratus damals nur aus einem Grund so zurichten und verletzen können – Cratus hat sich nicht gewehrt. Wenn er sich gewehrt hätte, wäre er jetzt der König der Götter.«

»Dann werde ich ihn wohl umbringen müssen.«

»Nein!«, widersprach Nike so heftig, dass Delphine erschrocken die Augen aufriss. »Das hat mein Bruder nicht verdient. Er leidet, weil er einst das Leben eines Kindes verschont hat.

So handelt keiner, an den man nicht herankommt. Er hat sich früher an meiner Stelle bestrafen lassen. Eigentlich sollte niemand derart leiden müssen wie er jetzt. Ich will nicht, dass du ihn umbringst! Du musst mir helfen, ihn zu retten, und ihn hierher zurückbringen, wo er hingehört.«

»Wie soll das funktionieren?«

Nike holte tief Luft, dann antwortete sie mit Tränen in den Augen. »Er wird kämpfen bis zum bitteren Ende, um das zu schützen, was er liebt. Du musst ihm mehr bedeuten als seine Rache. Dann wird er sich auf unsere Seite schlagen.«

Das war lächerlich. »Ich kenne ihn doch überhaupt nicht! Außerdem haben wir bloß ein paar Tage Zeit.« Das würde kaum ausreichen, um ihn zu töten, geschweige denn, einen Versuch zu starten, den Mann zu verführen, den sie gar nicht kannte. »Warum versuchst du eigentlich nicht, ihn zu überzeugen – er ist ja schließlich *dein* Bruder!«

Nike schüttelte den Kopf. »Auf mich wird er nicht hören. Es ist alles zu lange her, und ich habe ihn die ganzen Jahrhunderte nie besucht. Cratus kann ungeheuer nachtragend sein, wenn man ihm unrecht getan hat. Deshalb musst du ihn verführen. Ich glaube, du bist die Einzige, die das schaffen könnte. Oft geht das ja ganz schnell – denk dran, er hat nicht das Geringste über das Kind gewusst, das er gerettet hat! Und doch hat er für dieses kleine Wesen sein ganzes Leben über den Haufen geworfen. Bitte, Delphine, versuch ihn zu retten – um meinetwillen. Er ist ein wunderbarer Mann, aber perfekt ist er nicht. Als Siegesgöttin weiß ich vor allem eines: Man kann nur siegen, wenn man reinen Herzens ist und sich aus den richtigen Gründen den Sieg wünscht. Gib ihm einen Grund zu leben, gib ihm einen Grund zu kämpfen, mit aller Kraft zu kämpfen – dann werden wir in dieser Sache den Sieg davontragen.«

»Und wenn ich es nicht schaffe?«

Nikes Augen verdunkelten sich, und sie seufzte traurig. »Die Antwort kennst du, und du weißt auch, was Zeus mit euch macht, wenn du und Phobos bei eurer Aufgabe versagt.«

Delphine nickte. Ohne Cratus würden sie den drohenden Krieg verlieren. Sie brauchten seine Stärke und seine Kräfte, um Noir und seiner Armee gegenüberzutreten. Und was ihr eigenes Schicksal betraf: Sie hätte Glück, wenn sie so gut davonkommen würde wie Cratus. »Soll ich Eros bitten, dass er einen Pfeil auf ihn schießt?« Das wäre der einfachste Weg, Cratus zu verführen.

Nike schüttelte den Kopf. »Diese Kräfte wirken bei Cratus nicht, und der Versuch würde ihn nur wütend machen. Glaub mir, das ist wirklich das Letzte, was du versuchen solltest. Du wirst ihn auf ehrliche und faire Weise für dich gewinnen müssen.«

Na toll …

Das war alles andere als leicht.

»Wie soll ich ihn denn verführen? Ich habe doch gar keine Gefühle.«

»Das ist nicht wahr, das wissen wir beide«, flüsterte Nike. »Du hast alles, was nötig ist. Du bist nicht ganz Oneroi. Du hast noch immer eine menschliche Seele und Gefühle in dir. Die werden dir dabei helfen und dich geleiten.« Sie stupste Delphine leicht an der Schulter. »Jetzt geh, und gewinn Cratus für unsere Sache.«

Gewinn ihn für unsere Sache … Bei Nike klang das alles so einfach. Delphine schaute ihr nach, als sie ging, aber sie sah nur ihr eigenes Verderben.

Und auch das der anderen Götter, die sich auf sie verließen. Diese Aufgabe war unmöglich zu erfüllen.

Phobos trat zu ihr auf den Balkon. »Ist alles in Ordnung mit dir? Du siehst jetzt noch blasser aus als eben, als Zeus dich so angeblafft hat.«

Es stimmte, sie fühlte sich inzwischen noch schlechter. Sie hatte noch mehr Angst. »Wie würdest du einen Mann verführen?«

Er lachte über ihre Frage. »Ich bin gekränkt, dass du mich so etwas fragst. Glaubst du etwa, auf dem Gebiet hätte ich Erfahrung?«

Sie starrte ihn an. »Es ist mein voller Ernst, Phobos.«

»Meiner auch«, sagte er beleidigt. »Da kenne ich mich wirklich nicht aus. Und es ist auch nicht gerade ein Thema, über das ich mir Gedanken mache.« Er warf einen Blick zur Tür, um sicherzugehen, dass sie fest geschlossen war. Als er weitersprach, flüsterte er, sodass sie ihn kaum verstehen konnte. »Zeus könntest du diese Frage allerdings stellen.«

Delphine verdrehte die Augen. Wenn die Geschichten stimmten, die man sich erzählte, dann mussten Frauen bloß eine Eigenschaft haben, damit Zeus sie verführte: Sie mussten weiblich sein. »Das ist nicht witzig, Phobos. Ich brauche Hilfe, und zwar echte Hilfe. Was mögen Männer denn so?«

»Das hängt vom jeweiligen Mann ab. Ich für mein Teil mag Brüste. Ein ordentlicher Vorbau kann bei mir viel bewirken, dafür begehe ich sogar Dummheiten.«

Sie stöhnte frustriert. »Du bist vielleicht widerlich!«

»Also bitte«, sagte er unverfroren. »Ich bin schließlich zehntausend Jahre alt. Du hast Glück, dass ich nicht noch viel chauvinistischer bin, Süße. Ich habe schon ganz schön viel dazugelernt.«

Das half ihr nicht im Geringsten. »Verschwinde.«

Phobos zögerte, als wäre er nicht sicher, was er tun sollte.

Sie zeigte auf die Tür.

Er hob abwehrend die Hände. »Na schön, bin ja schon weg. Aber wenn du mich brauchst …«

»Eher stech ich mir die Augen aus.«

Das nahm er mit einem wohlwollenden Lächeln hin. »Als

das personifizierte Grauen habe ich oft eine solche Wirkung auf Frauen. Vielleicht sollte ich mal drüber nachdenken, ob ich nicht mit Himerus tauschen könnte. Man sagt, dass sich die Frauen die Kleider vom Leib reißen, sobald er auftaucht. Es ist ganz entschieden besser, der Gott der Lust zu sein als der Gott des Grauens.«

Sie schüttelte den Kopf über das Gequatsche, mit dem er wieder nach drinnen verschwand, und wünschte sich, sie hätte mehr von seinen Eigenschaften. Phobos schien nie irgendwas nahezugehen oder zu erschüttern. Sie selbst dagegen hatte wirklich Angst, und obwohl ihre Gefühle ja nur gedämpft waren, waren sie bitter genug.

Sie betrachtete die üppige Landschaft und überlegte sich ihren nächsten Schritt.

Cratus hatte sich also mit ihren Feinden verbündet …

Und sie hatte den Auftrag, ihn zu verführen oder zu töten. Eine verdammt schwierige Aufgabe für sie.

Während sie überlegte, wie sie zu ihm durchdringen könnte, tauchte Phobos wieder auf. Diesmal sah er zornig und besorgt aus. »Die Skoti Noirs haben einen Angriff im Spiegelsaal gestartet.« Er packte sie an der Hand und teleportierte sie beide auf die Verschwindende Insel, ehe Delphine auch nur mit der Wimper zucken konnte.

Dort war eine Horde Skoti dabei, die Pforten zu zerschlagen, mit denen sie den Schlaf der Menschen überwachen und in ihre Träume gelangen konnten. Der Spiegelsaal lag in Trümmern, der Boden war mit Splittern von Glas und Spiegeln übersät, während eine kleine Handvoll Traumgötter versuchte, die Angreifer abzuwehren.

Delphine ließ ein Schwert erscheinen und wollte den Skotos angreifen, der ihr am nächsten stand.

Er lachte nur. »Willst du mit mir spielen, meine Kleine?«

Sie stürzte sich auf ihn, um ihm zu beweisen, wie tödlich

ihre Angriffe sein konnten. Sofort verschwand das Lächeln aus seinem Gesicht. Sie besaß eine tödliche Treffsicherheit und hatte ein Leben lang Erfahrung im Kampf gegen die Dämonen, die Jagd auf die Menschen machten, während sie schliefen.

Nur wenige Oneroi kämpften besser als Delphine.

Phobos kämpfte gegen zwei weitere Skoti und versuchte, die verbleibenden Portale zu schützen. Theoretisch konnten sie zwar auch ohne Portale arbeiten, aber es war längst nicht so einfach und wesentlich weniger wirkungsvoll. Die Portale mussten unbedingt geschützt werden!

Gerade als Delphine ihren Gegner töten wollte, packte sie eine raue Hand von hinten an der Kehle und lähmte sie.

Dann nahm sie nur noch dichten schwarzen Nebel wahr. Die Aura des Bösen war deutlich zu spüren.

Es war Noir.

Er hielt sie mit seinen Klauen gepackt. Dann strich ihr etwas Kaltes über die Wange, im nächsten Augenblick riss er an ihrem Kopf, und die Dunkelheit schlug über ihr zusammen.

Azura ging einmal um Jericho herum und lächelte stolz.

Er schloss die Augen und ließ die Kraft der Quelle in sich strömen. Es war so lange her …

Viel zu lange.

Jetzt war er endlich wieder ganz er selbst, es war ein unglaubliches Gefühl. Wie sehr er das vermisst hatte! Das Gefühl seiner Macht durchzuckte ihn wie Feuer. Er bewegte die Hand und sah zu, wie seine Finger sich in metallische Klauen verwandelten, scharf wie Rasierklingen. Die Worte, die seine Mutter ihm in die Haut gebrannt hatte, waren verschwunden, an ihrer Stelle glühten seine Tattoos hell im Dämmerlicht.

Niemand würde je wieder die Kontrolle über ihn haben. Er war zurück – und er war voller Zorn.

Er war regelrecht bösartig.

Und er war bereit, seine Rache in Angriff zu nehmen.

Azura legte ihm die Hand auf die Wange. »Soll ich dein Gesicht und dein Auge heilen?«

»Nein«, knurrte er. Die Erinnerung an das, was ihn seine Schwäche gekostet hatte, wollte er behalten. Diesen Fehler würde er nicht noch einmal machen.

»Nun gut. Deine Gottheit ist jetzt vollkommen wiederhergestellt. Mach uns stolz!«

Genau das hatte er vor.

Azura trat zurück, sodass sich Jericho in der Spiegelwand betrachten konnte. Der schmuddelige Mann, der um einen Job betteln und sich mit Essensresten zufriedengeben musste, der Mann, der abgerissene Kleidung trug und unentwegt auf die Meuchelmörder des Zeus wartete, die ihn in der Nacht zerfleischen würden – dieser Mann war verschwunden.

Sein Haar war nicht länger schwarz, es war wieder schneeweiß wie das aller Götter, und es bildete einen starken Kontrast zu seiner schwarzen Kleidung.

Azura reichte ihm ein Schwert und eine Peitsche. »Das sind nicht unbedingt die Waffen, die du gewohnt bist, aber ich glaube, sie werden dir gefallen.«

Er spürte das Lebensblut des Universums in der Klinge – sie summte, als wäre sie lebendig. »Was ist das?«

»Es wurde im Bergwerk der Ersten Quelle geschmiedet. In diesem Schwert liegt die Essenz des Universums. Die Klinge dringt durch alles hindurch – oder, genauer gesagt, durch *jeden.*«

Jericho fuhr mit dem Finger über die Klinge und bewunderte ihre Schärfe. Als auf seinem Finger ein Tropfen Blut erschien, zischte er. Das Blut verdampfte augenblicklich, als sein Körper die Selbstheilungskräfte in Gang setzte.

Er konnte sich selbst wieder heilen – wie ein richtiger Gott!

Genauer gesagt, saugte das Schwert das Blut auf, als würde es sich davon ernähren.

»Du musst dieses Schwert regelmäßig füttern«, erklärte Azura und fuhr mit dem Fingernagel über die scharfe Klinge. »Es braucht frisches Blut. Mit diesem Schwert kannst du selbst Zeus töten und seine Kräfte in dich aufnehmen.« Sie hielt inne und schaute Jericho an. Ihr Blick lechzte genauso nach Gerechtigkeit, wie seine Seele es tat. »Du könntest der oberste Gott des Olymps werden … Stell dir das vor, Cratus! Sie würden alle vor dir darniederliegen.«

Bei ihren Worten verzog er den Mund. »Cratus ist tot«, sagte er in kehligem Tonfall. »Ich heiße Jericho.«

Sie lachte. »Ich wüsste keinen passenderen Namen für dich. Verflucht, verbrannt und zu Asche geworden. Genau wie der mächtige Phönix wirst du dich aus der Zerstörung deiner Vergangenheit erheben und deinen Zorn auf die niederregnen lassen, die dich verflucht haben.«

Er würde es genießen, in ihrem Blut zu baden. Das Schwert in seiner Hand würde nie Hunger leiden, solange er es schwang.

Azura trat einen Schritt zurück. »Fürs Erste wirst du das Kommando über meine Armee von Skoti übernehmen. Wir wollen den Olymp matt setzen und ihre Schlafgötter nutzen, um diejenigen anzugreifen, die wir unter Kontrolle bringen müssen.«

»Schon so gut wie erledigt.« Jericho war mehr als bereit dazu, Zeus und die Seinen den Wölfen zum Fraß vorzuwerfen. Das und mehr hatten sie für ihre Grausamkeit verdient.

Ein plötzlicher Blitz blendete ihn. Er riss den Arm hoch und hielt ihn sich schützend vor die Augen. Er runzelte die Stirn, als sich aus schwarzem Nebel die Umrisse eines Wesens bildeten, von dem er wusste, dass es noch bösartiger war als Azura.

Noir. Er war groß, hatte dunkles Haar und dunkle Augen und strahlte uneingeschränkte, erbarmungslose Macht aus. Selbst Jericho musste zugeben, dass er auf eine Art und Weise gutaussehend war, wie es nur Götter sein konnten. Er war eines der ersten Wesen, die erschaffen worden waren.

Oder, was in Noirs Fall vielleicht richtiger war, eines der ersten Wesen, die hervorgebracht worden waren.

Er trug kunstvolle dunkelrote Kriegskleidung und einen dunkelroten Mantel mit goldenem Saum. Noir kniff seine eiskalt blickenden Augen zusammen und starrte Jericho an, dann wanderte sein Blick weiter zu Azura.

»Herzlichen Glückwunsch, Schwesterchen.«

»Ich hab dir ja gesagt, ich hole ihn auf unsere Seite.«

Noir nickte ihr zu. »Und ich habe uns weitere Beute organisiert.«

»Tatsächlich?«

»Schau sie dir an.« Er hob die Hand und zeigte ihr auf der Handfläche das Bild von einem dunklen Loch, in dem eine Gruppe Oneroi in größtem Elend zusammengekrümmt lag.

Jericho hatte erwartet, dass dieser Anblick ihn ungeheuer erfreuen würde. Aber als er die gefolterten und geschundenen Leiber sah, durchströmte ihn ungewollt eine Welle von Mitleid.

Wie kam das denn?

Er begriff es selbst nicht. Die Götter wussten, dass die Oneroi niemals Mitleid mit Jericho gehabt hatten. Sie hatten oft genug gelacht, während sie ihn getötet hatten. Als sein Blick jetzt über die Gefangenen glitt, stach ihm eine Person besonders ins Auge.

Ohne zu überlegen, trat er einen Schritt vor.

Azura wandte sich ihm augenblicklich zu. »Siehst du etwas, das dir gefällt?«

Jericho riss seinen Blick von der Frau los. Er hatte nicht einmal ihr Gesicht sehen können und wusste nicht, warum sie ihn gerufen hatte. Es war wieder einmal eine dumme, unüberlegte Regung seinerseits gewesen. »Nein.«

»Eine meiner Dienerinnen zeigt dir jetzt deine neue Unterkunft. Ich glaube, sie wird dir um einiges besser gefallen als die Bruchbude, in der du zuletzt gewohnt hast.« Azura schnippte mit den Fingern, und ein etwa sechzehnjähriges Mädchen erschien.

Zumindest wirkte sie zunächst wie ein junges Mädchen. Aber auf ihrer sonnengebräunten Haut lag ein Schimmer, der Jericho an das Auge eines Drachen erinnerte.

Sie war eine wunderschöne Dämonin.

»Folgt mir, Herr«, sagte sie leise.

Das tat er, und er war überrascht von der Pracht des goldenen Palastes, in dem Azura und Noir wohnten. Im Gegensatz zu den olympischen Göttern lebten sie im dunkelsten Abgrund unter der Erde, doch hier war es alles andere als dunkel oder auch nur bedrückend.

»Wie lange lebst du schon hier?«

Sie warf über die Schulter einen Blick zurück. »Ich bin hier geboren, Herr.«

»Wie alt bist du?«

»Zweitausend Jahre und ein bisschen.« Sie öffnete eine schwarze Tür mit goldenem Zierrat.

Beim Anblick seiner neuen Räumlichkeiten stieß Jericho einen anerkennenden Pfiff aus. Sie hießen ihn luxuriös und reich geschmückt willkommen. Er trat an der Dämonin vorbei und musste sich zurückhalten, sonst wäre er geradewegs auf das Bett zugelaufen und hätte sich daraufgeworfen. Es war unglaublich lange her, seit er in einem Bett geschlafen hatte – so lange, dass er sich nicht einmal mehr daran erinnerte, wie es sich anfühlte.

Das Mädchen machte die Tür zu und ging zum Kamin

hinüber. Sie ließ ihrer Hand Flammen entspringen und setzte das Feuer in Gang. Dann wandte sie sich mit einem wohlkalkulierten Blick ihrer dunklen Augen an ihn. »Kann ich sonst noch etwas für Euch tun, Herr?«

Er begriff sofort, was sie meinte, hatte aber kein Interesse daran. Zumindest nicht mit einer Dämonin. Und nicht jetzt. »Nein.«

Sie sah erleichtert aus. »Falls Ihr Eure Meinung ändern solltet, dann ruft mich. Ich bin Rielle, und ich werde sofort kommen.«

»Danke.«

Sein Dank schien sie zu überraschen, dann verschwand sie.

Nun war Jericho allein und legte erst einmal das Schwert auf die Kommode. Er ging im Zimmer umher und fuhr mit der Hand über das glatt polierte Holz der Bettpfosten. Das Bett erinnerte ihn an sein altes Bett auf dem Olymp. An die Zeit, aus der es noch keine schriftlichen Aufzeichnungen gab, an die Zeit, als man ihn noch respektiert und gefürchtet hatte.

Er war zurückgekehrt.

Und er war zornig. Die Erste Macht mochte Mitleid haben mit denen, die für seine schlechte Stimmung verantwortlich waren.

Er hätte sicher kein Mitleid mit ihnen.

»Was machst du da?«, fragte Noir barsch.

Azura schwieg kurz. Ihre Dienerin legte den Körper des olympischen Miststücks vor ihr auf den Tisch. »Ist dir nicht aufgefallen, wie er sie angeschaut hat?«

Noir zuckte die Schultern. »Sie ist attraktiv. War doch nicht anders zu erwarten.«

»Wir müssen unser neues Werkzeug bei Laune halten. Wir wollen doch auf keinen Fall, dass er sich gegen uns wendet. Ohne deinen Malachai werden wir ihn dringend brauchen, wenn wir die Quelle angreifen.« Sie berührte die bewusstlose Frau und bewunderte ihren schmalen Leib. »Sie ist eine echte Schönheit, findest du nicht?«

»Na ja, wenn man bleiche, käseweiße Frauen mag … Ich bevorzuge ja welche, die ein bisschen mehr Farbe haben.«

Azura lächelte, als Noir sie an sich zog und ihr mit der Zunge über den Hals fuhr. Sie erschauderte am ganzen Körper. Obwohl sie sich Bruder und Schwester nannten, waren sie nicht direkt miteinander verwandt, außer, dass sie alle beide machthungrig und todesverlangend waren, verband sie nichts. Doch diese Wesenszüge einten sie.

Momentan gab es jedoch etwas Wichtigeres zu tun.

»Jetzt nicht, Liebster. Ich will die Kleine Cratus vorstellen.«

»Dann wirf sie ihm doch einfach in sein Zimmer. Oder bring sie um. Ist mir gleich.«

Azura beschwor ein Halsband herauf, mit dem sie die Kräfte der Frau in Schach halten konnte. Sie wollte auf keinen Fall, dass diese Frau sich hier frei bewegen konnte. Nicht dass sie das gekonnt hätte. Es ging lediglich darum, ihr das zu verdeutlichen.

Sobald sie die Kräfte der Frau eingeschränkt hatte, löste sie ihr das Haar, sodass es offen über die Schultern fiel. »Ja, sehr schön so.«

Zufrieden teleportierte sich Azura ins Zimmer von Cratus. Er schaute aus dem Fenster, als hielte er Ausschau nach einem Feind, und sobald sie erschien, fuhr er kampfbereit herum.

Azura musste das Bedürfnis unterdrücken, sich über ihn lustig zu machen, über etwas, das eigentlich bewundernswert war. Er war intelligent genug, ihnen nicht zu vertrauen. Das war bei den meisten Lebewesen so und gereichte Noir und ihr zum Schaden. Allein dass Jericho Verrat befürchtete, machte ihn zu einem besonders wertvollen Verbündeten.

»Du brauchst nicht so schreckhaft zu sein.«

Sein Gesicht war regungslos wie aus Stein gemeißelt. »Was willst du hier?«

»Ich habe dir ein Geschenk mitgebracht.«

Jericho schaute sie finster an und fragte sich, was für ein Spielchen sie spielte – er wusste genau, dass sie etwas im Schilde führte. Ihr ganzes Gehabe warnte ihn, dass sie ihn gleich noch wütender machen würde. Außerdem war er nicht schreckhaft. Er wusste einfach nur Bescheid über die Bereitschaft zum Verrat, die jedes Wesen in sich trug. Etwas anderes erwartete er gar nicht mehr.

Man konnte sich auf nichts verlassen.

Ganz stimmte das nicht. Man konnte sich darauf verlassen, dass die Leute andere bescheißen würden, sobald sie einen Vorteil daraus ziehen konnten. Damit konnte man auf jeden Fall immer rechnen.

»Ein Geschenk?«

Azuras Lächeln war kalt und gemein. »Guten Appetit, mein Hübscher«, sagte sie und schnipste mit den Fingern. Dieser Laut klang ihm in den Ohren, während etwas zu seinen Füßen Gestalt annahm.

Beim Anblick der winzigen Frau schnappte Jericho nach Luft …

Die Frau war nackt.

Kapitel 3

Delphine erstarrte, als sie zu sich kam und merkte, dass sie mit dem Gesicht nach unten auf kaltem Marmor lag. Nackt, gedemütigt und verängstigt.

Sie regte sich und versuchte, ihre Blöße mit den Händen zu bedecken, aber die waren nicht groß genug. Als wäre das alles nicht schlimm genug, war sie sich sehr deutlich bewusst, dass sie vor einem Paar schwarzer Männerstiefel lag und den Blick nicht von ihnen losreißen konnte. Hauptsächlich deshalb, weil sie dem Mann, wer immer er sein mochte, nicht in die Augen schauen wollte, nachdem er sie nackt gesehen hatte.

Ihr wurde vor Scham ganz heiß, und sie wäre am liebsten in ein Mauseloch gekrochen, in dem es hoffentlich Kleidung gab, und hätte sich dort versteckt.

Der Mann fluchte so dreckig, dass sie zusammenfuhr, er kniete sich neben sie. Delphine verkrampfte sich. Sie rechnete mit dem Schlimmsten und machte sich bereit, sich bis zum bitteren Ende zu verteidigen.

Aber er fasste sie nicht an.

Stattdessen stach er sich mit einem kleinen Messer in den Finger. Das Blut tropfte von seiner Fingerspitze auf sie herab und bildete einen warmen roten Mantel, der sie umhüllte. Noch immer schaute sie ihn nicht an, das konnte sie einfach nicht, denn sie schämte sich dermaßen.

»Das wäre nicht nötig gewesen«, knurrte er mit einer tiefen, männlichen Stimme, die sie seit Kurzem Cratus zuordnen konnte. Seine Stimme rumpelte wie wütender Donner.

Azuras Stimme antwortete: »Sie ist unsere Gabe an dich, mit der wir dir unseren Dank für deine Loyalität aussprechen möchten.«

Weil jetzt ihr ganzer Körper bedeckt war und sie zumindest einen Anschein von Würde wiedergefunden hatte, stand Delphine auf und sah, wie Jericho Azura anstarrte, die in der Ecke bei der Tür stand.

Die bösartige Göttin sah entschieden zu selbstzufrieden aus. Sie grinste Delphine an und zeigte auf sie. »Sie ist jetzt deine Sklavin.«

Delphine riss bei dieser Eröffnung überrascht den Mund auf, Jericho schwieg.

»Ich habe ihre Kräfte gebunden und übergebe dir hiermit diese Frau«, fuhr Azura fort. »Du kannst mit ihr machen, was du willst. Aber du solltest dir darüber im Klaren sein, dass sie eine Oneroi und eine Freundin der Dolophoni ist, die du so sehr hasst … eine Freundin derjenigen also, die dich über Jahrhunderte hinweg gefoltert haben. Ich habe ihr die Gefühle zurückgegeben, sodass du dich mit ihr amüsieren kannst, wie immer es dir gefällt.«

Sie wandte sich zum Gehen, dann hielt sie noch einmal inne. »Ach ja, es interessiert dich vielleicht noch, dass sie eine der Lieblingsgöttinnen von Zeus ist. Ich habe gehört, er schätzt sie sehr.«

Delphine machte den Mund auf, um zu widersprechen, aber sie brachte kein Wort heraus. Azura hatte ihre Stimme blockiert.

Wenn sie doch nur eine Sekunde lang über ihre Kräfte verfügen könnte!

Und eine Minute mit dieser hinterlistigen Schlampe allein wäre!

Mit selbstgefälligem Grinsen verschwand Azura in einer Wolke von blauem Rauch.

Jericho betrachtete das neue »Geschenk« und dachte daran, Azura die Frau auf der Stelle zurückzugeben, aber in diesem Augenblick begegneten sich ihre Blicke, und er erstarrte.

Ihr langes, leicht gelocktes blondes Haar bildete einen starken Kontrast zu dem roten Gewand, das er für sie geschaffen hatte. Aber es waren ihre Augen, die ihn fesselten: Sie waren von einem tiefen Grünbraun, in ihnen lag eine unübersehbare Angst, die sie als Dream Hunterin eigentlich gar nicht hätte empfinden dürfen. Mehr noch, ihren Augen konnte man Temperament und Kampfeslust ansehen. Die Frau war angespannt und wollte sich behaupten, obwohl sie wissen musste, dass sie gegen ihn nicht den Hauch einer Chance hätte. Dass sie trotzdem kämpfen wollte, sagte einiges über sie aus.

Sie war schlank, und ihr Gesicht war glatt wie Porzellan, sie hatte hohe Wangenknochen und einen leicht spitz zulaufenden Haaransatz. Insgesamt sah sie einer Dream Hunterin, die er einst gekannt hatte, dermaßen ähnlich, dass er nicht anders konnte, er musste fragen: »Leta?«

Sie runzelte die Stirn. »Ich heiße Delphine.«

Delphine …

Sie trat einen Schritt zurück, und wieder wurde er sich bewusst, wie schmal und zerbrechlich sie wirkte. Er hätte sie zerquetschen können, doch selbst angesichts ihrer guten Beziehung zu Zeus ertrug Jericho den Gedanken nicht, ihr wehzutun. Er wusste wirklich nicht, warum, denn er war es nicht gewohnt, freundlich zu anderen zu sein, sondern es lag in seiner Natur, als Erster zuzuschlagen.

Als hätte sie seine Gedanken gespürt, trat sie einen weiteren Schritt zurück. »Ich werde auf keinen Fall deine Sklavin sein.«

Ihr Trotz amüsierte ihn. »Ich glaube kaum, dass du eine Wahl hast.«

Sie hob herausfordernd das Kinn. »Ich werde so lange mit dir kämpfen, bis einer von uns beiden tot ist.«

Ihn überkam ein überwältigendes Bedürfnis, sie zu trösten. Ein derartiges Gefühl hatte er nicht mehr verspürt, seit er seine Schwester getröstet hatte, als sie beide noch jünger gewesen waren. Für jemand anderen hatte er noch nie so empfunden.

Bis heute.

Es ergab keinen Sinn, dass er das Schoßhündchen des Zeus beruhigen wollte, nach allem, was der Dreckskerl ihm angetan hatte – und doch ertrug er den Gedanken nicht, dass sie Angst vor ihm hatte. »Ich tu dir nichts.«

Delphine hätte ihm gern geglaubt, aber es fiel ihr schwer, besonders weil ihre neuen Gefühle noch so ungewohnt waren, dass ihr ganz benommen zumute war. Die Gefühle waren stark und verwirrten sie völlig. Wie kamen die Menschen bloß mit so etwas Verwirrendem zurecht? »Wo bin ich hier?«

»In Azmodea.«

Bei diesem Namen wand sich Delphine regelrecht. Übersetzt bedeutete es »wütender Dämon«. An diesem Ort hatten sich Noir und Azura niedergelassen, hier folterten sie genüsslich ihre unglücklichen Opfer. Delphine zweifelte nicht daran, dass ihr genau das Gleiche bevorstand, nachdem man sie als Geisel genommen hatte.

Ihr Blick fiel auf das Schwert auf der auf Hochglanz polierten Kommode. »Willst du wirklich auf der Seite des erbarmungslos Bösen kämpfen?«

Sein Auge blitzte wütend auf, und er knurrte sie an. »Du weißt gar nichts über mich.«

»Das stimmt nicht. Ich weiß, dass Zeus dich verflucht hat und dass du seitdem immer ganz allein gewesen bist.«

Er lachte bitter. »Aber nur, wenn ich Glück hatte.«

Sie schaute ihn fragend an. »Was meinst du damit?«

Sein Gesicht war jetzt völlig emotionslos. Noch immer drang ihm der pure Hass aus den Poren und verbreitete eine spürbare Hitze. Delphine spürte sie so intensiv, sie hätte schwören können, dass sie die Luft zwischen den beiden versengte. »Dir muss ich gar nichts erklären.«

Delphine bekam kaum noch Luft, als sie die erschreckende Wut sah, die ihr aus seinem gesunden Auge entgegenschlug, sie konnte sie regelrecht spüren. »*Ich* habe dir schließlich nicht wehgetan.«

Augenblicklich packte er sie an der Kehle und drückte sie gegen die Wand. Doch obwohl er sie so schnell und wütend ergriff, tat er ihr nicht weh. Er hielt ihren Hals lediglich mit seiner großen Klaue sanft umklammert, während sein tiefblaues Auge sie bohrend anstarrte.

Jericho hätte der Frau am liebsten den Hals umgedreht. Seine aufgestaute Wut schrie geradezu danach, sich zu entladen. Er hätte Zeus diese Frau am liebsten in Einzelteilen zurückgeschickt.

Aber er brachte es nicht über sich, sie zu töten.

Also knirschte er mit den Zähnen und ließ sie los. »Treib mich ja nicht zum Äußersten!«

Sie schaute ihm in die Augen, ohne zu blinzeln. »Mir war nicht klar, dass ich dich schon bis zum Äußersten treibe, wenn ich bloß eine einfache Tatsache ausspreche.«

Ihre unglaubliche Kühnheit schien sie daran zu hindern, dass sie schwieg – selbst wenn es klüger gewesen wäre. Das empörte ihn. »Kapierst du denn nicht, was Selbstschutz bedeutet?«

»Kapierst du nicht, was anständiges Benehmen bedeutet?«

Jetzt war er wirklich kurz davor, ihr etwas anzutun, denn diese Bemerkung traf ihn tief. Es hatte eine Zeit gegeben, da war er anständig gewesen, sogar ritterlich. Aber die Demütigungen, die er in der Vergangenheit erlebt hatte, hatten dieses

Benehmen schon vor langer Zeit zerstört. Niemand hatte ihm gegenüber Gnade walten lassen – warum also sollte er es anderen gegenüber tun?

»Nein, das tue ich nicht.«

Delphine spürte einen leichten Windhauch, dann war Jericho verschwunden. Sie schaute sich um, aber sie sah keine Spur mehr von ihm. Selbst das Schwert war weg. Doch genau dort, wo es gelegen hatte, war jetzt ein kleiner Stapel Kleidung für sie! Jeans, Schuhe und ein pinkfarbenes Top.

Warum machte er sich diese Mühe?

Sie war dankbar, auch wenn das Ganze keinen Sinn ergab, ließ den roten Mantel fallen und griff nach der Kleidung. Im gleichen Moment merkte sie, wie kalt es im Zimmer war. Sie erschauderte und klapperte mit den Zähnen.

Es war wirklich eisig.

Stirnrunzelnd berührte sie den Mantel, der die Wärme speicherte. Er fühlte sich tatsächlich an, als stecke Körperwärme in ihm …

Bestand er etwa aus Jerichos Blut? Sie wusste es nicht. Zwar war sie dankbar für die Wärme, doch sie wollte noch etwas anderes am Leib tragen als nur ihre Haut und den Mantel.

Mit zitternden Händen zog sie sich an. Sie versuchte immer wieder, ihre Kräfte zu benutzen, aber das Halsband von Azura blockierte sie wirkungsvoll.

Die verdammte Schreckschraube.

Voller Wut über ihre missliche Lage machte sie die Tür auf und hielt mitten in der Bewegung inne. Draußen auf dem Flur stand der größte und hässlichste Dämon, den sie je gesehen hatte. Er war mindestens drei Meter groß, hatte knubbelige Haut und stank derart, dass sie den Atem anhalten musste.

Sie trat sofort einen Schritt zurück und knallte die Tür wieder zu.

Draußen hallte sein dreckiges Lachen über den Gang.

Delphine verdrehte die Augen über ihre eigene Naivität. »Bist du eigentlich blöd oder was? Natürlich stellen sie da eine Wache hin. Du bist schließlich eine Gefangene, hast du das etwa nicht kapiert?«, schalt sie sich selbst.

Sie fühlte sich schlecht, war frustriert und durcheinander und schlang sich die Arme um den Leib. Sie überlegte. Ob sie wohl etwas tun konnte, um den anderen Gefangenen hier zu helfen? Azmodea war der Ort, an den die Skoti ihre Opfer brachten. Wenn Delphine herausbekommen könnte, wo genau die anderen waren, dann könnte sie die Geiseln vielleicht befreien.

Danach könnte sie sich darauf konzentrieren, Jericho auf ihre Seite zu holen. Das wäre eine ganz ideale Entwicklung der Lage.

Aber wie machte man das: jemanden verführen? Sie hatte wirklich keine Ahnung. Wenn sie mit anderen zu tun hatte, war das meistens in Träumen erfolgt, und weil sie kein erotischer Skotos war, hatte sie nie sexuelle Kontakte gehabt. Sie war als Kriegerin in die Träume gegangen, hatte dort gegen die Skoti gekämpft und die träumenden Menschen aus deren Gefangenschaft befreit.

Und als sie unter Menschen lebte …

Nun ja, das war wirklich lange her. Sie erinnerte sich zwar, dass sie für einige Jungs aus ihrem Dorf geschwärmt hatte, aber diese Gefühle waren ihr wie alle anderen genommen worden.

Die Gefühle, die sie jetzt bekommen hatte, waren ganz anders, sie waren heftig und schmerzlich.

Überwältigend.

Delphine war zornig, dass man sie gefangen genommen hatte, und am liebsten hätte sie ihre Wut an irgendjemandem ausgelassen. Zum Glück begriff sie, dass das nur übertriebene

Raserei war und keine echte Wut. Sie musste sich beruhigen und rational denken.

Das Fenster …

Sie ging hinüber zum Fenster und zog die Vorhänge zurück. Der Regen fiel lautlos gegen die Scheibe. Der graue Himmel erstreckte sich endlos vor ihr, mit aufgeblähten, hässlichen Wolken. Sie blickte auf die See hinaus, die zu kochen schien und auf schwarze Felsen krachte. Sie legte die Hand auf die Scheibe und zuckte sofort zurück, weil sie eiskalt war.

»Beruhige dich«, ermahnte sie sich selbst und versuchte, sich an alles zu erinnern, was sie über Azmodea wusste. Das war nicht besonders viel. Es hieß, dass urzeitlicher Schlamm übrig geblieben war, als das Universum fertig erschaffen war. Die Erste Macht hatte ihn in die Tiefen der Erde verbannt, aus Furcht, er könnte die Schönheit des restlichen Universums verderben, und niemand hatte ihn je wieder gesehen.

Als Noir und seine Schwestern immer mächtiger geworden waren, hatten sie sich hier niedergelassen. Man erzählte sich, die Wände ihres Palastes wären rot gestrichen mit dem Blut der Opfer, die sie gefoltert hatten.

Delphine betrachtete die rote Farbe an der Wand. Nein, das war kein getrocknetes Blut, es war einfach nur eine Geschichte, mit der man Angst verbreiten wollte.

Und das klappt ja auch verdammt gut.

Hör jetzt auf damit! Sie war rational und neigte nicht zu Panik, aber dennoch lief ihr ein Schauer über den Rücken. Das Zimmer war zwar groß und mit kunstvoll geschnitzten Möbeln gut eingerichtet, aber die düstere Umgebung ließ es alles andere als einladend wirken. Ehrlich – sogar das Loch, in dem Jericho in der Welt der Menschen gelebt hatte, hätte sie diesem Ort hier vorgezogen. Zumindest war es in der Bruchbude nicht so unheimlich und so eisig kalt gewesen. Wirklich gruselig. Sie fürchtete die ganze Zeit, dass jemand aus der Wand hervorspringen und sie packen würde.

Nervös und ein bisschen neben der Spur ging sie zum Spiegel und versuchte, das Halsband abzulegen, obwohl sie ganz genau wusste, dass es reine Zeitverschwendung war. Aber es lag einfach nicht in ihrer Natur, es gar nicht erst zu versuchen.

Nach ein paar Minuten war sie frustriert und riss nur noch daran herum, bis sie blaue Flecken am Hals hatte.

So viel also dazu.

»Wo bist du, Jericho?« Und vor allem, was machte er gerade?

Jericho hielt vor der Tür des Zimmers inne, in das Azura ihn zuerst geführt hatte. Sie hatte es das Kriegszimmer genannt, und das ergab auch einen Sinn. Aber als er davorstand, spürte er einen scharfen Schmerz in der Brust. Das Atmen fiel ihm plötzlich schwer – und das Nachdenken auch.

In seinem Kopf blitzten Bilder von früher auf, schnell und intensiv sah er sich selbst, wie er in der Sphäre der Menschen gewesen war. Er spürte wieder Hunger und Schmerzen.

Jetzt wünschst du dir wohl, du hättest dich nie gegen Zeus aufgelehnt, was?

Jericho wusste nicht, wie der Dolophonos hieß, der ihn damals getötet hatte, aber wenn er den Dreckskerl je fand, würde er mit Vergnügen in seinem Blut baden.

Er packte den Griff seines Schwertes und brannte darauf, es gegen jeden einzusetzen, der es wagte, ihn zu verärgern. Wieder war er überrascht, wie warm es war. Das Schwert fühlte sich tatsächlich an, als wäre es lebendig, und er wusste, dass es zum Töten gemacht war.

Warum überreichte Azura ihm ein so wertvolles Geschenk? Sie und Noir waren schließlich nicht dumm. Sie wollten mehr, er sollte nicht einfach nur für sie kämpfen, das spürte er tief in seiner Seele.

Was genau wollten sie von ihm? Warum war er so wichtig?

Das musste er unbedingt herausfinden. Also stieß Jericho die Tür auf und fand Azura allein im Zimmer.

Sie drehte sich zu ihm um und hob überrascht eine Augenbraue. »Stimmt etwas nicht?«

»Wo ist Noir?«

Sie schüttelte tadelnd den Kopf. »Diese Frage beantworte ich dir nicht, mein Schatz. Du kämpfst für uns, das ist alles. Vergiss nicht, wo du hingehörst!«

Die Antwort behagte ihm gar nicht, und er musste sich zurückhalten, sonst hätte er sie übel beschimpft.

Doch dann wurden ihre Gesichtszüge weicher, und sie wies mit dem Kinn auf die Tür hinter ihm. »Wieso amüsierst du dich nicht lieber mit deinem neuen Spielzeug?«

Ihr Ton und ihr Verhalten passten Jericho nicht. Aber das würde er sich nicht anmerken lassen ... jedenfalls noch nicht. Erst musste er ein paar Dinge herausbekommen. »Ich will die Oneroi sehen, die ihr hergebracht habt.«

Sie schaute ihn missvergnügt an. »Und warum?«

Ihre unaufhörliche Fragerei ging ihm allmählich auf die Nerven. »Ich hab mit den meisten noch eine Rechnung offen.«

»Keine Sorge, wir machen sie schon ordentlich fertig. Ich kann dir versichern, du wärst beeindruckt, wie sie jetzt aussehen.«

Sein Argwohn erwachte, als sie ihn erneut abwimmelte. »Willst du damit andeuten, dass ich auch ein Gefangener bin?«

»Das hab ich nicht gesagt. Aber du musst eines bedenken: Wir sind uns deiner Loyalität keineswegs sicher. Und du bist dir unserer Loyalität genauso wenig sicher. Du, Noir und ich geben im Augenblick nur ein schwaches Bündnis ab. Eines, das sich noch nicht bewährt hat.«

»Und trotzdem hast du mir ein so seltenes Schwert anvertraut?«

»Ein Unterpfand des Vertrauens im Hinblick auf unsere gemeinsame Zukunft.«

Hier stimmte etwas nicht. Alle seine Instinkte läuteten Alarm, er war auf der Hut. Über dieses Schwert gab es noch mehr zu erfahren, sie hatte ihm eindeutig etwas verschwiegen. »Warum hast du mir das Schwert geschenkt?«

»Das habe ich doch schon gesagt. Wir wollen, dass du auf unserer Seite bist. Solange du unser Verbündeter bist, werden wir dir jeden Wunsch erfüllen.«

Und wenn er sich unbeliebt machte, müsste er dafür büßen. Das war die unausgesprochene Drohung, die in der Luft lag und schwer wog. Eine Drohung, die Jericho nicht besonders gut aufnahm. So etwas hatte er schon einmal erlebt, und er war damals gewaltig auf die Schnauze gefallen.

Aber wenn sie ihm doch angeblich jeden Wunsch erfüllen wollte … »Mein Begehr ist es, die Oneroi zu sehen.«

Azura lachte. »Du bist wie ein quengeliges Kind. Wir werden dir zur rechten Zeit alles zeigen, und dann kannst du tun, was du willst. Aber jetzt noch nicht. Geh wieder zu deinem Spielzeug zurück! Wenn es dir lieber ist, kann ich dich auch zurück in die Autowerkstatt versetzen und dir alle Kräfte wieder nehmen.«

Kurz war Jericho versucht, ihr zu sagen, sie könne sich ihre Vergünstigungen in den Arsch schieben, doch er zog sich lieber zurück, obwohl er ihr eigentlich für den herablassenden Ton am liebsten eins auf die Mütze gegeben hätte.

Doch das wäre Selbstmord gewesen.

Ruh dich aus, sammle deine Kräfte und greife nur an, wenn du in der stärkeren Position bist. Er kannte die Regeln für Krieger in- und auswendig.

Und doch spürte er eine vage Furcht. Irgendetwas ging hier gewaltig schief, er wusste nur nicht, was es war.

Unruhig und unzufrieden kehrte er in sein Zimmer zurück und fand Delphine, die jetzt Top und Jeans trug. Außerdem hatte sie sich in seinen Mantel gehüllt, als könnte der sie schützen. Sie wusste natürlich nicht, dass genau das auch der Fall war. Nichts konnte diesen Mantel durchdringen.

Sie saß nervös auf dem Bett und schaute zur Tür, als erwarte sie, dass jemand sie angreifen würde. Wenn man bedachte, wo sie sich hier befand, war diese Furcht nicht unbegründet.

Jericho blieb auf halbem Weg zum Bett stehen und wusste nicht, was er sagen sollte. Nichtssagendes höfliches Geplauder war nicht sein Ding, selbst als er noch auf dem Olymp gelebt hatte.

Zum Teufel, er hatte seit Jahrhunderten mit kaum jemandem gesprochen!

Schon gar nicht mit einer attraktiven Frau. Sein Schwanz wurde hart vor Begierde, wenn er sie nur anschaute. Eine der grausamsten Strafen von Zeus hatte darin bestanden, dass Jericho für eine Frau entbrannte, sobald er sie sah, dass er aber, sobald er mit ihr allein war, schlaff wurde. Es hatte ihn fast verrückt gemacht, dass er immer Sex wollte und nie welchen bekam. Er konnte es sich nicht einmal selbst besorgen.

Das allein war genug, dass er dem olympischen Gott gern die Kehle zerquetscht hätte.

Jericho hatte also gelernt, nicht einmal mehr an Sex zu denken und sich so weit von Frauen und ihren Düften fernzuhalten, wie er nur konnte, damit es ihm nicht noch schlechter ging als ohnehin schon. Aber er hatte es unglaublich vermisst, dass ihn jemand berührte, ihn in den Arm nahm – er hatte es vermisst, eine weiche, nackte Frau in seinen Armen zu spüren.

Und hier saß nun Delphine. So schön. Der Inbegriff der Versuchung.

Sie nur ein Mal berühren …

Aber das konnte er nicht. Er musste annehmen, dass sein Körper ihn immer noch im Stich lassen würde. Und das machte ihn noch wütender.

»Hast du Hunger?«, knurrte er sie an.

Sie runzelte die Stirn und sah besorgt und ängstlich drein.

War es falsch gewesen, sie das zu fragen? Statt dass sie jetzt beruhigt und getröstet war, war sie noch mehr auf der Hut. Vielleicht lag es an seinem Tonfall. Wie sollte er sie bloß beruhigen?

Hatte nicht jemand ein Handbuch dafür geschrieben? Andererseits war wahrscheinlich niemand je auf diesen Gedanken gekommen, weil es vermutlich sehr selten war, dass Götter mit Geiseln kommunizierten.

»Ich will das Halsband loswerden«, forderte sie in festem Ton.

»Ich kann es dir nicht abnehmen.«

»Warum denn nicht? Hast du etwa Angst, dass ich meine Kräfte wiedergewinne?«

Jericho schnaubte. »Wenn du mich als feige beschimpfen willst, bringt dir das überhaupt nichts. Glaub mir, du bist eine blutige Anfängerin, ich hab schon wesentlich Schlimmeres gehört.«

Delphine entging nicht, dass in seiner Stimme ein gewisser Schmerz lag, den er zu verbergen versuchte. Nach allem, was sie von seinem Leben mitbekommen hatte, war sie sicher, dass er vieles an Beleidigungen und Schlimmeres erfahren hatte. Aber es änderte nichts daran, dass sie seine Gefangene war, und das verabscheute sie zutiefst.

Außerdem begriff sie nicht, was er überhaupt hier machte. »Warum hast du dich bloß mit *denen* verbündet?«

Jericho schwieg kurz und überlegte, wie er diese Frage am besten beantworten sollte. Ob sie seine Beweggründe und seine Motivation überhaupt begreifen könnte? Er kannte die

Wahrheit. Sie müsste selbst die Hölle durchleben, die er durchgemacht hatte, damit sie es verstehen könnte.

Jericho hob die Hände und ließ einen Bogen heller Energie entstehen, die zwischen seinen Handflächen pulsierte. Zum ersten Mal seit Jahrhunderten konnte er wieder einen Blitz erschaffen und ihn schleudern, um jemanden verschmoren zu lassen. Dieses belebende Gefühl … zu wissen, dass ihn niemand mehr misshandeln könnte …

Allein dafür hätte er seine Seele gegeben, sein Leben und den ganzen Rest. Wie hätte er Azuras Angebot ablehnen können? Aber er hatte nicht die Absicht, Delphine das alles anzuvertrauen. »Das geht dich nichts an.« Er ließ die Hände wieder sinken und packte den Griff seines Schwertes.

Sie starrte ihn frustriert an. »Noir wird die ganze Welt zerstören.«

»Na und? Wer sagt denn, dass es sich lohnt, die Welt zu retten?«

Delphine hätte ihn am liebsten geschüttelt, weil er so halsstarrig war. Sie war noch nie jemandem begegnet, der so vernagelt und derart unversöhnlich war. Was hatte man ihm angetan, dass er so geworden war? »Würdest du denn jeden töten oder versklaven? Auf der Welt gibt es so unglaublich viel Schönheit, die diese Leute zerstören würden. Kannst du das nicht sehen?«

Er verspottete sie, als wäre sie ein kleines Kind. »So reden nur Leute, die ausschließlich in einer schönen Traumwelt leben. Du hast keine Ahnung, wie die echte Welt da draußen ist. Was die Leute dir antun, wenn sie wissen, dass sie damit durchkommen. Die Leute sind unfassbar grausam, und Noir und seine Leute machen zum Glück endlich Schluss damit.«

»Natürlich können Menschen manchmal grausam sein«, räumte Delphine ein. »Aber ich habe auch schon das Beste in ihnen gesehen. Ihre Hoffnungen und ihre Träume.« Deshalb kämpfte sie für das Wohlergehen und den Weiterbestand der Menschheit.

»Und ich habe das Schlechteste in ihnen überlebt.« Der Schmerz in seinen Augen verbrannte sie regelrecht.

Das erklärte einiges über ihn und seine Denkweise. Aber das rechtfertigte sie noch lange nicht. »Also ist alles, was du tust, richtig, ja? Man war schlecht zu dir, also ist es richtig, wenn du jetzt deinerseits schlecht zu allen anderen bist?«

Jericho zuckte lässig die Achseln. »Scheint mir nur gerechtfertigt zu sein.«

Sie stieß einen langgezogenen Seufzer aus. Wie sollte sie je zu ihm durchdringen, sodass er begriff, was er tat? Wichtiger noch, dass ihm etwas daran lag, was er tat! »Bist du immer schon so bitter gewesen?«

Bei dieser unerwarteten Frage hielt Jericho inne. Das hatte ihn noch niemand gefragt. Die Frage zwang ihn, einen Blick in sein Inneres zu werfen.

Er hatte sich nie besonders gemocht. Nicht in der Zeit, als er Zeus gedient hatte, und nach seiner Verbannung erst recht nicht. Vom Augenblick seiner Geburt an war ihm sein Schicksal aufgezwungen worden.

Halte deine Geschwister im Zaum. Diene deinem Herrn. Tu, was man dir sagt. Stell keine Fragen. Du hast kein eigenes Leben …

Und so hatte er gelebt – bis zu dem einen Augenblick, wo er nicht mehr blindlings gehorchen wollte.

Damit war dann alles zu Ende gewesen. Geburt, Zerstörung, Tod und Wiedergeburt. Das war das Gesetz des Universums. Das Gesetz des Ersten Wesens. Wer war er, dass er sich dagegen auflehnte?

Aber die Wahrheit war noch immer brutal. »Ja«, sagte er kalt. »Ich bin immer schon so bitter gewesen.«

Sie seufzte müde. »Dann tut es mir sehr leid für dich.«

»Das muss es nicht. Ich brauche kein Mitleid von jemandem, der so wenig vom Leben weiß.«

Delphine schüttelte den Kopf. »Das stimmt nicht. Jedes Mal, wenn ich einen Traum betreten habe, habe ich das Leben gesehen. Ich habe Liebe und Freude in ihrer reinsten Form erlebt. Sie sind wunderschön anzuschauen, selbst wenn man sie im Traum nur stumm sehen kann.«

Jericho widersprach mit einem unhöflichen Knurren. »Du lebst ja gar kein richtiges Leben.«

Das machte Delphine so wütend, wie sie noch nie im Leben gewesen war. »Und was ist mit dir? Ich habe dich doch gesehen! Du hast mit niemandem Kontakt gehabt, du hast dich nicht mal verabschiedet, wenn du gegangen bist. Was für eine Art von Leben soll das gewesen sein?«

Er blähte voller Wut die Nasenflügel, holte tief Luft und kam so wütend auf sie zu, dass sie die Flucht ergreifen wollte. Aber er drängte sie in eine Ecke. Delphine musste sich fast den Nacken verdrehen, damit sie zu ihm aufschauen konnte. Er war so unglaublich groß, so wild, und sein Auge glühte geradezu vor Hass.

Jericho wollte ihr genau erzählen, warum er nicht mit anderen in Kontakt treten konnte. Er hätte sie am liebsten für das büßen lassen, was Zeus ihm angetan hatte. Aber als er vor ihr stand und ihren Duft in die Nase bekam, war er plötzlich wie gelähmt.

Seine ganze Wut löste sich in nichts auf, und sein Schwanz wurde steinhart. All seine Gedanken kreisten auf einmal um Delphine und nicht mehr um seinen Hass.

Nur noch um sie, ihre sanfte Haut und ihren zierlichen Körper, den er so unglaublich gern gekostet hätte …

Sein Blick richtete sich auf ihre Lippen, die im heftigen Atmen geöffnet waren. Ob sie genauso weich waren, wie sie aussahen? Könnten sie ihm die Lust bereiten, die er nicht mehr gekannt hatte, seit er verdammt und verflucht worden war?

Seit Jahrhunderten hatte er keine Frau mehr geküsst … Ob er überhaupt noch wusste, wie das ging?

Bring die Schlampe um, und kümmere dich um deine Rache. Am besten schickst du sie Zeus in Stücken zurück. Er soll ruhig wissen, wie es sich anfühlt, wenn man leidet. Nimm ihm das, was er dir genommen hat.

Aber das konnte er nicht. Trotz ihrer frechen Worte und seiner Wut konnte er ihr keine Schmerzen zufügen. Und er wollte verdammt sein, wenn er wusste, warum.

Ihre grünbraunen Augen waren noch immer voller Feuer und Freude, obwohl sie Angst hatte. Die Leidenschaft konnte er ihr nicht nehmen.

Und er wollte sie ihr auch gar nicht nehmen.

Bevor er noch verstehen konnte, was er tat, griff er nach einer Locke, die ihr auf die Schulter fiel. Ihr Haar war unglaublich weich. Die Locke schlang sich um seinen Finger und liebkoste seine Haut. Er hob sie ans Gesicht, schloss die Augen, atmete ihren Duft ein und stellte sich vor, wie es wäre, mit Delphine Sex zu haben, bis sie beide erschöpft wären.

Sein Schwanz zuckte vor Verlangen, als er sich vorstellte, sie läge nackt in seinen Armen.

Delphine bekam kaum noch Luft, als sie ihn betrachtete. Ein bisschen erwartete sie noch immer, dass er sie angreifen würde – aber das tat er nicht.

Stattdessen ließ er ihre Locke über die Lippen gleiten. Und seine Lippen waren den ihren ganz nahe …

Es hatte sie noch nie jemand geküsst. Bis zu diesem Augenblick hatte sie auch keinen Gedanken daran verschwendet. Da sie ohnehin keine Lust verspüren konnte, war das Ganze für sie nie ein Problem gewesen. Doch nun spürte sie zum ersten Mal, wie ihr Körper von einer Hitzewelle überflutet wurde, wie ihr Herz schneller schlug und gleichzeitig immer schwerer wurde, das hatte sie noch nie zuvor erlebt.

Sie wollte, dass er sie berührte …

Er neigte den Kopf, als wolle er sie küssen. Aber kurz bevor ihre Lippen sich berührt hätten, vergrub er das Gesicht in ihrem Haar und atmete tief ein.

Delphine war unsicher, was sie tun sollte. Sie legte Jericho eine Hand auf den Hinterkopf und umschlang ihn. Sie war nicht darauf vorbereitet, wie unglaublich gut es sich anfühlen würde, ihn so im Arm zu halten. Er roch nach Leder und scharfen Gewürzen und vor allem nach Mann. Sein dichtes weißes Haar war weich wie eine Feder, als es ihr Gesicht berührte, und ein Schauer überlief sie. Sie konnte spüren, wie sich seine Muskeln unter ihrer Hand bewegten, sie spürte, wie weich sich sein Haar anfühlte …

Jericho verbarg das Gesicht in ihrer Halsbeuge, während er sich all das ausmalte, was er gern mit ihr tun würde. Er versuchte, sich vorzustellen, wie gut ihre Haut schmeckte.

Wie es sich anfühlte, wenn sie ihn berührte …

Es war himmlisch.

Und gleichzeitig war es die Hölle.

Er wollte nicht so empfinden. Er wollte nie wieder schwach sein, schon gar nicht einer anderen Person gegenüber. Nie wieder sollte jemand Kontrolle über ihn haben. Das letzte Mal, als er sich Gefühle für jemanden gestattet hatte, hatte er alles verloren.

Selbst seine Würde.

Bei diesem Gedanken wurde er wütend, knurrte tief in der Kehle und riss sich aus ihrer Umarmung los. Er brauchte weder einen weichen Leib noch Trost. Er brauchte niemanden, der ihn berührte. Das hatte die Sache mit Zeus ihn gelehrt. Er konnte auf sich allein gestellt überleben, ohne andere Leute.

Denn so war er stärker.

»Bleib mir vom Hals«, knurrte er sie an.

Delphine war verblüfft. »Du hast doch angefangen.«

»Bedräng mich ja nicht, Frau!«

Sie kniff die Augen zusammen. »Weißt du, die ganze Sache mit den Gefühlen ist für mich auch neu. Ich weiß nicht, wie ich mit diesen ganzen widersprüchlichen Dingen umgehen soll. Und dass du mich auch noch anschreist, ist nicht besonders hilfreich ... Mann!«

»Werd ja nicht laut mir gegenüber!«

»Das Gleiche gilt auch für dich, Freundchen.« Sie hatte gar nicht gemerkt, dass sie ihm wieder näher gekommen war, bis sie plötzlich ganz dicht vor ihm stand und zu ihm hinaufschaute.

Seine Wut tat ihr weh, aber sie konnte nichts für ihn tun, überhaupt nichts, und das war so frustrierend, dass sie sich am liebsten irgendwo verkrochen hätte, wo sie in Sicherheit war. »Ich will einfach nur zurück nach Hause.«

Jericho zuckte innerlich zusammen, als er die leisen Worte hörte. Genau das Gleiche hatte er so häufig gesagt, damals, im ersten Jahrhundert seiner Verbannung. Diese Worte hallten noch immer wie ein schmerzendes Verlangen in seinem Herzen. Wie oft hatte er die Augen geschlossen und sich an den Klang von Nikes Lachen erinnert? Daran, wie schön es war, wenn man respektiert wurde?

Er hatte nur noch eines gewollt: das zu ändern, was er getan hatte, und alle um Vergebung zu bitten, sodass er nach Hause zurückkehren konnte.

Aber im Laufe der Zeit hatte er gelernt, sich das nicht mehr zu wünschen. Er hatte gelernt, sich nicht mehr daran zu erinnern.

Zumindest würdigte *er* sie nicht herab, und er folterte sie auch nicht, so wie man das mit ihm getan hatte.

»Du solltest dich besser an all das hier gewöhnen. Bald wird es für dich kein Zuhause mehr geben, in das du zurückkehren kannst.«

Sie war verblüfft. »Würdest du auch deine eigene Mutter töten?«

In ihm war nichts als Kälte, was die Göttin Styx anbetraf. »Meine Mutter war es, die mir meine Kräfte genommen und mich hinaus in die Welt verstoßen hat. Was glaubst du denn!«

»Ich finde, deiner Mutter sollte man für ihre Grausamkeit eine Tracht Prügel verabreichen – und Zeus vermutlich auch, aber wir anderen sollten nicht sterben müssen, nur weil diese beiden im Unrecht waren.«

Sie mochte recht haben, aber das reichte nicht, um seine Wut zu besänftigen. Bei Weitem nicht. »Du hast doch nicht die geringste Ahnung, was Rache überhaupt bedeutet!«

»Da hast du recht, das habe ich nicht. Ich kann bloß Leute beschützen, etwas anderes habe ich nie gemacht.«

»Weil du ein hirnloser Roboter bist.«

Sie hob das Kinn. »Besser ein hirnloser Roboter, der andere beschützt, als ein tobender Mörder ohne jede Rücksichtnahme. Nur weil meine Gefühle gebunden waren, heißt das nicht, dass ich hirnloser gewesen wäre als du vor deiner Verbannung, als du noch die Strafen des Zeus ausgeführt hast. Hephaistos hat mir erzählt, wie er dich angefleht hat, Prometheus zu verschonen. Und doch hast du Hephaistos bewacht, während er den Gott so fest an den Felsen schmieden musste, dass er für den Rest seines Lebens jeden Tag aufs Neue von dem Adler zerfleischt wird.«

»Du siehst ja, wie gut das funktioniert hat. Glaub mir, für meinen hirnlosen Gehorsam musste ich schwer bezahlen. Wenn ich in der Zeit zurückgehen könnte, würde ich Zeus mit dem Schwert durchbohren, solange es mir noch möglich ist.«

Delphine hob die Hände. »Aber du hast es nicht gemacht. Du hast das Richtige getan. Und jetzt bitte ich dich, noch einmal das Richtige zu tun. Wechsle auf unsere Seite. Lass nicht zu, dass das Böse die Herrschaft über die Welt gewinnt.«

Jericho lachte bitter. »Du weißt aber schon, dass ich verflucht worden bin, als ich das einzige Mal in meinem Leben das Richtige getan habe? Die Tatsache regt mich nicht gerade dazu an, das zu wiederholen. Als Zeus gefragt hat, ob irgendein Gott für mich eintreten würde, haben sich alle von mir abgewandt. Sie haben mit dem Bösen angefangen – *sie alle*. Und jetzt werde ich die Sache beenden. Ich werde ihr Leben beenden. Die Welt ist mir egal, verdammt soll sie sein!«

»Genau das wird sie auch sein«, sagte Delphine mit erstickter Stimme, während sie verzweifelt versuchte, sich gegen die Hoffnungslosigkeit und den Kummer zur Wehr zu setzen, die in ihr aufstiegen. »Das wird sie sein.« Sie holte tief Luft und setzte noch einmal an. »Und was wird dann aus dir?«

»Ist das noch wichtig?«

»Wenn es dir selbst nicht wichtig ist, wie könnte es dann jemand anderem wichtig sein?«

Er verzog geringschätzig den Mund. »Dreh mir mit deinem dämlichen Psychogequatsche nicht immer das Wort im Mund um. Keiner mag mich – oh, da muss ich aber weinen! Es ist mir scheißegal! Wenn du mich jetzt entschuldigen würdest, ich habe eine Armee zu trainieren.« Damit verschwand er.

Delphine stieß einen langen Seufzer aus, als die Luft um sie herum wieder klarer wurde. Seine Wut und sein Schmerz waren so stark, dass sie sie regelrecht spüren konnte.

Wie konnte sie nur zu ihm durchdringen?

War das überhaupt noch möglich?

Aber das Traurigste war, dass sie ihn für seine Reaktion nicht im Geringsten verantwortlich machen konnte. Was man ihm angetan hatte, war falsch gewesen, völlig unverzeihlich.

Was hätte sie an seiner Stelle getan? Ein Leben zu retten und das eigene Leben damit zu ruinieren …

Das schien ihr verdammt unfair.

Doch die Zeit lief unaufhaltsam weiter. Bald wäre es zu spät.

Wenn wir ihn nicht auf unsere Seite holen können, dann müssen wir ihn ausschalten.

Eine andere Möglichkeit gab es nicht.

Kapitel 4

Diesmal fand Jericho Noir im Kriegszimmer. Von Azura war nichts zu sehen. Er trug seine dunkelrote Rüstung und saß auf einem Stuhl, die Füße lagen auf dem Tisch, und die Knöchel waren gekreuzt. Seine Augen waren halb geschlossen, und er hatte die Hände über dem Bauch gefaltet.

Es sah aus, als hielte er ein Nickerchen, aber Jericho wusste es besser.

»Willst du was?«

Bei diesen barschen Worten zögerte Jericho kurz. Noir hatte ihn nicht beschimpft, aber in seiner Frage klang so viel Verachtung mit, dass sie ganz klar beleidigend waren.

»Azura hat mir gesagt, ich soll eine Armee anführen. Ich würde die Soldaten gern mal sehen.«

Noir grinste ihn an. »Kapierst du auch, was wir von dir wollen?«

»Ich soll Zeus umbringen und die Götter des Olymps beseitigen.«

Noir blickte ungerührt drein. »Und, glaubst du, dass du das kannst?«

Jericho ließ sich nicht leicht einschüchtern. Er wusste, dass Noir der Stärkere war, aber das war ihm egal. »Ich bin ein Titan und habe an der Seite von Zeus gekämpft, um meine Brüder für ihn gefangen zu setzen. Was glaubst du wohl?«

»Ich glaube, wenn du hältst, was deine tapferen Reden versprechen, wirst du ein wertvoller Verbündeter für uns sein.«

»Zweifelst du etwa an mir?«

Noir zuckte mit den Schultern und gähnte, als würde die Unterhaltung ihn langweilen. »Ich zweifle an jedem. Jemand, den ich nicht bestechen oder beherrschen kann, muss ich erst noch finden. Man kann jeden kaufen, es ist nur eine Frage des Preises.«

»Dann hätte ich wohl mehr verlangen sollen.«

Noir lachte. »Ja, das hättest du. Ich habe es mir schwieriger vorgestellt, dich für uns zu gewinnen. Aber ich habe deinen Hass auf Zeus unterschätzt.« Er holte lange und genussvoll Luft. »Ich liebe den Duft von Hass und Rachsucht. Es ist das Berauschendste, was es gibt.«

Jericho war anderer Meinung. »Mir geht es mit Blut so. Es gibt im ganzen Universum keinen besseren Geruch als den, wenn sich Blut mit dem Aroma derer mischt, die den Tod fürchten.«

Noir zog scharf die Luft ein, als würde Jerichos Beschreibung ihn sexuell erregen. »Nun, ich mag dich wirklich. Es ist schwer, Gleichgesinnte zu finden.«

»Du hast wohl vergessen, wer und was mich in die Welt gesetzt hat.«

Noir nickte und drehte Däumchen. »Mir tun alle leid, die auf der helleren Seite der Welt geboren sind. Sie begreifen nicht, wie verführerisch die Grausamkeit ist. Die Schreie und das Betteln um Gnade sind Musik in meinen Ohren – es gibt nichts Schöneres!«

Jericho war sicher, dass er spürte, wie die Klinge an seiner Seite zuckte, aber ob es aus Zustimmung oder aus Furcht war, wusste er nicht.

»Asmodeus!«, rief Noir. »Zeige dich!«

An Noirs Seite erschien eine dunkle Wolke. Sie materialisierte sich langsam zu einem Wesen, das Jericho an einen großen Elfen erinnerte. Seine scharfen Gesichtszüge waren schön, doch in seinen dunkelgrauen Augen lag Grausamkeit. Er war ganz in Schwarz gekleidet und sah ernst und gefühllos aus. »Du hast mich gerufen, Herr?«

Noir schaute ihn kühl an und wies mit dem Kinn auf Jericho. »Das hier ist unser neuer Verbündeter. Ich will, dass du ihn zu Zeth und dem Rest der olympischen Hunde begleitest, die für uns kämpfen.«

Asmodeus verbeugte sich tief und kriecherisch. »Sonst noch was, Herr? Soll ich dir vielleicht die Stiefel lecken? Oder dir den Hintern abwischen?«

Noir stieß ihn grob weg und stand dafür gar nicht erst auf. »Wenn du mich verärgerst, du Wurm, dann kann das hier alles auch ganz anders ablaufen.«

Asmodeus riss die Augen auf und erhob sich. »Ich bringe ihn sofort zu Zeth, Herr.« Er blieb neben Jericho stehen. »Folge mir, Unter-Herr, ich zeige dir den Weg.« Der Dämon ging auf die Tür zu.

Was für ein schräger Vogel. Jericho zögerte einen Moment, während Noir weiterhin ins Nichts starrte.

»Sonst noch was?«, fragte er aus seiner Ruhestellung mit den halb geschlossenen Augen. Es schien, als würde er nichts mitbekommen, aber Jericho war klar, dass Noirs Aufmerksamkeit so leicht nichts entging.

»Ich bin nur neugierig: Wenn ihr die Welt erst mal erobert habt, was habt ihr dann mit ihr vor?«

»Sie genießen. Es ist schon viel zu lange her, dass die Massen uns verehrt haben. Wenn du erst wieder auf den Geschmack gekommen bist, wirst du verstehen, was ich meine, und es wird dir alles wieder einfallen. Wir sind die obersten Herren. Für uns ist die Verehrung der Massen wie Muttermilch.«

Noir hatte recht. Jericho konnte sich nicht erinnern, wann jemand ihm gegenüber das letzte Mal respektvoll gewesen war – oder ihm auch nur ganz gewöhnlichen Anstand erwiesen hatte. Er war jahrelang in Gefängnissen eingesperrt gewesen, in Kerkern und anderen Höllenlöchern, in die Zeus ihn hatte werfen lassen. Jeder Teil seines Körpers war geschunden worden.

Genau deswegen gierte er so beharrlich nach dem Blut der olympischen Götter und hätte es sich so gern von den Fingern geleckt …

Er neigte den Kopf vor Noir, verließ den Raum und folgte Asmodeus den Flur hinunter, der regelrecht zu leuchten schien. Wie merkwürdig!

»Woher kommt dieses Licht?«, fragte er den Dämon.

Asmodeus blickte kurz auf, dann schaute er wieder zu Boden, während sie weitergingen. »Ähm, ich glaube nicht, dass du die Antwort hören willst, Unter-Herr.«

»Warum nicht?«

»Sie könnte dich aufregen.«

»Dann reg mich mal auf.«

Asmodeus zögerte ein paar Sekunden, ehe er endlich antwortete. »Das Leuchten kommt vom Blut der Cali. Ich rede nicht von der Göttin Kali, denn seien wir mal ehrlich, wenn man sie bluten ließe, wäre das sehr unklug, denn es würde sie ungeheuer verärgern, und sie ist schließlich verdammt mächtig, das weißt du sicher. Dieses Blut hier stammt vielmehr von den kleinen, harmlosen Cali-Dämonen, die entstanden sind, als sich Kali an einer Rose gestochen hat. Das Blut von *diesen* Cali leuchtet offenbar, wer hätte das gedacht!«

Jericho blieb stehen und schaute auf. Die Cali waren wohlwollende Dämonen, die der Menschheit halfen. Er hatte nie mit ihnen gekämpft und wusste daher nicht, dass ihr Blut blau war und leuchtete. Das Blut wurde durch Röhren geführt, die an Leuchtstäbe erinnerten. »Wie viele wurden denn getötet, um diesen Flur zu beleuchten?«

Asmodeus zuckte sichtlich zusammen. »Tja, das Problem liegt darin, dass Blut so leicht gerinnt, also braucht man immer einen ordentlichen Vorrat, doch darüber sollten wir besser nicht reden. Deshalb habe ich auch vermutet, dass du die Antwort auf deine Frage lieber nicht hören willst. Und ich habe recht behalten, oder?«

Jericho drehte sich der Magen um, wenn er an die kalte Brutalität dachte, die es erforderte, diesen Flur zu beleuchten. Eine ganze Art fast auszurotten, nur um ihr Blut als Leuchtmittel zu benutzen. Andererseits zerlegten die Menschen Glühwürmchen aus genau dem gleichen Grund. Er hatte unzählige Menschen gesehen, die die Innereien der armen Tiere auf ihrer Haut verstrichen hatten, damit sie glänzte, und die dann darüber gelacht hatten.

Letztlich war es das gleiche Prinzip.

Jericho folgte Asmodeus weiter. »Wie viele Dämonen und andere sind denn hier versklavt?«

»Definiere ›Sklaverei‹«, wich Asmodeus aus.

»Gegen ihren Willen festgehalten.«

»Eine gute Definition.« Asmodeus kratzte sich gedankenvoll das Kinn. »Zähle ich dann auch dazu?«

»Warum nicht?«

»Wahrscheinlich ein paar Millionen … du weißt ja sicher, dass es schon ganz schön schwierig ist, überhaupt nur bis zu einer Million zu zählen. Es sterben immer welche, und es kommen neue dazu. Ich hab mal versucht, sie zu zählen, aber es war so was von deprimierend, dass ich wieder aufgehört habe. Dieses ständige Addieren und Subtrahieren ist wirklich nicht meine starke Seite.«

Jericho fragte sich allmählich, was eigentlich die starke Seite von Asmodeus war. Aber es war wohl besser, nicht danach zu fragen. »Wie lange bist du denn schon hier?«

»Weiß ich nicht. Das hab ich auch mal versucht nachzurechnen, aber es hat mich deprimiert, da hab ich es gelassen. Ich finde es leichter, einfach mit dem Strom zu schwimmen.«

Er blieb vor einer Tür stehen. »Da wären wir. Vielleicht sollte ich dich warnen, ehe wir eintreten.«

Jericho trat an ihm vorbei und riss die Tür auf. »Vielleicht auch nicht. Ich lass mich einfach überraschen.«

Und er war tatsächlich überrascht von dem, was er sah: Überall waren betrunkene Skoti, einige in Stellungen, dass es dem *Kamasutra* alle Ehre gemacht hätte. Bei einem Paar musste er einfach stehen bleiben. Allein die Biegsamkeit, die man für so etwas aufbringen musste, war schon erstaunlich …

Sie würden später sicher beide einen Chiropraktiker brauchen.

Wenn sie nicht ohnehin dabei umkamen.

»Sie sind trunken von Blut«, erklärte Asmodeus und zog Jericho weiter. »Sieht ganz so aus, als hätten sie ihre Siege noch nie zuvor gefeiert. Mich persönlich erinnert das Ganze an eine Horde besoffener Verbindungsstudenten, aber was weiß ich schon davon. Ich hab bloß mal so einen Film gesehen: *Ich glaub', mich tritt ein Pferd.*« Asmodeus schauderte.

Jericho schaute den schwafelnden Dämon irritiert an. »Redest du immer einfach so drauflos, ohne nachzudenken?«

Er nickte ungerührt. »Ja, meistens. Es irritiert Noir ungeheuer, und das ist von Vorteil für mich. Zumindest solange ich fixer bin als er.«

Jericho schaute ihn streng an. »Du kannst mich auch auf die Liste der Leute setzen, die du nervst.«

»Oh.« Asmodeus sah ein bisschen enttäuscht aus. »Du wirst mir aber hoffentlich deswegen nicht gleich die Hoden versengen, oder?« Jericho bewunderte die gleichmütige Art, mit der der Dämon die Frage stellte, die ihm doch offensichtlich sehr am Herzen lag.

»Das hab ich nicht vor.«

Asmodeus wurde sofort wieder munterer. »Gut. Dann können wir Freunde sein.«

Freunde? Bei der Persönlichkeit des Dämons war sich Jericho nicht so sicher, was das bedeuten sollte. Aber Asmodeus schien doch recht harmlos zu sein und außerdem ein sprudelnder Quell an Informationen. Vielleicht wäre es gar nicht so schlecht, ihn sich warmzuhalten.

Vorausgesetzt, dass er auch mal die Klappe halten konnte. Er hatte etwas an sich, das Jericho an einen überdrehten Jack-Russell-Terrier erinnerte.

Er wandte seine Aufmerksamkeit wieder den geilen Skoti zu, die völlig die Kontrolle über sich verloren hatten. »Wer ist der Anführer?«

»Der da.« Asmodeus wies auf eine Couch, wo ein männlicher Skotos zwei halb nackte Weibchen umschlungen hielt. »Ich glaube, sie haben Schwierigkeiten, sich an die Gefühle außerhalb der Träume anzupassen. Jedenfalls benehmen sie sich wie hirnlose Teenager aus der Porno-Version eines Films von John Hughes.«

Jericho runzelte die Stirn. »Wie kommt es, dass du so auf dem neuesten Stand bist, was Popkultur angeht?«

»Warst du schon mal in einem Höllenloch gefangen? Wenn man nicht gerade von Psychos gefoltert wird, gibt es da nicht viel, was man sonst tun kann. Außerdem mag ich Molly Ringwald. Sie hat so einen dämonischen Blick drauf, der mich echt anmacht. Ich wünschte, ich könnte sie mal ein paar Minuten nackt ganz für mich allein haben.«

Tja nun, das erklärte zumindest einiges über den geistigen Zustand des Dämons.

Jericho betrachtete den Skotos, der nichts von den Gästen mitbekommen hatte, sondern ungeniert eine der beiden Frauen küsste. »Er heißt Zeth?«

Asmodeus grinste. »Na, da hat aber jemand aufgepasst. Ja,

das ist Zeth. Ich würde dich ja gern vorstellen, aber er kann mich auch nicht leiden. Und weil er einer von denen ist, die Dämonen gern die Flügel ausreißen …«

»Du hast doch gar keine Flügel«, warf Jericho ein.

»Nein, jetzt nicht mehr!«

Jericho zuckte mitleidig zusammen. Er war nicht sicher, ob er selbst noch Flügel hatte oder nicht. Als Mensch hatte man sie ihm genommen. Und seit seine Kräfte wiederhergestellt waren, hatte er noch keine Gelegenheit gehabt, es auszuprobieren.

Aber darüber wollte er jetzt nicht nachdenken. Stattdessen suchte er sich einen Weg zwischen den ohnmächtigen oder ineinander verschlungenen Körpern hindurch zur Couch von Zeth, der genauso trunken schien wie alle anderen.

Als Jericho sich räusperte, schaute Zeth auf.

Er machte sich vom Hals der Frau los und starrte ihn an.

Jericho runzelte die Stirn. Statt der typischen blauen Augen eines Skotos' waren die von Zeth schwarz – so tiefschwarz, dass seine Pupillen nicht zu erkennen waren. Waren sie dermaßen erweitert, oder hatte es andere Gründe?

Zeth musterte Jericho von oben bis unten. »Wer bist du?«

»Dein neuer Herr.«

Zeth schnaubte. »Ich hab schon einen, noch einen brauch ich nicht, also verpiss dich.«

»Zu spät.« Jericho schaute sich um. Er wollte sich einen Eindruck verschaffen, wie viele Skoti hier waren. Es schienen ein paar Hundert zu sein, kein Einziger davon schien nüchtern. »Sind das hier alle Soldaten?«

Zeth legte den Kopf in den Nacken, sodass eine der Frauen seinen Hals liebkosen konnte. »Keine Ahnung. Vielleicht.«

Jericho zog die Frau von Zeth herunter, packte ihn am Hemd und riss ihn hoch. »Konzentrier dich mal, Arschloch! Was stimmt mit dir nicht?«

Zeth' Kopf hing schlaff herunter. »Ich kann mich nicht konzentrieren. Meine Sinne sind vollkommen überlastet.« Dann lachte er und klopfte Jericho auf die Schulter. »Du brauchst dringend mal wieder Sex.«

Jericho musste sich zusammenreißen. Er hätte dem Mann gern Vernunft eingeprügelt, und es fiel ihm schwer, sich unter Kontrolle zu halten. »Und du brauchst dringend mal eine Ausnüchterungskur. Wie könnt ihr denn in diesem Zustand gegen die Oneroi kämpfen?«

»Wir müssen nicht kämpfen, wir wandeln sie einfach um.«

Angewidert ließ Jericho ihn los, und Zeth plumpste wieder auf die Couch. Wortlos rollte er sich zu der anderen Frau hinüber und legte sich auf sie, während die erste Frau sich auf ihm niederließ und ihre Liebkosungen wieder aufnahm.

Es war wirklich lächerlich.

»Asmodeus!«, rief Jericho und beschwor den Dämon wieder herauf.

Er erschien augenblicklich. »Du hast gerufen, Unter-Herr?«

»Ich suche einen Gott namens Deimos. Ist er hier?«

Asmodeus verzog angestrengt das Gesicht, ehe er antwortete. »Definiere ›hier‹.«

»Asmodeus!«

»Ja, gut, schrei nicht so. Ich kann es nicht leiden, wenn man mich anschreit. Er ist nicht in diesem Raum, aber er hält sich in dieser Sphäre auf, falls du verstehst, was ich sagen will.«

»Führ mich zu ihm.«

Asmodeus schaute sich ein wenig verlegen um. »Muss ich das?«

»Wenn du nicht gehorchst, werde ich etwas mit dir tun, das viel mehr wehtut, als Flügel auszureißen.«

Asmodeus riss erschrocken den Mund auf und hielt sich die Hände vor den Unterleib. »Du bist wirklich ein ganz gemeiner Kerl.«

Jericho hatte nicht die Absicht, dem Dämon wirklich etwas anzutun, aber das würde er ihm nicht verraten. »Möchtest du gerne unnötig leiden?«

»Na schön, ich bring dich zu ihm. Aber wenn der Große Böse kommt, dann schiebe ich alles auf dich. Das ist wirklich nicht meine Kragenweite, das mach ich nicht mal für einen Freund. Du bist ab sofort ganz auf dich allein gestellt.«

Diesmal ging Asmodeus nicht voran, er berührte Jericho nur am Arm und versetzte sie beide in eine dunkle, schimmernde Grube. Ein unerträglicher Gestank hing in der Luft, und Jericho hörte das Stöhnen und Flehen von Wesen, die den Tod herbeisehnten. Noir würde es hier sicher sehr anheimelnd finden, aber Jericho konnte es trotz seiner Rachegelüste nicht anders nennen als »Hölle«.

»Wo sind wir hier?«

Asmodeus ließ ein Licht in der Hand erscheinen, sodass man die übel zugerichteten, blutenden Leiber sehen konnte, die hier angekettet waren. »Wir sind an dem Ort, wo Noir glücklich ist. Hierher bringt er diejenigen, mit denen er ein bisschen spielen will.«

»Die er bestrafen will.«

»Wie immer man das nennen will. Willst du jetzt Deimos sehen?«

Jericho versuchte, kein Mitleid für die armen Seelen zu empfinden, die an diesem trostlosen Ort gefangen waren. »Deshalb sind wir ja schließlich hier.«

Asmodeus wies auf eine Stelle hinter ihm. »Es ist der Fünfte da drüben an der Wand, glaube ich. Ist ein bisschen schwer zu sagen. Wenn sie lange genug geprügelt worden sind, sind die Gesichtszüge immer so deformiert und verschwollen; dann noch rauszufinden, wer wer ist, ist eine echte Qual. Als sie ihn hierher geschleppt haben, hatte er blonde Strähnen, wenn nicht zu viel Blut die Haare verklebt, dann erkennst du ihn vielleicht daran.«

Jericho schaute den Dämon angewidert an, dann ging er hinüber zu den Wesen, die an der Wand angekettet waren. Asmodeus hatte recht. Er konnte wirklich nicht erkennen, wer sie waren, und das machte ihn regelrecht krank.

Ob es seine Feinde waren oder nicht – es waren doch immerhin lebendige Wesen. Und sie waren bis an die Schwelle des Todes gefoltert worden. Jericho hatte genügend Missbrauch erfahren, dass es bis in alle Ewigkeit reichte. Er verabscheute es, andere in diesem Zustand zu sehen, auf den man ihn bei unzähligen Gelegenheiten reduziert hatte.

Als er den fünften Mann erreichte, sah er blonde Strähnen im dunklen Haar. Deimos hing da, als wäre er tot. Seine geschwollenen Augen waren geschlossen, sein Kopf auf den mit Wunden bedeckten Arm gesunken. Schwarze stilisierte Tattoos zogen sich von seiner Stirn über das Gesicht bis zum Kinn. Seine Kleider waren blutig und zerfetzt, und durch die Risse im Stoff konnte Jericho tiefe, klaffende Wunden erkennen.

Noir musste mit dem Dolophonos unglaublich hart umgesprungen sein, denn er sah seinem Zwillingsbruder Phobos kein bisschen mehr ähnlich.

Als Jericho vor ihm stehen blieb, öffnete Deimos langsam die Augen und versuchte, sich auf ihn zu stürzen, trotz seines erbärmlichen Zustands jederzeit bereit zum Kampf.

Jericho trat einen Schritt zurück. Fast hätte er ihn aus reinem Reflex geschlagen.

Sie sahen einander in die Augen. Deimos' Knurren verstummte, als er ihn erkannte. »Cratus?«

Er nickte.

»Was machst du denn hier?« Sein Blick glitt an Jerichos unversehrtem Körper hinab, dann fluchte er. »Verräter!«

Seine Verachtung brachte Jerichos Wut zum Überkochen. Wie konnte dieser Mistkerl es wagen! »Betrogener.«

»Leck mich!«

Jericho verzog den Mund. »Jetzt weißt du, wie ich mich gefühlt habe, Bruder. Erinnerst du dich an den Tag, als du dich zusammen mit allen anderen gegen mich gewandt hast?«

»Wie kannst du nur!«

Das war wirklich lächerlich. »Genau das hab ich auch gedacht, als ich zu dir hinübergeschaut habe, während Zeus mich zu Boden geworfen hat – doch du hast einfach nur weggeschaut.« Jericho packte Deimos beim Haar und zwang ihn, ihm in die Augen zu schauen. »Du hast mich festgehalten, während meine Mutter mir diese Worte ins Fleisch gebrannt hat. Ich kann immer noch spüren, wie weh es getan hat, als du mir den Arm an die Kehle gedrückt hast.«

»Du hattest deine Strafe verdient.«

Jericho musste sich zurückhalten, sonst hätte er ihn geschlagen und ihm zusätzliche Schmerzen bereitet. Wieso entschuldigte sich Deimos nicht einmal für das, was er getan hatte? Sie waren doch Freunde gewesen. Vor dieser ganzen Angelegenheit. Genau aus diesem Grund hatte Jericho für niemanden Mitleid – die anderen hatten schließlich auch keins mit ihm.

Verdammt sollten sie alle sein!

»Du hast deine Strafe auch verdient«, sagte er schonungslos. »Sohn der Furien. Wie viele Menschen hast du über die Jahrhunderte hinweg im Auftrag deiner Mutter und des Zeus gefoltert? Jetzt geht es dir ganz schön beschissen, was?«

Deimos wollte ihm einen Kopfstoß versetzen, aber Jericho sprang zurück. »Noir wird uns töten«, zischte Deimos.

»Dann werde ich mich darum kümmern, dass du eine schöne Totenmesse bekommst.«

Deimos schüttelte den Kopf. »Das ist alles? Bereust du denn nichts?«

Jericho zuckte lässig mit den Schultern. »Unsere Vergangenheit hat uns zu dem gemacht, was wir heute sind. Aber falls es dir damit besser geht – du tust mir leid.«

Deimos verhöhnte ihn. »Es wird dir noch sehr viel mehr leidtun, wenn du erst mal neben mir an der Wand hängst. Du brauchst dir nicht einzubilden, dass Noir dir nicht genau dasselbe antun würde. Er hat den Verrat quasi erfunden, und ich bin sicher, dass er hier schon ein schönes Plätzchen reserviert hat, das nur auf dich wartet.«

Jericho musste bei dieser Warnung lachen. »Ach, Bruder – ihr alle habt mir so viel beigebracht. Ich werde mich nie wieder in eine solche Lage bringen, glaub mir. Ich habe meine Lektion von den Dolophoni gelernt, die du befehligst. Ich werde Noir ganz bestimmt keinen Grund liefern, aus dem er sich gegen mich wenden könnte. Ich stehe unter seinem Befehl – bis in alle Ewigkeit.«

»Jericho?«

Er schaute sich um, fassungslos, dass jemand in diesem Loch ihn unter diesem Namen kannte. Der Gefangene rechts neben Deimos war genauso schlimm verprügelt worden. Dunkles Haar hing um ein Gesicht, das von geschwollenen Lippen und einem blau geschlagenen Auge entstellt war. Das Auge war so schlimm zugerichtet, dass das Weiße von lauter geplatzten Äderchen rot war.

Jericho brauchte eine volle Minute, bis er ihn erkannte. Es waren die Augen, die es ihm verrieten: Eines war dunkelbraun und das andere hellgrün …

Jaden.

Jaden war einer der Dämonen, die heraufbeschworen wurden, wenn jemand mit Noir oder Azura einen Handel abschließen wollte. Jericho hatte zwar gewusst, dass Jaden in

Azmodea lebte, aber er hatte gedacht, der Unterhändler wäre hier luxuriös untergebracht. Stattdessen wurde er mit anderen Opfern zusammen eingesperrt.

Verblüfft ließ Jericho Deimos los. »Was machst du denn hier?«

Jaden lachte bitter. »Findest du meine Gemächer etwa abstoßend? Ich habe mich daran gewöhnt. Obwohl es auch ganz schön wäre, zur Abwechslung mal was anderes zu sehen als geschundene Leiber.«

Jericho schaute ihn finster an. »Du dienst der Ersten Macht des Seins. Du bist doch einer von ihnen!«

Jaden schüttelte den Kopf. »Ich diene Noir und Azura. Und wenn ich dir einen Rat geben darf: Tu nie etwas, das den beiden nicht gefällt. Ich konnte mich aus irgendeinem Grund nicht zurückhalten. Alte Gewohnheiten wird man eben nur schwer los.« Er schaute auf seinen geprügelten, blutigen Leib hinab. Seine zerrissene Kleidung bedeckte ihn kaum noch. »Ich sterbe nicht so schnell. Aber mach dir keine Gedanken; ich bin sicher, sie werden dich besser behandeln als mich. Ich hatte mir schon lange, ehe ich herkam, ihre Feindschaft zugezogen. Das ist der Grund, warum sie mir so gerne bei jeder sich bietenden Gelegenheit die Eingeweide rausreißen.«

Er schaute an Jericho vorbei und sah, wie sich Asmodeus in den Schatten drückte. Das Licht in seiner Hand schimmerte nur noch gedämpft und schwach. Jaden rief ihn laut an. »Mo, lange nicht gesehen!«

»Ja, beim letzten Mal hast du noch besser ausgesehen. Ich hab dir doch gesagt, du sollst Noir nicht verärgern. Wann hörst du endlich auf mich?«

»Warum sollte ich ausgerechnet jetzt damit anfangen?«, fragte Jaden.

Asmodeus nickte. »Da hast du auch wieder recht. Jetzt blutest du so, dass schon alles egal ist, oder?«

Deimos verzog den Mund. »Ihr macht mich alle krank.« Er zerrte an seinen Ketten, als wolle er sie zerbrechen.

Jaden ignorierte ihn und richtete den Blick seiner ungleich gefärbten Augen auf Jericho. »Dein Kind hat übrigens überlebt.«

Jericho hatte keine Ahnung, wovon der Mann sprach. Er hatte kein Kind. »Was?«

»Das kleine Kind, das du vor vielen Jahrhunderten gerettet hast. Du solltest wissen, dass du nicht vergeblich gelitten hast. Das Kind hat überlebt und ist gesund herangewachsen.«

»Glaubst du vielleicht, das interessiert mich?«

Jaden zuckte die Schultern. »Du hast für sie immerhin deine Gottheit aufgegeben. Ich dachte, es könnte dich interessieren.«

Jericho runzelte die Stirn. »Es war eine Sie?« Unglaublich, er hatte nicht einmal nachgeschaut, was für ein Geschlecht das Kind hatte, er hatte es einfach weitergegeben. Alles, was er gesehen hatte, waren sein Lächeln und seine warmen Augen gewesen.

Jaden nickte. »Delphine, eine Oneroi, ist das Kind, das du gerettet hast.«

Jericho war völlig geplättet. Er schnappte nach Luft und bekam kein Wort heraus. Ungläubig schüttelte er den Kopf.

Das konnte nicht sein!

»Du weißt genau, dass es stimmt«, sagte Jaden im Brustton der Überzeugung. »In dem Augenblick, als du sie gesehen hast, hast du erkannt, wie sehr sie ihrer Mutter ähnelt.«

Doch noch immer weigerte Jericho sich, das zu glauben. Es war ja auch völlig unwahrscheinlich. »Du lügst doch.«

»Warum sollte ich lügen?«

»Weil jeder lügt.«

»Ich aber nicht.«

Jericho zuckte zusammen und fühlte sich verraten. Doch

als er genauer darüber nachdachte, begriff er, dass Jaden wirklich nicht log. Irgendwie hatte Jericho es instinktiv gewusst.

Delphine war das Kind, das er gerettet hatte …

Die Frau, die in seinem Zimmer wartete, war die Person, für die er sein ganzes Leben geopfert hatte.

Zorn packte ihn. Das war wirklich Ironie des Schicksals!

Sie war ihm etwas schuldig, das er nur zu gern einlösen würde. Ehe dieser Tag zu Ende ging, würde er die Rechnung mit ihr begleichen.

Kapitel 5

Wütend stürmte Jericho zurück auf sein Zimmer, doch er hielt sofort inne, als er sah, dass Delphine auf dem Bett lag und schlief. Sie hatte sich mit seinem blutroten Mantel zugedeckt, ihr Gesicht war blass, und das blonde Haar breitete sich sanft und zerzaust um ihren Kopf aus. Nur zu gerne hätte er es berührt.

Sie schnarchte leise und zart, und er fand es reizend. Ihm wurde warm ums Herz.

Statt sie also für etwas anzubrüllen, das nicht ihre Schuld war, kniete er neben ihr nieder. Es war schwierig zu begreifen, dass diese Frau einst ein süßes, glückliches Baby war, das mit winzigen Fingern nach seinem Finger gegriffen und ihn so heftig umklammert hatte, dass ihn zum ersten Mal im Leben etwas innerlich berührt hatte.

Jetzt wusste er auch, warum ihre Augen ihm so zu schaffen gemacht hatten.

Sie hatten ihn damals genauso berührt wie heute. Aber weshalb? Was hatte sie an sich, das ihn so beruhigte? Wer, der bei normalem Verstand war, würde denn sein ganzes Leben und seine Zukunft zerstören, um eine Fremde zu retten?

Er hatte ihre Mutter gekannt, aber nicht besonders gut, eigentlich nur flüchtig. Er hatte ihren Namen gekannt, Leta, und gewusst, dass sie eine Traumgöttin war. Aber das war's auch schon. Weil Leta sich nie mit Zeus angelegt und nicht in den gleichen Kreisen verkehrt hatte wie Jericho, hatte es keinen Anlass gegeben, freundschaftlichen Umgang miteinander zu pflegen.

Doch in jener Nacht, als ihre Welten so gewaltsam zusammengestoßen waren, hatten sie beide alles verloren.

Zeus war voller Wut über einen Traum gewesen, den ein Oneroi ihm geschickt hatte, deshalb hatte er verlangt, alle Traumgötter zu versammeln, damit er Strafen über sie verhängen konnte. Solche wie Leta, die mit einem Menschen verheiratet waren, wurden bestraft, indem man ihre Ehegatten und die gemeinsamen Kinder tötete. Niemand sollte überleben, der Zeus je wieder ein Leid antun könnte.

Dann waren die Oneroi gefoltert worden, und Zeus hatte ihnen für alle Zeiten ihre Gefühle genommen. Er glaubte, wenn sie keine Gefühle mehr hätten, würden sie auch nicht mehr in Träumen herumpfuschen.

Aber er hatte nicht bedacht, dass sie in der Lage waren, die Gefühle von Träumenden in sich aufzunehmen. Manche Oneroi wurden süchtig danach, denn es war jetzt die einzige Art, wie sie etwas empfinden konnten und nicht innerlich leer waren.

So waren die Skoti entstanden. Die Oneroi erhielten die Aufgabe, ihre eigene Art zu überwachen oder gegebenenfalls zu töten, damit nie wieder alle für den Fehltritt eines einzigen Oneroi leiden mussten.

Das Ganze war ein Teufelskreis. Jericho hatte Leta damals noch schlimmeres Leid zugefügt als die Dolophoni und die Oneroi ihm selbst. Sie hatten ihn nur umgebracht. Er hingegen hatte Leta das genommen, was sie am meisten liebte.

Ihren Mann und ihre Tochter.

Letas verzweifelte Schreie hallten noch immer in seiner Erinnerung wider. Sie hatte sich heiser geschrien. Und das konnte er ihr nicht übel nehmen, wenn man betrachtete, was er ihr genommen hatte.

Vielleicht hatte er die vergangenen Jahrhunderte der Qual ja doch verdient. Was man Leta angetan hatte, war unentschuldbar. Er hätte ihr zumindest sagen können, dass er ihre Tochter verschont hatte. Aber alles war so rasch geschehen, dass einfach nicht genug Zeit gewesen war. Ganz zu schweigen davon, dass man Delphine auf der Stelle umgebracht hätte, wenn Jericho ihr Geheimnis preisgegeben hätte.

Doch nun war sie hier, und sie lebte. Weil er sie versteckt und zu keinem Menschen ein Wort darüber verloren hatte.

Jaden hatte recht. Er hatte nicht umsonst gelitten. Sie war jetzt erwachsen und wunderschön.

Er legte die Hand auf ihre warme Wange und hielt den Kopf schräg, damit er ihre Gesichtszüge im Schlaf besser betrachten konnte. Sie sah ihrer Mutter sehr ähnlich, und doch sah sie völlig anders aus. Das blonde Haar ließ ihr Gesicht viel weicher wirken, einladender.

Als er ihre weiche Haut unter den Fingerspitzen spürte, begann sein Herz zu rasen. Er hatte seit Jahrhunderten keine Frau mehr berührt.

Er strich ihr über die Wange bis zum Haar. Er hätte sie so unglaublich gern geküsst, dass er nicht wusste, ob er sich zurückhalten konnte. Vielleicht schaffte er es, weil sie schlief und er sie in ihrem neu gefundenen Frieden nicht stören wollte.

Ob sie wohl gerade träumte?

Wovon träumten Oneroi überhaupt? Er hatte immer vom Kämpfen geträumt. Soweit er sich erinnerte, hatte er im Traum niemals Frieden gefunden. Als Unsterblicher war er gewalttätig und grausam gewesen. Seine Träume hatten die Realität widergespiegelt.

Als Mensch hatte er überhaupt nicht geträumt, weil er nachts immer tot gewesen war. Nein, das stimmte so nicht, er hatte geträumt, wenn er wach war. In diesen Träumen war er immer in friedliche Welten entflohen: ein einsamer Strand, eine Waldhütte, ein menschenleerer Tempel in der Wüste – Orte, weit entfernt von der Welt, Orte, an denen er sich nicht klein und wertlos fühlte. Orte, an denen ihn niemand töten oder verletzen konnte.

Dort hatte er seine alten Kräfte wieder, und niemand konnte ihm zu nahe kommen.

Jetzt war er hier gelandet. Er besaß Macht und Würde, und vor allem lag eine wunderschöne Frau in seinem Bett.

Und zwar genau die Frau, die ihn alles gekostet hatte.

Er hatte sie dafür gehasst. Sie war aufgewachsen, ohne zu wissen, dass er für ihr Leben mit mehr Leid bezahlt hatte, als sie sich je würde vorstellen können.

Er krallte die Hand in ihr Haar, er wollte ihr wehtun. Aber er wusste, dass es nicht ihre Schuld war. Sie war ein unschuldiges Baby gewesen.

Es war seine ureigene Entscheidung gewesen, sein Leben zu zerstören. Er hätte sie auch töten können, wie Zeus es angeordnet hatte, dann wäre alles in Ordnung gewesen.

Für ihn jedenfalls.

»Bist du mein Opfer wert?«, flüsterte er.

Ihre Augenlider flatterten, als wären seine Worte zu ihr durchgedrungen. Sobald sie ihn sah, fuhr sie keuchend hoch. Er versuchte noch, seine Hand wegzuziehen, aber er hatte sich ihr Haar um die Finger gewickelt, und sie schrie vor Schmerz auf.

»Tut mir leid«, sagte er und fragte sich, warum es ihn überhaupt kümmerte. Es war schließlich ihre Schuld, dass sie so hastig weggezuckt war.

»Was machst du denn da?«, fragte sie anklagend.

»Gar nichts.«

Delphine runzelte bei seinem mürrischen Ton die Stirn. Sein Tonfall erinnerte sie an den eines Kindes, das man mit der Hand in der Keksdose erwischt hat. Sie rieb sich die schmerzende Stelle am Kopf und unterdrückte ihre Wut. »Wohin verschwindest du eigentlich immer?«

»Ich habe Deimos besucht.«

Sie setzte sich erregt auf. »Hast du auch M'Adoc gesehen? Lebt er noch?«

Jericho spürte, wie Eifersucht in ihm aufflackerte, weil sie sich so offensichtlich um den Anführer der Traumgötter sorgte. M'Adoc hatte für sie nie ein Opfer gebracht. »Ich hab ihn nicht gesehen.«

Sie sah niedergeschmettert aus, und von der Befriedigung, die er hatte fühlen wollen, war nicht mehr viel übrig. »Geht es Deimos gut?«

Das war Ansichtssache. Er war immer der Auffassung gewesen, dass der Mann nicht alle Sinne beisammenhatte, aber das war ein ganz anderes Thema. »Er hat schon besser ausgesehen. Aber immerhin lebt er noch, obwohl Noir ihn übel zugerichtet hat.«

»Ich nehme an, das hat dich glücklich gemacht.«

»Nein«, antwortete er ganz ehrlich. »Ich hätte ihn zwar gern selbst verprügelt, aber es gefällt mir nicht, wenn jemand gefoltert wird.«

»Nicht mal Prometheus?«

Er knurrte sie an. »Warum willst du mich unbedingt provozieren?«

Delphine schwieg. Sie wusste es wirklich nicht. Es war eigentlich ganz untypisch für sie, andere Leute zu reizen, doch Jericho wäre sie am liebsten an die Kehle gesprungen. »Du ärgerst mich eben.«

»Ich ärgere dich?«

Sie nickte. »Du könntest Leute retten, stattdessen willst du für Noir kämpfen. Das ärgert mich eben.«

Er schnaubte. »Nenn mir einen einzigen vernünftigen Grund, warum ich für einen Gott kämpfen sollte, der mir gezeigt hat, wie wenig ich ihm bedeute. Warum ich für eine ganze Götterwelt kämpfen sollte, die mich Tausende von Jahren verfolgt hat.«

»Weil es das Richtige ist.« Das klang sogar für sie selbst lächerlich.

Er hob eine Augenbraue.

»Na ja, ich weiß, dass es keinen Sinn ergibt, aber das ist nun einmal der beste Grund. Du hast einen guten Charakter, das weiß ich genau.«

Er lachte bitter und legte sein Schwert auf die Kommode. Seine Hand verweilte noch kurz auf der Schwertscheide, als hätte er Angst, sie loszulassen. Als er so dastand, konnte Delphine seinen muskulösen Rücken in aller Ruhe betrachten. Jericho war groß und gutaussehend, er konnte einer Frau wirklich den Atem rauben. Ihr Herz begann zu rasen.

»Du weißt nichts über mich«, sagte er schlicht.

»Ich will mehr über dich erfahren.«

Er wandte sich wütend um. »Was für ein Spielchen willst du hier spielen?«

Sie rutschte auf dem Bett ein wenig nach hinten. Sie hatte zwar keine Angst vor ihm, aber sie war besorgt, dass sie ihn noch immer ärgerte, auch wenn sie das eigentlich nicht wollte. »Das ist kein Spielchen, Jericho. Ich bin deine Gefangene. Azura hat mich dir nackt zu Füßen gelegt, und du bist weder über mich hergefallen noch hast du mich verletzt, du hast vielmehr meine Blöße bedeckt.« Sie ergriff einen Zipfel des Mantels, der noch immer um sie herum ausgebreitet lag. »So was macht niemand, der von Natur aus grausam ist. Ich glaube, dass du noch viel mehr an Gutem in dir hast.« Sie hätte darauf wetten mögen. »Warum hast du den Mantel über mich gelegt?«

Jericho knirschte mit den Zähnen. *Weil es niemand verdient hat, derartig beschämt zu werden.* Das wusste er aus persönlicher Erfahrung, aber er würde es niemals laut aussprechen. Sie brauchte nicht zu wissen, dass er schwach war, wenn es um sie ging. Sie würde es sonst gegen ihn einsetzen, und er hatte genug davon, dass die Götter mit seinem Leben spielten. Niemand würde je wieder die Kontrolle über ihn haben.

»Asmodeus?«, rief er und wartete, bis der Dämon erschien.

»Du hast gerufen, mein böser Unter-Herr?«

»Ich habe Hunger. Wo bekommt man hier etwas zu essen?«

Asmodeus riss die Augen auf, als hielte er Jericho für verrückt, dass er so etwas überhaupt fragte. »Ehrlich gesagt würde ich dir nicht raten, in dieser Sphäre etwas zu essen. Ich meine, du kannst es natürlich tun, wenn du willst, aber …«

»Aber was?«, ermunterte Jericho ihn, denn Asmodeus' Geplapper war plötzlich verstummt.

Er rang die Hände. »Wir haben hier Dämonen, die gern gewalttätig werden, wenn sie Essen auch nur riechen. Ich würde mich nicht dabei erwischen lassen, dass ich etwas esse, denn dann würde ich als Leiche enden. Bei dir ist das vielleicht anders. Aber du müsstest immer noch gegen sie kämpfen, und ein paar von ihnen sind doch ziemlich hässlich und stinken wirklich ganz fürchterlich, das könnte dir den Appetit verderben. Andererseits vielleicht auch nicht. Noir hat es zum Beispiel noch nie den Appetit verdorben. Ich glaube, es macht ihn sogar noch hungriger, besonders, wenn er die Dämonen ausweidet. Das ist ekelhaft, aber er liebt es.«

Asmodeus schaute Delphine an und riss erneut die Augen auf, diesmal aber vor Bewunderung und Interesse. »Oh, hallo, meine Schöne, wir kennen uns noch nicht.« Er lächelte charmant und küsste ihr die Hand. »Asmodeus, Dämon in außergewöhnlicher Mission, zu deinen Diensten. Besonders gern bin ich zu Diensten, wenn dabei Nacktsein eine Rolle spielt und sich gewisse Körperteile zu anderen Körperteilen gesellen.«

»Asmodeus!«, fuhr Jericho ihn an. »Du tust so, als hättest du sie nicht gesehen, ist das klar?«

Er machte einen Satz zurück, als hätte er einen elektrischen Schlag bekommen. »Jawohl, ich bin blind, Unter-Herr, hören kann ich noch, alles klar.« Er streckte die Hände aus, als wolle er nach den Möbeln tasten. »Ist hier noch jemand außer uns beiden? Nein? Dann ist es ja gut. Ich gehe jetzt, es sei denn, du hast noch einen Auftrag für mich, möglichst einen, der nicht mit Schmerzen verbunden ist.«

»Du kannst gehen.«

»Großartig!« Asmodeus verschwand.

Delphine sah Jericho mit gerunzelter Stirn an. »Er ist wohl nicht ganz richtig im Kopf, was?«

»Ja, es könnte sein, dass Noir ihn ein Mal zu oft und zu hart auf den Kopf geschlagen hat.« Er wandte sich ihr zu. »Möchtest du mitkommen und auch was essen?«

»Solange es nichts mit den Eingeweiden von Dämonen zu tun hat, könnte ich mich überreden lassen.«

»Die Eingeweide von Dämonen haben für mich auch keinen besonderen Reiz. Die Eingeweide des Zeus dagegen – das wäre was anderes.«

Bei dem Gedanken daran rümpfte sie die Nase. »Igitt.«

Er streckte ihr die Hand hin.

Delphine zögerte und fragte sich, ob sie wirklich mit ihm essen und nicht lieber M'Adoc und Deimos suchen sollte. Aber ohne Jericho würde sie ohnehin nicht weit kommen. Vielleicht hätte er nach dem Essen bessere Laune und wäre entgegenkommender.

Trotz aller Zweifel ergriff sie seine Hand.

Sofort teleportierte er sie beide nach New Orleans, in eine schmale, dunkle Gasse beim Exchange Place. Es schien früh am Abend, aber man konnte nicht ganz sicher sein, weil die Zeit auf der Erde anders verging als in anderen Sphären. Was in Azmodea wie eine Viertelstunde erschien, war auf der Erde vielleicht schon ein Jahr. Nun ja, das war ein bisschen übertrieben, aber …

Sie schaute sich in der kahlen Gasse um, wo einige aufgegebene Geschäfte mit zugenagelten Fenstern waren. Was für einen merkwürdigen Ort Jericho ausgewählt hatte! Sie wusste nicht genau, was sie erwartet hatte – aber das hier jedenfalls nicht.

»Was wollen wir denn hier?«

Er verwandelte seine Kleidung in ein Paar Jeans und ein schwarzes Hemd und ließ sein weißes Haar dunkel werden, dann ging er los in Richtung Hauptstraße. »Wir wollten doch essen – leidest du etwa an Alzheimer?«

Sie kniff misstrauisch die Augen zusammen. »Nein, aber ich sehe hier in der Nähe kein Restaurant.«

Er schaute sie verblüfft an. »Wenn ich uns direkt ins Restaurant versetze, würden die Menschen herumschreien und völlig ausflippen. Und wenn dort eine Webcam ist, dann wird es noch schwieriger, einfach so – Simsalabim! – aufzutauchen. Diese verdammte moderne Gesellschaft und ihre Zauberei«, sagte er sarkastisch. »Ich vermisse die guten alten Zeiten, wo man sich einfach ein Huhn fangen und über dem Feuer braten konnte, du auch?«

Sie verdrehte die Augen. »Du kannst gar nicht anders, als dich wie ein Arschloch zu benehmen, oder?«

»Das könnte ich vermutlich schon, aber es lohnt sich nicht. Die Götter mögen verhüten, dass du anfängst, mich zu mögen. Wo würden wir denn da hinkommen!«

»Ich habe keine Ahnung, aber dieses Risiko würde ich eingehen.«

Sein Auge verdunkelte sich. »Du willst ganz sicher nicht sehen, was in mir liegt, Delphine. Es ist nichts Schönes.«

Delphine streckte die Hand aus und wollte die Narbe berühren, die unter seiner Augenklappe hervorlugte.

Er fing ihre Hand mit festem Griff ab. »Ich habe nicht gesagt, dass du mich berühren darfst.«

»Stimmt, das hast du nicht gesagt. Tut mir leid.« Sie zog die Hand zurück und sah zu, wie er mit staksigen Schritten zur Straße ging, auf ein Restaurant mit dem Schild ACME OYSTER HOUSE zu.

Delphine folgte ihm, aber sie tat es schweren Herzens. Sie fühlte sich schuldig, dass sie essen konnte, während andere ihrer Art leiden mussten.

Gewinn ihn für die richtige Seite, dann kannst du sie alle retten. Was konnte sie sonst tun? Solange sie ihre göttlichen Kräfte nicht hatte, war sie seiner Gnade hilflos ausgeliefert.

Sie zuckte zusammen, als sie sich vorstellte, was er durchgemacht hatte. Es war verdammt schwierig, ohne die Kräfte auszukommen, die sie beinahe schon ihr ganzes Leben lang begleiteten. Der Gnade anderer ausgeliefert zu sein. Wie hatte er das nur ausgehalten?

So jagte einem die Welt wirklich Angst ein. Plötzlich sah sie die Menschen, die hier lebten, auch mit einem ganz anderen Blick und empfand eine gewisse Hochachtung für sie. Besonders weil sie die Beute für so viele mächtige Wesen waren.

Sie blieben an der Tür stehen, bis die Kellnerin Speisekarten für sie ergriff und vor ihnen herging. Delphine blickte sich in dem vollen Lokal um. Lauter Leute, die keine Ahnung davon hatten, dass Jericho ein Gott war und sie seine Gefangene …

Die Kellnerin gab ihnen einen Tisch am Fenster, sodass sie auf die Straße schauen konnten. Obwohl der Fernseher lief und die Gäste sich unterhielten, konnte sie noch Musik von der Bourbon Street hören, die ganz in der Nähe lag.

Wie sehr sie sich wünschte, dass Deimos und die anderen jetzt hier wären und nicht in den Zellen, in die Noir sie geworfen hatte.

»Stimmt etwas nicht?«, fragte Jericho.

Sie schaute ihn an und seufzte. »Ich mache mir Sorgen um meine Freunde. Es scheint mir einfach falsch zu sein, dass ich esse, während Noir sie foltert.«

Jericho legte die Speisekarte hin und schaute Delphine streng an. »Zunächst einmal willst du sicher nicht, dass ich noch größeren Hunger bekomme. Denn dann werde ich ein noch schlimmerer Mistkerl als normalerweise. Und weil ich schon viele Jahrhunderte lang gehungert habe, werde ich jetzt nicht mehr hungern, wenn es nicht unbedingt sein muss. Zweitens möchte ich dir mal was über deine sogenannten Freunde erzählen. Deimos hat mich zu Boden gedrückt, als ich gebrandmarkt worden bin, dann hat er mich in die Sphäre der Menschen gebracht und mich vollkommen hilflos zurückgelassen. Ohne Kleidung, ohne Geld – absolut nichts hatte ich. Damals habe ich unvorstellbaren Hunger gehabt.«

Bei seiner Erzählung wand sie sich innerlich.

Aber er sprach erbarmungslos weiter. »Hundert Jahre später hat mich M'Ordant«, einer der Anführer der Oneroi und Delphines Mentor, »in einem Gefangenenlager der Spartaner abgesetzt und dem Befehlshaber erzählt, ich sei ein Verräter an ihrem Volk. Du willst lieber nicht wissen, was die Spartaner mit Leuten gemacht haben, die sie für Verräter hielten. D'Alerian«, ein weiterer Anführer der Oneroi, der zusammen mit M'Adoc und M'Ordant im Führungsteam war, »ließ mich im 15. Jahrhundert in ein osmanisches Gefängnis werfen, wo man mich erst drei Wochen lang gefoltert und dann gepfählt hat.« Sein Gesicht blieb stoisch, aber der Schmerz in seinem einen Auge war unerträglich. »Du wirst also entschuldigen, wenn es mir schwerfällt, jetzt besonderes Mitleid mit ihnen zu empfinden. Zumindest schiebt ihnen niemand einen angespitzten Stock in den Arsch.«

Ihr drehte sich der Magen um, als sie sich die Einzelheiten

seiner fürchterlichen Vergangenheit vorstellte. »Man hat dich gepfählt?«

Sein Gesicht versteinerte. »Weißt du, was das Schlimmste daran ist? Man stirbt nicht sofort, sondern blutet lange; es schmerzt wahnsinnig, während sich der Pfahl langsam durch deinen Körper vorarbeitet, bis er die lebenswichtigen Organe durchbohrt hat. Bete zu deinen Göttern, dass du niemals erfahren musst, wie sich das anfühlt.«

Er hingegen wusste genau, wie es sich anfühlte.

Sie schaute weg, denn sie wusste nicht, wie sie mit den Gefühlen umgehen sollte, die sie jetzt überrollten. Wie konnten sie das einem der Ihren nur antun! Andererseits waren sie mit anderen Leuten noch grausamer umgesprungen, aus Gründen, die mindestens genauso nichtig waren. Deshalb hatte Delphine auch ihr Bestes getan, immer unter dem Radar zu fliegen.

Sie spürte einen Kloß im Hals und merkte, wie ihr eine Träne über die Wange lief.

Jericho erstarrte, als er im Licht der Kerzen diesen funkelnden Tropfen sah. Ohne nachzudenken, streckte er die Hand aus und berührte ihre feuchte Wange. »Du weinst?«

Sie schob seine Hand weg und wischte sich die Wange ab. »Es tut mir leid, was man dir angetan hat, es tut mir wirklich sehr leid.«

Tränen …

Seinetwegen.

Noch nie hatte jemand seinetwegen geweint. Als sie seinem Blick begegnete, glitzerten in ihren grünbraunen Augen noch mehr Tränen. Bei diesem Anblick zerbrach etwas in ihm. Er war schuld daran, dass sie Schmerz empfand. Wie war das möglich?

Nein, das war unmöglich! Das war doch nur wieder ein Trick, um ihn schwach zu machen und in den Ruin zu treiben.

Er knurrte tief in der Kehle. »Was machst du da?«

Sie schaute ihn verwirrt an. »Gar nichts. Ich sitze nur hier.«

Er packte sie am Handgelenk. »Machst du mir was vor?«

»Wieso sollte ich dir was vormachen?«

Er packte sie noch fester. »Ich schwöre dir, wenn du versuchst, mich zu verführen, nur damit ich auf deine Seite wechsle, dann bring ich dich um. Da wirst du einiges mehr als nur falsche Tränen brauchen, damit ich mich umstimmen lasse.«

Sie riss ihre Hand aus seinem Griff. »Bist du wirklich so zynisch, dass du glaubst, dein Schicksal könnte niemanden traurig machen?«

Er antwortete nicht.

Delphine starrte ihn sprachlos an. Sie konnte es nicht fassen, dass er das Prinzip des Mitgefühls nicht begriff. Du liebe Zeit, bei seinem Mangel an Emotionen hätte er selbst gut ein Oneroi sein können! »Na gut. Weil du es ja offenbar nicht anders willst, benehme ich mich ab jetzt wie eine dumme Kuh.« Sie schlug ihre Speisekarte auf und studierte sie.

Jericho wollte eigentlich ärgerlich und verletzt sein, doch irgendetwas war …

Falsch.

Er musste sich tatsächlich eine Entschuldigung verkneifen.

Aber wofür hätte er sich entschuldigen sollen? Er hatte nur die Wahrheit gesagt. Er wollte keine gespielten Gefühle, die nur dazu dienten, ihn schwach zu machen.

Und wenn sie gar nicht falsch waren?

Was wenn Delphine ehrlich war und ihre Gefühle echt?

Fang bloß nicht so an, du Idiot! Du weißt es doch besser. Die Frau, die dir einst das Leben geschenkt hat, konnte weder Mitleid noch Mitgefühl für dich empfinden. Warum sollte das also eine Fremde können?

Das stimmte. Er war ein Niemand für sie, und sie war …

Der Grund, aus dem er litt.

Er warf einen Blick auf die Speisekarte und schaute dann wieder zu Delphine. Sie runzelte die Stirn, während sie las, und eine blonde Locke fiel ihr über die Augen. Sie war völlig auf die Karte konzentriert, und aus irgendeinem unbekannten Grund hätte er ihre Haarsträhne am liebsten wieder an ihren Platz geschoben.

Was stimmt bloß nicht mit mir?

»Wie bist du aufgewachsen?«, fragte er, bevor er sich zurückhalten konnte.

Sie knurrte und zog die Augenbrauen zusammen, sodass sich eine tiefe Falte auf ihrer Stirn bildete. »Wie bitte?«

»Deine Familie, wie war die so?«

Delphine wollte ihm gerade sagen, dass ihn das nichts anging, aber das ehrliche Interesse in seinem Auge hielt sie davon ab. Er schien wirklich neugierig zu sein, und sie wollte ihn nicht schon wieder verärgern. Die ruhigeren Gespräche mit ihm gefielen ihr nämlich, auch wenn es bisher nur wenige davon gegeben hatte.

»Über meinen biologischen Vater weiß ich nichts.« Darüber hatte sie eigentlich noch nie mit jemandem gesprochen. Vor allem, weil niemand je gefragt oder sich dafür interessiert hatte. »Arikos hat gesagt, mein Vater war ein Skotos, der meine Mutter verführt hat, während sie schlief.« Irgendwie wünschte sie sich noch immer, er würde auftauchen und sie als Tochter anerkennen, wenn sie erst einmal zu den Skoti vorgestoßen war. Sie hätte zumindest gern ein Gesicht gehabt, das sie ihrem geheimnisvollen Erzeuger zuordnen konnte. Es wäre schön zu wissen, wer von den vielen tausend Skoti ihr Vater war.

Aber sie wollte nicht bei diesem Thema verweilen. »Meine Mutter war eine sanfte Frau. Sehr liebenswert.« Ein winziges Lächeln umspielte ihre Mundwinkel, als sie sich an das schöne Gesicht ihrer Mutter erinnerte und an ihre zärtlichen Berührungen. Sie hatte ihre Mutter sehr geliebt, die nicht ein einzi-

terwelt wusste ohnehin Bescheid, was für eine Familie er hatte. »Meine Mutter ist die Göttin des Hasses und mein Vater der Gott des Kriegshandwerks. Meine Schwestern sind die Göttinnen der Gewalt und des Sieges, und mein Bruder ist der Gott der Rivalität. Ich möchte es mal so sagen: Solche Persönlichkeiten eignen sich nicht unbedingt für ein ruhiges, friedliches Familienleben. Sobald es mal ein bisschen ruhiger lief, ging Zelos dazwischen und stachelte alle auf, sodass wir uns gegenseitig an die Kehle sprangen.«

Das waren noch die positiven Erinnerungen. Sein Vater wollte seine Kinder ständig »stärker« machen, und seine Mutter hatte sie mit hasserfüllten Worten erzogen: »Liebe ist unbeständig, in der Liebe werdet ihr nur verraten. Hass dagegen dauert ewig. Er verleiht euch Stärke und wird euch niemals im Stich lassen.«

Die anderen Götter, auch Zeus, schworen Eide bei seiner Mutter und wagten dann aus Furcht vor ihrem Zorn nicht, diese Eide zu brechen. Das sagte eigentlich schon alles über die liebenswerte Persönlichkeit seiner Mutter.

Sie hatte ihre eigene Vorstellung davon gehabt, ihren Sohn ins Bett zu bringen: Sie hatte Jericho in einen Krater geworfen und zugeschaut, wie er fast in der Lava versank.

»Wieso hast du das getan?«

»Du kannst nur durch deine eigene Stärke wachsen. Du darfst dich nie darauf verlassen, dass dir ein anderer hilft. Entweder man geht unter oder man schwimmt, vergiss das nie.«

»Man schwimmt in einem Krater voller Lava?«

Ihre Antwort hatte aus einer heftigen Ohrfeige bestanden. »Du wirst das aushalten. Du wirst kämpfen, und du wirst mir niemals Schande machen.«

Tja.

Seine Kindheit war wirklich ganz wunderbar gewesen.

Delphine schüttelte den Kopf und spielte mit der Verpackung ihres Strohhalms herum. »Ich habe deinen Bruder Zelos einmal kennengelernt. Ein echter Arsch.«

»Das kannst du laut sagen!« Sie hätte mal versuchen sollen, mit diesem gemeinen Mistkerl aufzuwachsen.

Jericho schwieg, als die Kellnerin an ihren Tisch kam, um die Bestellungen aufzunehmen.

Delphine zögerte, als sie an der Reihe war, und schaute unsicher auf die Speisekarte. »Ich weiß nicht, was ich essen soll.«

Jericho lehnte sich in seinem Stuhl zurück. »Nimm doch einen gemischten Vorspeisenteller, da ist von allem etwas drauf. Wenn du es nicht magst, kannst du immer noch was anderes bestellen.«

»In Ordnung.« Sie gab der Kellnerin die Speisekarte. »Du hast also schon öfter hier gegessen?«, fragte sie, als sie wieder allein waren.

Er schaute aus dem Fenster auf die kleine Schlange von Leuten vor dem Lokal, die alle auf einen Tisch warteten. »Nein. Die Freundin von Darice arbeitet hier, und sie hat ihm in der Mittagspause oft was zu essen gebracht. Das hat immer sehr gut ausgesehen und gerochen, also wollte ich es auch mal probieren.«

Jericho schwieg, als ihm klar wurde, was sie hier eigentlich machten … Er aß in Gesellschaft! Das hatte er seit Jahrhunderten nicht mehr getan.

Mehr noch, sie unterhielten sich miteinander. Sie redeten über unterschiedliche Themen. Das hatte er eigentlich noch nie mit jemandem gemacht.

Wirklich merkwürdig.

Delphine schwieg und wartete auf das Essen. Sie dachte immer wieder an M'Adoc, Deimos und die anderen, die Noir gefangengenommen hatte. Was machten sie jetzt wohl gerade durch? Sie wusste, dass sie Schmerzen litten, und sie konnte nicht aufhören, darüber nachzugrübeln.

Als sie sich im Restaurant umschaute, fragte sie sich, was aus Orten wie diesem hier werden würde, wenn Noir mit seinen Plänen Erfolg hätte. Würde irgendetwas von der Sphäre der Menschen übrig bleiben, oder würde er alles in Schutt und Asche legen?

Es war falsch und ungerecht. Keiner der Menschen, die sich hier unterhielten und lachten, hatte die geringste Ahnung davon, dass das Böse überall um sie herum lauerte. Dass sie auf der Schwelle zur endgültigen Vernichtung standen und dass mitten unter ihnen, ihr gegenüber, jemand saß, der die Feinde zurückschlagen könnte. Aber das war ihm alles egal.

Ein Pärchen verließ eng umschlungen das Lokal. Delphine runzelte die Stirn und konnte den Blick nicht von ihnen abwenden, als sie draußen vor dem Fenster stehen blieben und sich küssten. Sie sahen so glücklich und verliebt aus!

Wie sich so was wohl anfühlte?

»Du guckst, als hättest du noch nie gesehen, wie Menschen sich küssen.«

Sie schaute zurück zu Jericho. »Ich hab es schon einmal gesehen, aber nicht in echt.«

Er betrachtete das Paar, bis es aus seinem Blickfeld verschwand. Dann starrte er sie wieder durchdringend an. »Hast du noch nie jemanden geküsst?«

Sie schaute ihn überrascht an. »Arik hat mich mit auf die Verschwindende Insel genommen, da war ich vierzehn. Nein, ich habe noch nie jemanden geküsst. Die Oneroi sind nicht gerade Meister in allem, was mit Gefühlen zu tun hat.«

Jericho musste zugeben, dass Zeus mit den Oneroi eine ganz schön miese Nummer abgezogen hatte. »Bist du nie in Versuchung geraten, ein Skotos zu werden?«

»Die Möglichkeit ist mir kurz durch den Kopf gegangen, aber eigentlich nein. Ich möchte nie einer von denen werden.«

Ihre Vehemenz überraschte ihn, offenbar hatte er einen wunden Punkt getroffen. »Warum nicht?«

Ihr Blick wurde traurig, und sie rührte mit dem Strohhalm das Eis in ihrem Glas um. »Als ich klein war, lebte in meinem Dorf eine Frau. Sie war schön und sehr freundlich, sie brachte meinen Eltern immer Brot, und für mich nähte sie Puppenkleider. Eines Nachmittags fiel mir auf, wie müde sie aussah. Sie hatte seit Tagen nicht mehr geschlafen, denn ihre Träume wurden mit jeder Nacht schrecklicher. Innerhalb von zwei Wochen wurde sie wahnsinnig. Das alles geschah, noch bevor die Skoti ihre Gefühle verloren, sie waren damals auf nichts anderes aus als auf Grausamkeit.«

Delphine seufzte. Auch heute noch waren diese Erinnerungen für sie nur schwer zu ertragen. »Ich kann mich noch erinnern, wie sehr ihre Kinder weinten, als sie sie fanden. Sie hatte sich das Leben genommen, um den Dämonen in ihrem Schlaf zu entfliehen. Erst als Arik zu mir kam, erfuhr ich, dass es die Skoti waren, die sie in den Wahnsinn getrieben hatten, und warum es so wichtig ist, dass wir Oneroi sie bekämpfen und ihnen Einhalt gebieten. Immer, wenn ich daran dachte, den Gefühlen die Oberhand in mir zu lassen, habe ich mich an Nirobe erinnert. Ich würde niemandem antun, was sie ihr angetan haben. Es ist falsch, unter den Menschen Beute zu suchen.«

Wow – er wünschte, er hätte solche Überzeugungen. Aber er verspürte keine Reue für irgendein Leid, das er über Menschen gebracht hatte.

Und trotzdem …

Sie schüttelte den Kopf. »Ich verstehe nicht, warum man nicht einfach nett zueinander sein kann. Warum es immer jemanden gibt, der den anderen Ärger machen muss.«

Anders als sie verstand er das vollkommen. »Es ist berauschend, diese Macht zu spüren. Zu wissen, dass es in deiner

Hand liegt, über Leben und Tod zu bestimmen. Egal, was sie tun und wie sehr sie auch kämpfen, sie sind dir auf keinen Fall ebenbürtig.«

Ihr Blick wurde hart. »Fühlst du dich wirklich richtig befriedigt, wenn du sie zerschmettert hast und weißt, dass sie schwächer waren als du? Dass sie sich gar nicht wehren konnten und keine Chance hatten zu gewinnen? Sieht so vielleicht ein echter Sieg aus?«

Jericho blickte zur Seite.

»Erklär mir das«, fuhr sie mit belegter Stimme fort. »Ich will es verstehen, denn ich begreife das alles einfach nicht.«

Jericho schluckte und wich ihrem Blick aus. Er erinnerte sich an Gelegenheiten aus seiner Vergangenheit, wo er Feinde verfolgt hatte, die schwächer gewesen waren als er. Es lief alles immer wieder auf die eine Wahrheit zurück, und es war eine Wahrheit, über die er nicht nachdenken wollte. »Ich fühlte mich hinterher immer noch leer. Die Begeisterung über einen Sieg ist kurz und flüchtig, sobald man sie gespürt hat, ist sie auch schon wieder vorbei.«

»Warum kämpfst du dann?«

Weil es besser war, als diese ständige Leere in seinem Inneren zu spüren. So spürte er wenigstens einen Augenblick lang den Hauch eines Gefühls, das nicht Hass oder Schmerz war. Mehr konnte er dazu nicht sagen. Deshalb war ihm Nike so wichtig gewesen. Durch sie hatte er manchmal etwas anderes fühlen können.

Aber auch das war immer schnell vorbei gewesen. Nichts konnte die Wut und den Hass in seinem Herzen zum Schweigen bringen oder besänftigen. Zumindest nicht länger als ein paar Minuten.

Doch diese paar Minuten schätzte er mehr als alles andere.

Er lehnte sich zurück, als die Kellnerin das Essen auftrug. Schweigend aß er seine Austern, während Delphine auf ihrem

Teller herumstocherte. Als sie vom Gumbo probierte, rümpfte sie ganz leicht die Nase.

»Schmeckt's dir nicht?«

Sie wischte sich den Mund ab. »Doch, aber es ist viel stärker gewürzt, als ich erwartet hatte.«

Er schob das Körbchen mit Crackern zu ihr hinüber. »Hier, das neutralisiert.«

»Danke.« Sie wollte in den Cracker beißen, der noch verpackt war.

»Moment«, sagte er und nahm ihn ihr aus der Hand. »Erst musst du die Plastikfolie abmachen.«

»Was?«

Er schüttelte den Kopf und amüsierte sich. Sie wusste so vieles und war doch wie ein Kind, denn ihre weltlichen Erfahrungen stammten alle aus der Welt der Träume und nicht aus der Wirklichkeit. Das machte einen gewaltigen Unterschied.

»Das Plastik drumherum isst man nicht mit.« Er riss es auf und gab ihr den Cracker.

»Oh. Danke.« Sie lächelte ihn an, und er verspürte ein komisches Gefühl im Magen. Ihre Hände berührten sich, als sie den Cracker nahm.

Diese einfache, unschuldige Berührung versengte ihn regelrecht. Er hätte am liebsten Delphines Hand ergriffen und sie an sein Gesicht geführt, sich an ihrem Arm entlanggeküsst und dann ihren ganzen Körper berührt.

Aber er wagte es nicht. Wenn er ihr gegenüber Zärtlichkeit empfand, könnte ihn das schwächen. Er hatte schließlich schon genug für sie geopfert, er hatte nicht die Absicht, noch mehr für sie aufzugeben.

Ihre Augen funkelten, als sie weiteraß. Es schmeckte ihr. Er wusste nicht, warum ihn das freute.

Doch sein Vergnügen erstarb, als er wieder aus dem Fenster schaute.

Dort draußen in der Dunkelheit erkannte er einen Schatten, unmenschlich, böse und hinter zwei Mädchen her, die gerade das Restaurant FIRE OF BRAZIL auf der anderen Straßenseite verlassen hatten.

Verdammt! Konnte man denn nicht einmal in Ruhe essen?

Was geht es dich an – soll er sie doch erwischen!

Er schaute auf seinen Teller und sagte sich, dass ihn die Sache nichts anginge.

Dann schaute er Delphine an. Sie hatte nichts gesehen. Aber sie wäre ungeheuer enttäuscht von ihm, wenn sie je erfahren würde, dass er hier gesessen und nichts getan hatte, um den Mädchen zu helfen.

Und um ehrlich zu sein, er selbst wäre auch enttäuscht von sich.

Fluchend holte er sein Portemonnaie heraus und erzeugte genug Geld, dass er es auf den Tisch werfen und das Essen bezahlen konnte.

Als er aufstand, sah Delphine ihn stirnrunzelnd an. »Stimmt etwas nicht?«

»Allerdings«, knurrte er. »Ich muss kurz jemanden umbringen.« Ohne ein weiteres Wort stürzte er hinaus, um sich mit dem Schatten anzulegen.

Das war zweifellos der zweitschlimmste Fehler seines Lebens.

Kapitel 6

Delphine wollte Jericho für dieses grausame Vorhaben zusammenstauchen, als sie ihm aus dem Restaurant nach draußen folgte. Wen immer er im Visier hatte, hatte es sicher nicht verdient zu sterben.

Nach allem, was sie sehen konnte, ging es um eine der beiden jungen Frauen.

Oder – und da sei Zeus vor – um alle beide.

Was war mit ihm los, dass er derart verroht war? Was konnten diese beiden Mädchen ihm angetan haben, dass er sie töten wollte? Sie sahen völlig harmlos aus.

Als sie endlich den Dämon entdeckte, der sich in eine dunkle Gasse drückte, um die beiden Frauen, denen sie folgten, zu überfallen, reagierte sie sofort.

Sie versuchte, den Dämon zu vernichten, aber sie wurde wieder einmal abrupt daran erinnert, dass sie keinerlei göttliche Kräfte mehr besaß.

Jericho rannte auf den Dämon zu und packte ihn von hinten. Er war nicht größer als eins fünfundsiebzig, hatte dunkle Haut, schwarze blitzende Augen und einen kahlen Kopf. Außerdem war er schmal und drahtig und sah unglaublich gut aus. Er wehrte sich heftig gegen Jericho.

Der zerrte ihn von einer schreienden Studentin fort. »Bring die Mädchen weg«, rief er Delphine zu.

Sie tat, was er ihr befohlen hatte, denn sie wusste, dass er nicht in Anwesenheit von Zeugen gegen den Dämon kämpfen konnte. Die Menschen sollten nicht erfahren, wer in ihrer Welt so alles sein Unwesen trieb und auf sie lauerte.

Sobald sie die Mädchen aus der Gasse herausgebracht hatte und die beiden schreiend in Sicherheit rannten, ließ Jericho den Dämon los, der sich sogleich mit blitzenden Fangzähnen gegen ihn wandte. Jericho fing ihn an den Schultern ab, als er auf ihn zukam, und schleuderte ihn zu Boden.

In einer einzigen fließenden Bewegung zog er einen Dolch aus dem Stiefel und hielt ihn dem Dämon an die Kehle. Jetzt konnte er sich nicht mehr bewegen, ohne sich dabei zu verletzen, und seine Augen wurden rot vor Zorn. Auf seinem blanken Schädel erschienen dämonische Zeichen.

»Was machst du hier, Berith?«, fragte Jericho in beängstigend kaltem Tonfall.

Als er begriff, wer Jericho war, fielen dem Dämon fast die Augen aus dem Kopf. »Kyrios?«, fragte er aufgeregt, das Wort bedeutete Herr. »Es ist wunderbar, dich wiederzusehen. Ich habe gehört, man hätte dich verbannt und dir deine Kräfte geraubt.«

Jericho hielt ihn weiterhin zu Boden gedrückt. »Ich bin sicher, mein Vater hat dir jede Menge Mist erzählt. Wie du sehen kannst, bin ich gesund und munter, und ich würde dir am liebsten die Eingeweide herausreißen. Warum warst du hinter diesen Mädchen her?«

»Man hat mich darum gebeten.«

»Wer?«

Berith zuckte die Schultern. »Weiß nicht. Irgendein junger Mann, der gesagt hat, er hätte meinen Ring in einem Antiquitätengeschäft gekauft. Du kennst ja die Regeln. Ich darf meine Befehle nicht infrage stellen, ich muss sie ausführen.«

Delphine war völlig verwirrt, aber sie wollte die beiden nicht unterbrechen.

Jericho zog sein Messer von der Kehle des Dämons weg

und setzte sich auf die Fersen. »Wo ist dieser Kerl, der deinen Ring hat?«

»In einer Unterkunft, die man Studentenwohnheim nennt, nicht weit von hier. Da wohnt er in einem kleinen Zimmer. Wenn ich ihm das Mädchen gebracht habe, soll ich ihm als Nächstes ein großes Haus verschaffen. Irgendwo in einem Ort, der Garden District heißt – ich hab keine Ahnung, wo das sein soll. Ich muss mich erst einmal umschauen.«

Endlich mischte sich Delphine in das Gespräch ein. »Du kennst diesen Dämon?«

Jericho nickte und stand auf, den Dämon zog er mit sich hoch. »Er war ein General meines Vaters, bis er ihn zu sehr verärgert hat. Weil er ihm das Leben schwer gemacht hat, hat mein Vater ihn zum Sklaven eines Ringes gemacht. Wenn dir dieser Ring gehört, dann gehört dir auch Berith.«

Berith zog seine Kleidung mit übertriebenem Rucken gerade. »Jedes Mal, wenn man mich heraufbeschwört, tut es weh. Ich schwöre, es fühlt sich an, als würde mir jemand die Haut vom Leib ziehen.«

Delphine schüttelte mitleidig den Kopf. Dann verschränkte sie die Arme vor der Brust und schaute Jericho an. »Du musst ja wirklich eine tolle Kindheit gehabt haben, wenn dein Vater so ähnlich war wie dieser Mann hier.«

»Ja. Mit kleinen Hundewelpen und Regenbogen und mit diesen merkwürdigen Männlein, die Haken auf dem Kopf tragen und aussehen wie Aliens auf LSD.«

Berith, der sich den Dreck von der Kleidung wischte, hielt inne. »Du meinst die Teletubbies?«

Jericho grinste ihn an. »Dass du weißt, wie sie heißen, erschreckt mich, Berith.«

Er zuckte die Schultern. »Als Folter-Dämon obliegt es mir, alles zu kennen, was die Leute nervt. Du wärst überrascht, wie viele Leute es im heutigen modernen Zeitalter gibt, die sich weniger vor Zombies fürchten als vor den Teletubbies.«

Jericho schnaubte. »Eigentlich überrascht mich das nicht. Ich würde lieber gegen einen hirnschlürfenden Zombie kämpfen, als dass ich mir das Gesinge von diesen Figuren anhören muss.«

»Ihr seid beide total kranke Leute«, sagte Delphine, doch irgendwie war sie auch eigentümlich amüsiert von der Unterhaltung.

Jericho ignorierte sie. »Was hattest du denn mit den beiden Mädchen vor?«

Berith rieb sich die Augen, ehe er antwortete. »Die eine wollte ich fressen, und die andere wollte der Typ als Freundin. Du weißt, dass ich sie ihm bringen muss, oder?«

»Nein, das musst du nicht«, sagte Jericho matt.

»Wie meinst du das?« Beriths Stimme war voller Angst, und er trat zwei Schritte zurück. »Willst du mich etwa umbringen?«

»Nein, ich werde dich befreien.«

Berith wich einen weiteren Schritt zurück und verzog misstrauisch das Gesicht. »Das ist der Dämonen-Euphemismus für töten …«

»Ich werde dich nicht töten, Berith.«

»Wirklich nicht?« Er zog das erste Wort in die Länge. »Warum nicht?« Es klang fast, als wäre er enttäuscht.

»Weil ich einen Verbündeten brauche, und ich kann mir keinen besseren denken als dich.«

Berith schnaubte verächtlich. »Das ist doch Quatsch. Ich kann mir eine Menge Götter vorstellen, die mehr Kräfte haben als ein Dämon, der an einen Ring gekettet ist.«

»Ja, aber ich kenne deine Schwachstellen, und das bedeutet, dass du zwei Mal überlegst, bevor du mich verrätst.«

»Das ist ein wirklich guter Grund. Du besorgst dir den Ring, und dann kannst du mir Befehle geben.«

Jericho schaute Delphine an. »Sollen wir es so machen?«

»Hab ich etwa ein Mitspracherecht?«

»Eigentlich nicht.«

»Hatte ich auch nicht erwartet.«

Berith führte sie auf direktem Weg zu seinem Herrn, der sich als neunzehnjähriger pickeliger College-Student entpuppte. Ein toller Herr – er machte sich doch tatsächlich in die Hosen, als sie in seinem Zimmer erschienen.

»Was wollt ihr?«, fragte er mit zitternder Stimme, während er sich in eine Ecke des Zimmers duckte.

Jericho verschränkte die Arme vor der Brust und baute sich breitbeinig vor ihm auf, während er den Jungen finster anblickte. »Ich will Beriths Ring.«

»Der gehört mir. Ich habe ihn auf ehrliche Weise erworben.«

»Junge«, forderte Jericho streng, »gib ihn mir. Ich werde dir deine Auslagen erstatten. Gib mir den Ring, ohne Ärger zu machen, dann lasse ich dich am Leben.«

Der Junge schluckte. Er schaute Berith an. »Und was ist mit unserem Deal?«

Berith wies mit dem Daumen auf Jericho. »Dieser Mann will nicht, dass ich ihn ausführe, und ganz ehrlich, ich würde ihn lieber nicht verärgern. Ich habe gesehen, wozu er fähig ist, und das ist der Stoff, aus dem Horrorfilme gemacht sind. Abgetrennte Körperteile und Blut. Sehr viel Blut und Folter.« Er beugte sich vor und flüsterte deutlich vernehmbar: »Und die Frau, die uns begleitet, ist die Göttin der Albträume. Die beiden kriegen dich im Schlafen und im Wachen. Du solltest ihnen den Ring besser geben, damit sie dich in Frieden lassen.«

»Aber …«

Delphine trat einen Schritt vor. »Kein Aber, mein Süßer. Gib uns den Ring, ehe hier noch jemand zu Schaden kommt.«

Berith räusperte sich. »Dieser Jemand wärst du, nur damit das klar ist.«

Der junge Mann riss die Augen auf, zog den Ring vom kleinen Finger und hielt ihn ihnen hin. »Ich wollte nur, dass Kerry mich bemerkt.«

Jericho nahm ihm den Ring ab. »Nur dass du's weißt, Junge: Einen Dämon heraufzubeschwören, um sie zu entführen, ist nicht gerade die beste Art, eine Frau kennenzulernen. So ein Schuss geht in aller Regel nach hinten los.«

Delphine hob bei diesen Worten eine Augenbraue.

Jericho kommentierte ihren unausgesprochenen Sarkasmus lieber nicht.

Im nächsten Augenblick standen sie alle in Azmodea in Jerichos Zimmer.

Er wandte sich an den Dämon. »Berith, zurück in den Ring, sofort.«

Berith salutierte und gehorchte. Jericho schob sich den Ring auf den Finger. Er war klein, golden und mit einem einzelnen blutroten Stein verziert, in den ein Totenschädel geritzt war. Der Ring sah ziemlich unheimlich aus, und wenn man bedachte, dass ein Dämon darin wohnte, dann war das auch absolut angemessen.

»Was hast du damit vor?«, fragte Delphine und zeigte auf den Ring.

Er zuckte die Schultern. »Es kann nie schaden, eine Überraschung parat zu haben, von der deine Feinde nichts wissen. Sogar die Härtesten von uns können ab und zu mal vernünftige Unterstützung gebrauchen.«

Das leuchtete ihr ein. Und Berith hätte nichts davon, wenn er für Noir arbeiten würde.

Ganz zu schweigen davon, dass Jericho Noir nicht traute. Obwohl er das nicht laut sagte. Sie spürte es daran, dass er hier aufmerksamer war als im Restaurant.

Er wusste genau, wie der Hase lief. Sie wusste es zu schätzen, dass er nicht blindlings jemandem folgte. Noch dazu Noir, der ihm erheblich mehr schaden würde als Zeus.

Sie trat näher zu Jericho. Sein Haar war jetzt wieder lang und weiß – für ihren kleinen Ausflug nach New Orleans hatte er es gekürzt. Er schien eine Abneigung dagegen zu haben, dass er aus der Menge herausstach. Jetzt sah er aus wie der Gott, der er war, und sein gesundes Auge leuchtete in einem tiefen Blau.

Er war um einiges größer als sie und viel stärker. Sie hätte eigentlich Angst vor ihm haben sollen, und doch verspürte sie einen überwältigenden Drang, sich an ihn zu schmiegen. Er sollte sie in den Arm nehmen.

Trotz ihrer Gefühle kniff sie spielerisch die Augen zusammen. »Übrigens möchte ich noch einmal auf die Bemerkung zurückkommen, die du vorhin gemacht hast. Sind wir beide uns nicht auf *genau* diese Weise begegnet?«

»Du siehst ja, was daraus geworden ist und wie lieb du zu mir bist. Du hast mich so ungefähr auf jede Art angegriffen, nur gebissen hast du mich noch nicht«, spottete er.

Delphine verschränkte die Hände hinter dem Rücken und lächelte teuflisch. »Das hätte ich wahrscheinlich tun sollen, als ich noch die Gelegenheit dazu hatte.«

»Es gibt immer ein zweites Mal. Ich bin sicher, du bekommst noch deine Chance.« In seinem Ton lag kein bisschen Humor, er klang todernst.

»Ich wollte dich nur ein bisschen ärgern.«

»Ja, schon klar.«

Sie hielt ihn auf, als er an ihr vorbeigehen wollte. »Du vertraust wirklich niemandem, oder?«

»Was glaubst du denn! Ich bin mir sicher, du wirst dich irgendwann gegen mich wenden, genau wie alle anderen auch. Wir sind nicht einmal miteinander verwandt oder auch nur befreundet. Wie Noir schon gesagt hat: Wir sind alle käuflich. Es ist nur eine Frage des Preises.«

»Genau das glaube ich nicht. Es ist zum Beispiel unmöglich, dass ich mich je gegen M'Adoc wenden würde.«

Jerichos spöttisches Gelächter hallte in ihren Ohren wider. »Das kannst du leicht sagen. Du bist ja noch nie auf die Probe gestellt worden.«

»Da liegst du aber völlig daneben.«

»Wie denn?«

Sie wandte sich um und drehte ihm den Rücken zu. Dann hob sie ihr Top und zeigte ihm die Narben, die sie normalerweise mit ihren Kräften verbarg. Weil ihre Kräfte jetzt gebunden waren, war sie sicher, dass die Narben deutlich zu sehen waren.

Jericho schauderte, als er ihre geschundene Haut sah. Man hatte sie irgendwann einmal schwer misshandelt. Warum war ihm das entgangen? Vielleicht, weil er intensiv damit beschäftigt gewesen war, sie mit irgendetwas zu bedecken. Weil er wusste, wie entwürdigend es war, vor Fremden nackt dazustehen, hatte er sie nicht hemmungslos angestarrt.

Oneroi waren es gewohnt, dass sie geschlagen wurden, wann immer sie gegen Regeln verstießen. Aber er konnte sich nicht vorstellen, dass Delphine irgendetwas getan hatte, womit sie eine solche Grausamkeit verdient hatte. Er berührte die verheilten Narben, und Wut packte ihn, weil jemand ihren Körper so entehrt hatte. »Woher stammen die?«

Sie ließ ihr Oberteil wieder sinken, drehte sich um und schaute ihm ins Gesicht. »Ich habe mich geweigert, Arik zu verfolgen, als er Skotos geworden ist.«

»Arik?« Der Name sagte ihm nichts.

»Er war der Oneroi, der zu mir kam, als ich mich noch für einen Menschen hielt. Er war mein Tutor und hat mich beschützt, bis ich stark genug war, selbst zu kämpfen. Du hast gefragt, ob ich Geschwister habe … ich habe Arik immer als Bruder betrachtet, weil er so freundlich war und mir geholfen hat. Deshalb habe ich mich geweigert, Jagd auf ihn zu machen, selbst nachdem man mir gedroht und mich mit Schlägen bestraft hat. Ich wäre lieber gestorben, als ihn zu verraten, denn ich habe mich in seiner Schuld gefühlt.«

Das war genau die Art von Loyalität, nach der Jericho sein Lebtag verzweifelt suchte. Ein einziges Mal nur wollte er, dass jemand ihm gegenüber solche Loyalität bewies.

Er versuchte sich einzureden, dass er genau so ein Verhältnis zu Nike gehabt hatte, aber er kannte die Wahrheit: Seine Schwester hätte ihm helfen können. Doch sie hatte es nie getan. Nicht ein einziges Mal in diesen ganzen Jahrhunderten war sie zu ihm gekommen.

Sie hatte ihm den Rücken zugekehrt, genau wie alle anderen.

Es rührte ihn, wie Delphine sich verhalten hatte. »Ich bewundere dich für deine Loyalität. Das ist sehr selten.«

Sie schüttelte den Kopf. »Das glaube ich nicht. Und ich glaube auch nicht, dass ich nur das kleinste bisschen besser bin als jeder andere. Wenn ich zu meinen Prinzipien stehen kann, dann können das andere auch. Deimos und M'Adoc zum Beispiel könnten sich gegen die olympischen Götter wenden und zu Noir überlaufen. Aber sie lassen sich lieber foltern als ihr eigenes Volk zu verraten. Wenn das keine Loyalität ist!«

»Na und?«, schnaubte er. »Ich bin also ein Dreckskerl, weil ich die Olympier verraten habe, willst du das damit sagen?«

»Nein. Ich bin …« Sie schwieg, als wäre sie frustriert. »Vergiss es. Du hörst mir ja eh nicht zu.«

Das brachte seine Wut erst richtig zum Kochen. Sie hatte ihn aufgegeben, und das konnte er nicht ertragen. »Ich bin kein Stück Scheiße, das du einfach wegspülen kannst!«

Delphine umfasste sein Gesicht mit den Händen. »Jericho, beruhige dich. Ich habe dich nicht angeklagt.«

»Das ist auch gar nicht nötig, das erledigen schon deine Augen für dich.« Er versuchte sich loszumachen, aber sie hielt ihn fest.

Diese Augen durchdrangen und schwächten ihn, als sie ihn sanft anschaute. »Lass deine Zweifel nicht an mir aus. Ich kann sie dir nicht abnehmen. Ich verurteile dich nicht für das, was du getan hast. Dass man mich ein einziges Mal bestraft hat, weil ich einem Befehl nicht gehorcht habe, ist auf keinen Fall mit dem Verrat zu vergleichen, den du erlitten hast, das weiß ich. Ich bin nur verletzt worden, ich wurde nicht verstoßen, war nie völlig machtlos und musste auch niemals auf mich allein gestellt überleben.«

Nein, das war ihr erspart geblieben. Und dass sie den Unterschied zwischen seinem und ihrem Schicksal begriff, rührte ihn sogar noch mehr.

Dann tat sie etwas, das seit Jahrhunderten niemand mehr getan hatte.

Sie umarmte ihn.

Jericho hätte am liebsten geflucht und sie weggestoßen, aber ihr Körper war so weich … wie es sich anfühlte, ihre Arme um sich zu spüren … er konnte sich nicht rühren. Tief in seinem Inneren, am dunkelsten Ort seiner Seele, die er stets verleugnet hatte, verlangte er so verzweifelt nach solcher Nähe, dass er es einfach nur genoss.

Delphines blondes Haar berührte ihn sanft im Gesicht, und ihr Atem kitzelte ihn am Hals. Ehe er sich zurückhalten konnte, umfasste er ihr Gesicht und stellte sich vor, wie es wäre, in ihr zu sein. Er stellte sich vor, wie es wäre, wenn sie loyal zu ihm stünde und wenn er wüsste, dass er sich auf sie verlassen könnte, egal, was auf sie beide zukam.

Wie würde sich das wohl anfühlen?

Er wollte noch näher bei ihr sein, neigte den Kopf und umfasste ihre Lippen mit seinen.

Delphine war nicht darauf vorbereitet, wie wild dieser Kuss geriet. Doch bei aller Leidenschaft war Jericho auch sanft, als er sie küsste. Ihr Körper explodierte vor Hitze und Verlangen. Wie hart er war … wie sich seine Hand in ihrem Haar anfühlte … es war eine berauschende Mischung. Kein Wunder, dass Skoti sich in incubi und succubi verwandelten. Wenn allein ein Kuss schon so viel Lust bereiten konnte, dann wäre das andere sicher der reine Wahnsinn.

Er knabberte an ihren Lippen, und sein Atem ging immer schneller. Er knurrte tief in seiner Kehle und machte sich an ihrem Mund zu schaffen.

Delphine schmolz regelrecht dahin, sie schmiegte sich an seinen Körper, sie feierte die Macht seiner Begierde.

Er ergriff ihre Hand und führte sie langsam zu der Ausbuchtung in seiner Hose.

Jericho erzitterte, als sie ihn durch die Jeans hindurch umfasste. Es war so unglaublich lange her, dass eine Frau ihn auf diese Weise berührt hatte! Jahrhundertelang hatte er die Fähigkeit begehrt, hart zu bleiben, wenn eine Frau ihm nahe kam. Bis jetzt war das nur ein Traum gewesen.

Er wollte so verzweifelt gern berührt werden …

Er musste sich unbedingt Erleichterung verschaffen, öffnete seine Hose und holte ihn heraus. Ihre Berührung wurde zögerlich.

»Bitte«, flüsterte er und drückte ihre Hand gegen seinen Schwanz. »Bitte hör nicht auf damit.«

Delphine hatte Angst. Was wollte er von ihr? Sie war noch nicht bereit, Sex mit ihm zu haben. Sie kannten einander doch kaum.

Aber er schien das auch gar nicht zu wollen, er wollte ihren Körper nicht missbrauchen. Er benutzte nur ihre Hand, die ihn streichelte. »Das ist alles, was ich von dir will«, flüsterte er, und es kam aus tiefstem Herzen.

Sie nickte und schaute hinunter auf ihrer beiden Hände, die ineinander verschlungen waren. Hier stand ein Mann, der nichts als Leid kannte, und das hier verschaffte ihm Lust. Wie konnte sie ihm etwas vorenthalten, das ihr nicht wehtat?

Aus irgendeinem Grund, den sie selbst nicht verstand, schaffte sie es nicht, ihn zu verletzen.

Er vergrub das Gesicht an ihrem Hals, während er in ihren Händen zuckte. Sein Atem ging so keuchend, dass sie sich Sorgen machte. Ging es ihm auch wirklich gut?

»Jericho?«

Im gleichen Augenblick, als sie seinen Namen aussprach, knurrte er wild und animalisch und kam in ihrer Hand. Sein ganzer Körper zuckte heftig. Als er sich zurückzog und sie anschaute, war sein Auge von einem lebhaften Blau, und von seinem Rücken entfaltete sich ein Paar Schwingen. Sie waren schwarz und riesengroß, schlugen ganz leicht und fächelten ihr Luft zu.

Er keuchte noch immer und schaute sie an. Seine Wangen waren knallrot geworden. Er stützte sich mit einem Arm an der Wand hinter ihr ab, als versuche er, seinen Atem wieder unter Kontrolle zu bekommen.

»Geht's dir gut?«

Er antwortete mit einem Kuss, der so zärtlich war, dass sie erbebte. Seine Lippen waren wie ein Flüstern an den ihren. Er schlang die Arme um sie und hielt sie, als wären sie beide Liebende.

Als wäre Delphine etwas Wertvolles.

Noch nie hatte jemand sie so in den Armen gehalten. Etwas in ihr schien Funken zu sprühen. Es fühlte sich unglaublich gut an, so umarmt zu werden. Sie spürte, dass sie auf gewisse

Art und Weise ein Teil von ihm war. Dass sie keine Fremde füreinander waren.

Keine Feinde.

Er küsste sie erst auf die Lippen und wanderte dann zu ihrem Hals hinunter. Dann schaute er auf ihre Hand. »Tut mir leid, das wollte ich nicht.« Er ließ ein kleines Handtuch erscheinen und wischte sie sauber.

Delphine war nicht ganz sicher, was passiert war, aber mit ihm schien eine grundlegende Änderung vorgegangen zu sein. Er schien ruhiger.

Freundlicher.

War das immer so, wenn man Sex gehabt hatte?

Sobald ihre Hand wieder sauber war, hob er sie an die Lippen und gab ihr einen ganz zarten Kuss auf die Knöchel.

Er schaute sie so intensiv an, dass sie erbebte. Sie zog die Hand von seinen Lippen weg und berührte seine Augenklappe. »Darf ich?«

Sie sah, wie unsicher er war, doch dann nickte er mit einer winzigen Kopfbewegung.

Sie hatte Angst vor dem, was sie sehen würde, dennoch hob sie die Klappe langsam an und erblickte die schreckliche, tiefe Narbe, die durch sein Gesicht lief. Sie war brutal und grausam. Delphine mochte sich kaum vorstellen, wie sehr es geschmerzt haben musste, als Zeus ihm diese Wunde zugefügt hatte.

Aber er hatte sein Auge noch. Es war milchig weiß, doch so, wie er seinen Blick auf sie richtete, merkte sie, dass es nicht blind war.

»Warum trägst du die Augenklappe?«

»Die Leute fühlen sich dann nicht so unbehaglich. Auf die Klappe starren sie nicht so; wenn ich die Narbe unbedeckt lasse, dann glotzen sie die ganze Zeit hin, als würden sie versuchen sich vorzustellen, wie ich dazu gekommen bin.«

Und es schmerzte ihn, wenn sie das taten. Das sagte er nicht, aber sie konnte es an seinem Tonfall hören.

Sie fuhr seine Augenbraue entlang und umfasste dann seine Wange. »Es tut mir leid, dass sie dich so verletzt haben.«

Jericho hätte sie gern für ihr Mitgefühl verflucht, aber er konnte es nicht. Ihre Worte berührten ihn so tief wie ihre Liebkosung.

»Wir sollten uns jetzt ausruhen«, sagte er mit belegter Stimme. Er war nach der körperlichen Befriedigung so erschöpft, dass er sich nur noch zusammenrollen und sie in den Arm nehmen wollte. Aber was ihn fast umbrachte, war das Wissen, dass sie ihm gegenüber nicht so empfand. Und das konnte er ihr auch nicht übel nehmen.

Sie war eine Gefangene.

Sie war *seine* Gefangene.

Ausgerechnet sie hatte ihm die erste echte Befriedigung verschafft, seit Zeus ihn damals im Tempel mit Blitzen an den Boden gebannt hatte. Allein deswegen würde er ihr alles gewähren, worum sie bat. Den Göttern sei Dank – sie hatte keine Ahnung, wie schwach er in diesem Augenblick war.

Wie viel Macht sie über ihn hatte.

Als sie nicht gegen seinen Wunsch protestierte, zu Bett zu gehen, schloss er die Augen und tauschte ihre Kleidung gegen ein seidig glänzendes pinkfarbenes Nachthemd. Es lag wie ein Traum an ihrem schlanken Körper, betonte ihre Kurven; ihre Brustwarzen waren hart und durch den Satin sehr gut sichtbar.

Was hätte er dafür gegeben, sie schmecken zu können! Aber das würde er nicht tun – es sei denn, sie würde ihn dazu auffordern.

Sie schnappte nach Luft, als das Gewand auf ihr erschien, und verschränkte die Arme vor der Brust.

»Ich tue dir nichts«, versprach er und unterdrückte den Drang, die Hand in den tiefen Ausschnitt ihres Nachthemds zu schieben und ihre Brust zu umfassen. Wie konnte er denn irgendetwas gegen ihren Willen tun, nach allem, was sie gerade für ihn getan hatte! »Wir gehen einfach nur schlafen.«

Sie schaute ihn mit einem Blick an, der sein eigenes Misstrauen widerspiegelte. Er ignorierte es und ließ eine dunkelgrüne Flanell-Schlafanzughose an sich erscheinen. Normalerweise schlief er nackt, aber er war ziemlich sicher, dass sie dagegen protestiert hätte.

Die Augenklappe hatte er vollkommen vergessen, als er seine Schwingen auf dem Rücken zusammenfaltete und Delphine in Richtung Bett zog.

Sie war nicht sicher, wohin das führen würde. Aber sie bewunderte den Anblick seines schönen Rückens, als er sich von ihr wegdrehte. Er stieg zuerst ins Bett und wartete auf sie.

»Ich habe mein ganzes Leben lang noch mit niemandem im selben Bett geschlafen«, gestand er.

»Ich auch nicht.« Ihr fiel auf, dass er sein Schwert auf die andere Seite legte, als befürchtete er, er könnte es brauchen. Die einzige Frage war: Wer, glaubte er wohl, würde ihn angreifen? Einer der anderen?

Oder etwa sie?

»Was machst du denn da?«

»Ich …« Ein Muskel in seinem Kiefer zuckte, als er sie mit finsterem Blick bohrend ansah. »Ich vertraue dir.«

In diesem Moment begriff sie, dass er mehr Angst vor ihr hatte als sie vor ihm. Man brauchte eine Menge Mut, um sich an die Seite einer Person zu legen und darauf zu vertrauen, dass sie einem im Schlaf nichts antun würde.

Er streckte ihr die Hand entgegen. »Friede?«

»Friede.«

Sie stieg zu ihm ins Bett und drehte sich auf die Seite, sodass sie ihm den Rücken zuwandte.

Nach ein paar Minuten fühlte sie seine Hand in ihrem Haar. »Was machst du denn da?«

»Tut mir leid.« Sofort rückte er von ihr ab.

Sie war versucht, sich umzudrehen, aber sie tat es nicht. Mehr als das hier wollte sie nicht. Wenn sie ihn anschaute, würde er vielleicht denken, sie hätte andere Absichten, und wer weiß, wohin das führen würde.

Jericho lag auf dem Rücken und betrachtete Delphine aus den Augenwinkeln. Es fiel ihm schwer, sie nicht zu berühren, wo sie ihm doch so nahe war. Die Umrisse ihrer Gestalt unter der Decke reichten schon aus, dass sich sein Körper wieder zu regen begann.

Das nächste Mal, wenn er kam, wollte er gern in ihr sein.

Aber nicht heute Nacht. Er hatte die Furcht in ihren Augen gesehen, als er ihre Hand an seinen Unterleib gedrückt hatte. Er kannte die unausgesprochene Wahrheit.

Sie war noch Jungfrau.

Das war bei den meisten Oneroi so. Zumindest bei denen, die nach dem Fluch des Zeus geboren waren. Weil sie keine Begierde und keine Liebe empfanden, gab es nichts, was sie zum Sex motiviert hätte.

Mit den Skoti war das eine andere Sache, wie er heute bei Zeth erlebt hatte. Aber Delphine …

Niemand hatte sie je berührt. Er war der Erste, der sie geküsst hatte.

Bei diesem Gedanken verspürte er eine Welle von besitzergreifender Zärtlichkeit. Er wandte den Kopf und schaute sie an. Sie war jetzt völlig entspannt und gab wieder leise, fast unhörbare Schnarchtöne von sich.

Lächelnd schob er sich näher an sie heran. Ihre Körperwärme strahlte auf ihn ab, und ihre zarte Haut schien ihm ein Zeichen zu geben. Er konnte nicht widerstehen und strich mit der Hand über ihren weichen Arm, gleichzeitig beugte er sich vor, damit er ihren Geruch in sich aufnehmen konnte. Der Saum ihres Nachthemds war verrutscht, und er konnte ihre nackte Brust sehen.

Genau wie ihr Temperament war auch ihr Busen wunderbar. Sein Körper explodierte schier vor Lust, aber er biss die Zähne zusammen. Er hätte ihn nur zu gern berührt.

Zurück mit dir …

Er hatte ihr etwas versprochen, und er würde sein Versprechen halten. Stattdessen küsste er sie sanft auf den Kopf. »Gute Nacht, Delphine«, flüsterte er und schwelgte in den Silben ihres Namens.

Er drehte sich herum, schloss die Augen und zwang sich, sie zu ignorieren.

Als ob das möglich wäre …

Aber der Klang ihres Atems lullte ihn ein. Und als er allmählich in den Schlaf sank, malte er sich aus, wie es wäre, die Ewigkeit an ihrer Seite zu verbringen.

»Delphine?«

Als sie ihren Namen hörte, fuhr sie hoch. Im Traum hatte sie gerade auf einer Wiese gesessen und eine Blumengirlande gewunden, genau dort, wo sie als Kind gespielt hatte. Aber jetzt waren dunkle Wolken aufgezogen und verdeckten die Sonne.

»Wer ist da?«, rief sie.

Der Schatten von Zeth erschien.

Sie sprang auf und war sogleich zum Kampf bereit. So griffen die Skoti einen immer an. Er würde gleich noch mehr Leute in ihren Traum hineinholen, und dann würden sie sie besiegen.

Zeth war ein wunderschöner Gott, und seine blauen Augen glänzten normalerweise. Aber jetzt sah er krank aus. Sein langes schwarzes Haar hing strähnig um das hagere Gesicht. Seine Augen waren schwarz statt blau und lagen tief in seinem Gesicht.

»Da stimmt etwas nicht«, flüsterte er.

»Ihr habt uns zerstört.«

»Nein, es ist etwas anderes. Noir gibt uns irgendetwas. Nimm es nicht …« Er wurde blasser und verschwand, dann tauchte er noch einmal auf. »Nimm es nicht, iss es nicht!« Damit war er endgültig verschwunden.

Delphine hielt nach weiteren Skoti Ausschau. War das etwa ein Trick?

Aber es war sonst niemand da.

Sie versuchte, ihre Kräfte zu benutzen, aber sie hatte wieder einmal vergessen, dass sie gebunden und damit wertlos waren. Auch im Traum war es so.

Ein Blitz zuckte auf, gefolgt von einem ungeheuer lauten Donnerschlag. Ein zorniger Wind drückte ihr die Kleidung an den Leib.

Delphine lief auf den Wald zu, wo einst ihr Haus gestanden hatte. Aber sie kam nicht weit.

Azura stand vor ihr auf dem Pfad und schnitt ihr den Weg ab. »Was ist los, Kind? Hast du etwa Angst?«

»Warum bist du hier?«

Azura lächelte, aber das Lächeln drang nicht bis zu ihren kalten Augen vor. »Ich habe ein Geschenk für dich.«

»Ich will deine Geschenke nicht.«

Sie schnalzte ärgerlich mit der Zunge. »Dieses hier willst du sicherlich.«

Delphine rannte los. Wenn sie es bis zum Waldrand schaffte …

Aber sie schaffte es nicht.

Azura erschien erneut vor ihr und packte sie. Delphine schrie und versuchte, gegen sie zu kämpfen, aber es war zwecklos.

Azura warf sie zu Boden und schob ihr etwas in den Mund. »Schluck das!«

Delphine schüttelte den Kopf und versuchte, sich loszureißen und das bittere Gel auszuspucken. Aber sie kam nicht gegen Azura an.

»Schluck es runter!«, schrie Azura mit dämonischer Stimme.

Delphine erstickte fast, aber schließlich konnte sie sich nicht mehr wehren. Das Gel glitt ihr durch den Hals hinunter.

Sie schrie auf, als es durch sie hindurchzugleiten schien.

Azura lachte. »Jetzt wird er dich sogar noch mehr mögen.« Sie zog sich zurück und ließ Delphine einfach liegen.

Sie wand sich vor Schmerzen und hätte sich gern übergeben, aber sie konnte nicht. Nach wenigen Minuten ließen die Schmerzen nach.

Eine unbeschreibliche Hitze breitete sich von ihrem tiefen Inneren her aus, und Delphine konnte keine Minute länger schlafen.

Sie machte die Augen auf und fand sich mit Jericho im Bett wieder. Dunkelheit umgab sie, und doch konnte sie die Umrisse seines Körpers genau erkennen.

Sie musste unbedingt wissen, wie er schmeckte, also fiel sie über ihn her.

Azura lachte, als sie wieder in den Kriegsraum zurückkehrte, wo Noir saß und seine fürchterlichen schwarzen Hunde fütterte.

Er schaute sie streng an. »Du siehst aber sehr erfreut aus.«

»Das bin ich auch. Ich habe gerade sichergestellt, dass Cratus uns noch eine ganze Weile in Ruhe lässt.«

»Gut.« Er tätschelte den Kopf eines Hundes. »Er ist entschieden zu neugierig. Ich habe von einem meiner Gefolgsleute erfahren, dass er unten war und mit Deimos und Jaden gesprochen hat.«

Als sie den Namen Jaden hörte, fauchte Azura wie eine

Katze. Wenn es ein Wesen gab, das sie aus tiefster Seele hasste, dann war es Jaden. »Es scheint, unser kleiner Vermittler hat seine Lektion immer noch nicht gelernt.«

»Ob er das je wird?«

Sie verzog den Mund. »Wirklich Pech, dass wir ihn nicht töten können.«

»Immerhin blutet er ganz hervorragend. Das können die anderen nicht.«

»Stimmt.« Azura ließ die Hand über die Lehne seines Stuhles gleiten. »Hast du deinen Malachai gefunden?«

»Inzwischen weiß ich, in welcher Stadt er sich aufhält. Ma'at und der atlantäische Gott Apostolos bewachen ihn, deshalb konnte ich seinen genauen Aufenthaltsort noch nicht herausfinden. Aber ich werde die Stadt in Schutt und Asche legen, bis ich ihn gefunden habe.«

Sie blieb neben ihm stehen. »Vielleicht musst du das ja gar nicht.«

»Was meinst du damit?«

»Einer meiner Dämonen hat mir gesagt, dass eine Gruppe gallu einen sicheren Ort sucht.«

Noir schaute interessiert auf. »Gallu?« Das waren sumerische Dämonen, sie gehörten zu den brutalsten Dämonen überhaupt. Am besten gefiel ihm, dass das Blut eines gallu ansteckend war und die Opfer in Zombies verwandeln konnte.

»Wollen wir sie hierher einladen?«

Noir lächelte. »Aber sicher. Ich weiß auch schon, wer ihr erstes Opfer sein wird.«

»Cratus.«

Er nickte, und Azura lachte. Wenn Cratus erst einmal gebissen wäre, hätten sie ihn vollkommen unter Kontrolle.

Und dann würden sie die Herrschaft über die ganze Welt übernehmen, auch ohne die Hilfe des Malachai oder ihrer Schwester Braith.

Kapitel 7

Jericho erwachte auf der Stelle, als Delphine ihn berührte. Sekundenbruchteile dachte er, sie wolle ihn angreifen, bis er merkte, wie falsch er mit seiner Vermutung lag.

Sie war nackt und rieb sich an ihm. *Oh … da hab ich wohl was richtig gemacht?*

Ihm vergingen Hören und Sehen, als sie ihn berührte, und sein Körper bettelte nach mehr. Ihre Hände waren überall, sie streichelten ihn, betasteten ihn, umfassten ihn. Sein Atem ging keuchend, er stöhnte vor Lust auf und biss die Zähne zusammen.

So viel Glück kannst du gar nicht haben. Wach auf, du Arsch!

Aber eigentlich wollte er das gar nicht. Er wollte gern ihr Spielzeug sein.

Du bist eher ihr Sündenbock. Sie wird dich aufs Kreuz legen – aber nicht so, wie du das gerne hättest.

Wann hat dich das letzte Mal eine Frau so »belästigt« wie jetzt?

Delphine war Jungfrau, und das hier war kein Pornofilm. Eine Frau wie sie würde sich einem Mann wie ihm gegenüber, dessen Gefangene sie auch noch war, freiwillig niemals so benehmen.

Diese Wahrheit ernüchterte ihn wie eine kalte Dusche. Er schüttelte sich innerlich und stieß Delphine weg. »Was machst du denn da!«

Ihre Antwort bestand in einem heißen Kuss. Aufs Äußerste erregt rollte er sich mit ihr im Bett herum und legte sich auf sie. Noch immer ließ sie die Hände über seinen Körper gleiten und machte ihn fast verrückt vor Lust. Die Haare an der Stelle, wo ihre Schenkel zusammenliefen, kitzelten ihn an der Hüfte, und ihn packte die Begierde, sie genau dort zu erforschen.

»Bitte«, stieß sie mit zittriger Stimme hervor. »Ich stehe in Flammen. Ich brauche dich.«

Jericho erstarrte, als er merkte, dass sie den gleichen Ausdruck in den Augen hatte wie Zeth: Sie stand unter Drogen und hatte vollkommen die Kontrolle über sich verloren. Mehr noch, ihre Augen waren pechschwarz und hatten nicht ihren normalen Farbton.

Was hatten sie bloß mit ihr angestellt?

Sie knabberte an seinem Kinn herum, zog ihn am Haar und stieß mit dem Unterleib gegen ihn, sodass er immer härter wurde. »Ich will dich in mir spüren.« Das war aber eine krasse Aufforderung!

Er zog scharf die Luft ein, als sie ihn umfasste. »Hör auf damit!«

Bist du wahnsinnig? Du willst das hier doch auch!

Ja, das schon, und wie. Aber nicht mit einer Frau, die sich nicht unter Kontrolle hatte.

Du willst es unbedingt. Schau sie dir doch an! Sie ist umwerfend, und sie ist verrückt nach dir. Also nimm sie!

Schau dir bloß mal diesen Körper an!

Sie war in jedem Sinne des Wortes eine Göttin. Mit Ausnahme der Narben auf ihrem Rücken war sie makellos.

Dann tu schon, was sie von dir verlangt … huldige ihr, bis ihr beide nicht mehr laufen könnt.

Seine innere Stimme war unerbittlich. Und es fiel Jericho schwer, sich unter Kontrolle zu halten, denn inzwischen hatte sie ihm die Schlafanzughose über die Hüften gezogen, nahm seinen Schwanz in die Hand und liebkoste ihn.

Verdammt, sie lernte schnell.

Er sprang auf, als sie versuchte, ihn in sich einzuführen. »Delphine!, rief er laut, im Bemühen, zu ihr durchzudringen. »Hör auf damit!«

Sie zog an seinem Schwanz.

Beinahe wäre er gekommen.

Nun gib ihr doch, was sie will!

Er stöhnte frustriert, entfaltete seine Flügel und entfernte sich so weit, dass sie ihn nicht mehr erreichen konnte. Sein Herz raste, und er starrte auf das Bett hinunter, wo sie mit leicht gespreizten Beinen vor ihm lag. Er begehrte sie mit jeder Faser seines Körpers.

Ich bin ein totaler Idiot.

»Jericho.« Ihr bittender Tonfall drang ihm ans Herz.

Er zog sich die Hose wieder hoch und beugte sich über sie. Er begehrte Delphine mit einer solchen Leidenschaft, dass er es kaum schaffte, sie zu unterdrücken. »Was haben sie mit dir gemacht?«

Sie starrte zu ihm hinauf. »Na schön. Wenn du mir nicht hilfst, dann suche ich mir eben jemand anders.« Sie rollte sich vom Bett herunter.

Jericho verstellte ihr die Tür, ehe sie verschwinden und Asmodeus oder sonst jemanden finden konnte, den er später umbringen müsste, weil er sie berührt hatte. Er umfasste ihr Gesicht mit den Händen. »Delphine, hör auf damit. Sag mir, was passiert ist.«

Sie wehrte sich gegen ihn, bis sie merkte, dass es keinen Sinn hatte.

»Antworte mir.«

Ihr Blick war unkoordiniert, aber seine Stimme war endlich zu ihr durchgedrungen. »Ich habe geträumt …«

»Und dann?«

Sie runzelte die Stirn, als könnte sie sich nicht erinnern. »Azura hat mich verfolgt.«

»Was hat sie getan?«

Delphine schwieg kurz, dann sprach sie weiter. »Sie hat mir etwas zu essen gegeben ... Zeth hat gesagt, ich soll es nicht essen, aber sie hat mich dazu gezwungen.«

Jericho fluchte. So funktionierte das also mit den Skoti. Sie verabreichten ihnen Drogen.

Delphine stöhnte leise und rieb ihren nackten Körper wieder an seinem. »Ich stehe in Flammen, Jericho, bitte hilf mir. Ich ertrage diese Hitze in mir nicht länger.«

Er seufzte. Nun ja, sie hasste ihn ohnehin schon. Sollte er tun, was sie wollte? Schlimmer konnte es eigentlich nicht mehr werden.

Sie nahm seine Hand, die noch immer auf ihrem Gesicht ruhte, und führte sie an ihren Busen. Eine aufgerichtete Brustwarze rieb sich an seiner Handfläche und machte ihn härter, als er je gewesen war. »Bitte!«

Wie hätte ein Mann dagegen ankommen sollen, Gott oder nicht! Jericho hob sie hoch und trug sie zurück ins Bett. Er berauschte sich am süßen Duft ihres Körpers und liebkoste mit der Hand ihren nackten Bauch. Aber er wollte diesen Zustand nicht ausnutzen. Das war nicht wirklich sie.

Es waren die Drogen, die aus ihr sprachen und ihn anbettelten.

Er teilte sanft die Falten ihres Körpers und liebkoste sie mit der Hand. Delphine schrie erleichtert auf und zog ihn zu sich, sodass sie ihn küssen konnte.

Er war in höchstem Maße angespannt, sein Körper bettelte darum, sie nehmen zu dürfen. Aber trotz allem, was ihm zugestoßen war, war er nicht zum Tier geworden, und er würde sie nicht wie eine Beute behandeln.

Er war darüber erhaben – zum ersten Mal seit Jahrhunderten glaubte er an seine Autonomie.

Delphine zitterte bei den unglaublichen Gefühlen, die seine Finger hervorriefen. Sie neckten und erregten sie auf eine Weise, die sie nicht für möglich gehalten hätte.

Endlich wurde der heftige Schmerz gelindert, den die Drogen verursachten.

Als er sich von ihren Lippen löste, wimmerte sie. Wollte er etwa aufhören?

Er glitt an ihr hinunter zwischen ihre Beine und legte den Mund auf ihr Geschlecht. Sie schrie in Ekstase auf und krallte die Hand in sein weiches Haar. Nie hätte sie sich vorstellen können, dass ein so großartiges Gefühl überhaupt möglich war. Bei der Hitze seines Mundes, den Bewegungen seiner Zunge und den Liebkosungen seiner Finger verging sie fast.

Sie begegnete seinem Blick, und angesichts der Begierde in seinen Augen entflammte sie weiter.

Jericho knurrte, als er sie schmeckte. Sein Körper war hart und bereit für sie, aber er war es gewöhnt, seine Begierde zu unterdrücken. Sie sollte ihren Orgasmus bekommen.

Er genoss ihren Geschmack, den Klang ihres befriedigten Stöhnens, während sie mit seinem Haar spielte. Er hatte es ungeheuer vermisst, berührt zu werden. Er hatte den Geruch und Geschmack einer Geliebten vermisst, und er hätte die ganze restliche Nacht damit zubringen können, sie zu kosten und ihr Lust zu bereiten.

Delphine erzitterte, als sie seine Zunge in sich spürte, und als er seine Wange mit den leichten Bartstoppeln gegen ihre Spalte drückte. Schauer der Befriedigung durchfuhren sie.

Sie biss sich auf die Lippen und spürte, wie ihr Körper sich immer mehr zusammenkrampfte, bis sie es nicht mehr aushielt und in einem Augenblick höchster Lust explodierte.

Sie schrie auf und drückte ihn fest an sich, während er sie weiter leckte und verwöhnte, sodass sie den Orgasmus noch intensiver erfuhr.

Als er schließlich auch die letzte Zuckung aus ihr herausgeholt hatte, rutschte er ein bisschen höher und legte das Kinn auf ihren Bauch. Er ruhte noch immer zwischen ihren Beinen, malte jetzt mit dem Finger kleine Kreise um ihren Nabel und schaute ihr in die Augen.

»Besser jetzt?«

»Ja«, seufzte sie und fuhr ihm mit der Hand durchs Haar. »Viel besser!«

Er drückte das Kinn mit seinen leichten Stoppeln auf ihren Bauch, und erneut überlief sie ein Schauer.

Sie seufzte voller Befriedigung, als sie spürte, wie das Feuer aus ihr wich und einem Gefühl völliger Zufriedenheit Platz machte. »So fühlt sich das also an.« Kein Wunder, dass er nach seinem Orgasmus so ruhig und sanft gewesen war. Sie fühlte jetzt unendlichen Frieden.

Aber dann wurde sie sich bewusst, dass sie nackt war und vollkommen entblößt dalag.

Und er lag zwischen ihren gespreizten Beinen!

Noch nie hatte jemand sie so gesehen, kein Mensch!

Sie wurde knallrot, und Entsetzen überkam sie.

Jericho merkte, dass sich etwas verändert hatte, und richtete sich auf. Ihr ganzer Körper war jetzt angespannt, sie war rot geworden, und die Augen hatten wieder ihre normale Farbe angenommen, die ihm so naheging. »Stimmt etwas nicht?«

Sie versuchte, sich zu bedecken. »Was habe ich getan? Es ist mir so peinlich!«

Er zog das Bettlaken über sie und legte sich dann neben sie. »Das muss dir nicht peinlich sein. Du hattest dich nicht unter Kontrolle.«

Sie zog sich das Laken übers Gesicht. »Wie soll ich dir je wieder in die Augen schauen!«

Jericho musste bei ihrem düsteren Tonfall ein Lächeln unterdrücken. Ihre Scham amüsierte ihn, aber er fühlte auch mit ihr und zupfte leicht an der Decke, bis sie ihn wieder anschauen konnte. »Du bist wunderschön, Delphine. Es ist nichts Schlechtes an dem, was wir getan haben.«

»Aber …«

Er brachte sie mit einem Kuss zum Schweigen. »Kein Aber. Ich will nicht, dass du dich vor mir schämst. Niemals.«

Delphine lächelte ihn an und war dankbar, dass er so freundlich war. Am meisten überraschte sie, dass er die Situation nicht ausgenutzt hatte, obwohl sie ihn doch regelrecht darum angefleht hatte. Er hatte ihr selbstlos geholfen. Selbst jetzt spürte sie noch, wie hart er war, aber er stellte keinerlei Ansprüche.

Sie hatte ihm unrecht getan, er besaß doch Mitgefühl. Er hätte jetzt auch gehen oder sie gnadenlos nehmen können. Doch obwohl er noch immer hart war, hielt er sich zurück.

Ihretwegen.

Sie spürte, wie ihr warm ums Herz wurde, und legte die Hand auf seine vernarbte Wange. Er knabberte spielerisch an ihrem Daumen.

»Wir müssen etwas unternehmen, Jericho. Ich weiß nicht, was Azura mir gegeben hat, aber die Auswirkungen sind fürchterlich.«

»Wir wissen nicht, was genau dieses Zeug ist, aber die eigentliche Frage ist, warum sie es ausgerechnet den Skoti verabreichen. Warum machen sie eine Armee kampfunfähig, die für sie kämpfen soll?«

»Vielleicht wollen sie ja gar nicht, dass die Skoti für sie kämpfen. Vielleicht sind sie hinter etwas anderem her.«

Er verzog das Gesicht. »Und was sollte das sein?«

»Ich weiß es nicht. Du bist doch hier derjenige mit der Verbindung zur Ersten Macht und mit Erfahrung im Krieg.«

»Das heißt aber nicht, dass ich Einblick in das Wesen des Bösen habe. Noir und Azura sind aus völlig anderem Holz geschnitzt als ich.«

Delphine war froh, als sie das hörte. Weder Azura noch Noir hatten irgendetwas Versöhnliches an sich.

Sie fuhr ihm mit den Händen durchs Haar und war überrascht, wie entspannt sie sein konnte, während sie nackt neben einem Mann lag. Sein Atem kitzelte sie im Gesicht, und es war tröstlich, dass sie spürte, wie er mit seinem ganzen Gewicht an sie gekuschelt dalag.

Ob Liebe sich so anfühlte?

Nun ja, vielleicht nicht gerade Liebe, dafür war es viel zu früh. Aber weil sie diesen intimen Augenblick zusammen erlebt hatten, fühlte sie eine sehr starke Bindung zu ihm. Es war ungezwungen und tröstlich.

»Glaubst du, wir können die anderen befreien?«

Er schaute sie mit seinen unterschiedlich gefärbten Augen an. »Du hast dich ziemlich schnell wieder beruhigt, nachdem ich dich erst einmal zufriedengestellt hatte«, er grinste sie regelrecht teuflisch an. »Die anderen werden offenbar dauernd mit der Droge gefüttert, damit sie in diesem berauschten Zustand bleiben. Und das führt uns wieder zu der Frage: Warum machen sie das?«

»Wir müssen sie da rausholen.«

Er gab ein Knurren von sich. »Die Olympier zu retten ist nicht gerade mein oberstes Ziel.«

Sie riss ihn am Haar.

»Aua!«

»Du hast Glück, dass ich dich bloß an den Haaren reiße«, sagte sie ernst. »Das sind alles meine Brüder und Schwestern, von denen du so herablassend sprichst.«

Jericho schaute weg, als ihre Worte in ihm widerhallten. Seine Familie waren sie auch – trotz allem, was sie ihm angetan hatten. »Ich bin kein Gott der Vergebung, Delphine.«

»Nein, du bist ein Gott der Stärke, und die größte Stärke von allen ist die, denjenigen zu vergeben, die dir Böses angetan haben. Und eine noch größere Stärke ist es, für diese Leute zu kämpfen und sie zu verteidigen. Sei du besser, als sie es waren! Ich weiß, dass du es kannst.«

Jericho schüttelte den Kopf. »Du hast mehr Vertrauen in mich, als ich verdiene.«

Ihr Blick war so intensiv, dass er sich regelrecht durchbohrt fühlte. »Da stimme ich dir nicht zu. Ich habe deine andere Seite kennengelernt, und an diese Seite wende ich mich nun. In dir ist mehr als nur Hass und Kriegslust. Du hast ein wunderbares Herz, Jericho.«

Das stimmte leider nicht. Er hatte keinerlei Willen zur Vergebung in sich, nur bittere Lust auf Vergeltung, rohen Hass und abgrundtiefe Verachtung.

Bis er Delphine anschaute.

Sie allein hatte ihn dazu gebracht, etwas anderes zu empfinden. Er begriff nicht, was sie in ihm angestoßen hatte. Es war mehr gewesen als pure Lust – die kannte er.

Er kam sich selbst fremd vor, als er sie jetzt in den Armen hielt, fremd und furchteinflößend. Er kannte diese Seite von sich nicht, und er begriff sie auch nicht.

Es war die gleiche Seite, die Zeus die Stirn geboten und das Kind gerettet hatte.

Sie war ihm etwas schuldig, doch aus irgendeinem Grund konnte er sich nicht überwinden, sie dazu zu zwingen, für sein Opfer zu büßen. Er wollte nur das, was sie ihm freiwillig gab.

Was stimmt bloß nicht mit mir?

Er war immer der Typ gewesen, der sich einfach nahm, was er wollte. Aber bei ihr war alles anders. Er schloss die Augen und genoss ihren Körper, den er unter seiner Wange spürte. Er genoss es, dass sie ihm sanft durchs Haar strich.

Er wünschte sich, dieser Moment würde niemals enden.

Sie fuhr mit dem Finger über seine stoppelige Wange. Sie berührte seine Haut ungeheuer gern, die so völlig anders war als ihre eigene. Und es überraschte sie, dass er hier immer noch so ruhig mit ihr lag. Sie wusste, zu welcher Gewalt er fähig war.

Es war, als zähme sie ein wildes Tier, von dem sie wusste, dass es keinem anderen Lebewesen gegenüber so sanft wäre.

Sie allein kannte diese Seite von ihm, und sie schätzte es umso mehr. Sie schätzte *ihn* umso mehr.

»Jericho?« Als sein Name leise geflüstert wurde, fuhren sie beide hoch.

Jericho zog die Decke über Delphine. »Jaden?«, fragte er genauso leise zurück.

Jaden erschien als durchscheinender Nebel in einer Ecke. Er sah noch schlimmer aus als zuvor. Sein Gesicht war mit neuen Wunden übersät, und Blut lief ihm aus dem Mundwinkel, aber er schien den Schmerz gar nicht zu bemerken. »Sie schmieden ein Komplott gegen dich.«

»Wer?«

Jaden starrte ihn überrascht an. »Deine besten Freunde, du Idiot, wer denn sonst! Der Osterhase vielleicht? Nur damit du Bescheid weißt: Sie wollen dich den gallu vorwerfen, sodass sie deine Kräfte unter Kontrolle bekommen, ohne dass sie gegen dich kämpfen müssen. Wenn ich du wäre, wäre ich längst hier verschwunden.«

Jericho war angespannt und misstrauisch. Jaden hatte keinen Grund, ihm zu helfen. »Woher soll ich wissen, dass du nicht lügst?«

»Ich habe keinen Grund zu lügen. Aber wenn du lieber hier bleiben und gefressen werden willst, liegt es mir fern, dich davon abzuhalten. Sie werden mich ohnehin zu Düngemittel verarbeiten, wenn sie mich dabei erwischen, dass ich mit dir spreche.«

Noch immer war Jericho skeptisch. Andere Wesen halfen ihm nicht einfach so. Er fand es schwer vorstellbar, dass Jaden ihm half, ohne eine Gegenleistung zu erwarten.

»Ich glaube ihm«, flüsterte Delphine. »Ich traue Noir nicht.«

Jericho schnaubte. »Ich traue *niemandem.*« Ganz besonders nicht dem Bösen, das ihn hierher gebracht hatte. Er war von Anfang an misstrauisch gewesen, als Azura auf ihn zugekommen war.

»Vielleicht solltest du zur Abwechslung mal versuchen, *mir* zu vertrauen«, forderte Delphine resolut.

Jericho war hin- und hergerissen. Er wusste nicht, ob er Jaden vertrauen konnte, doch er hatte keinen konkreten Grund, an ihm zu zweifeln. Was er sagte, ergab schließlich einen Sinn. Warum hätten Noir und Azur ihm seine Kräfte zurückgegeben, wenn sie nicht sicher sein konnten, dass sie ihn voll und ganz unter Kontrolle hatten? Er hätte das an ihrer Stelle nicht anders gemacht, denn seine Kräfte waren schließlich gewaltig. Er an ihrer Stelle hätte sich eingesperrt.

Nur um sicherzugehen.

Man musste sich nur anschauen, wie sie Jaden behandelten. Es war ganz klar, dass weder Noir noch Azura überhaupt wussten, was Fairplay und Freundlichkeit waren.

Aber er hatte ein anderes Problem. »Wo sollen wir denn hin?«

Delphine runzelte die Stirn. »Was meinst du damit?«

»Wenn ich mit meinen Kräften zum Olymp gehe, wird Zeus mich angreifen, auch wenn er etwas anderes behauptet, daran zweifle ich nicht.«

Delphine schüttelte den Kopf. »Das ist nicht wahr. Er hat versprochen, dir deine Kräfte zurückzugeben.«

Jericho lachte. »Ich glaube, das hast nur du gehört, weil du es hören wolltest. Ich glaube keine Sekunde lang, dass er das wirklich gesagt hat.«

»Ich lüge nicht.«

»Ich habe nicht behauptet, dass du lügst. Wiederhole Wort für Wort, was dieser Donner-Arsch zu dir gesagt hat.«

Sie stieß einen frustrierten Seufzer aus. »Er hat gesagt, du würdest deine Kräfte wiederbekommen, solange du gegen Noir und die Skoti kämpfst.«

Jericho warf dem nebelhaften Jaden einen sprechenden Blick zu. »Wie klingt das für dich?«

»Dass du deine Kräfte nur dann wiederbekommst, wenn du gegen Noir und die Skoti kämpfst.«

»Ganz genau.«

Delphine runzelte die Stirn. »Aber das habe ich doch gerade gesagt.«

»Nein«, antwortete Jericho. »Du hast gehört, dass ich meine Kräfte wiederbekomme. Ich hingegen höre, dass ich nur ein Schoßhündchen bin, es sei denn, ich kämpfe, um Zeus' krätzige Haut zu retten.«

»Er hat recht. Nach allem, was Zeus Cratus angetan hat, würde er nie das Risiko eingehen, ihm seine uneingeschränkten Kräfte wiederzugeben.«

»Er weiß, was ich mit ihnen machen würde – oder genauer gesagt, was ich mit *ihm* machen würde, wenn ich meine Kräfte wiederhätte.«

Delphine musste zugeben, dass sie sich von Zeus leicht hatte übertölpeln lassen. Sie hatte tatsächlich nur das gehört, was sie hören wollte. Was die beiden jetzt sagten, leuchtete ihr doch um einiges mehr ein. »Was machen wir jetzt?«

Geht nach New Orleans. Jadens Stimme war jetzt nur noch in ihren Köpfen, als hätte er große Angst, dass man ihn hörte, selbst wenn er nur flüsterte. *Sucht Acheron Parthenopaeus. Sagt ihm, was hier vorgeht, er kann euch helfen.*

»Warum sollten wir das tun?«, fragte Jericho.

»Der Ersten Macht zuliebe, Jericho«, fuhr Jaden ihn an. »Tu es einfach. Er ist die einzige Hoffnung, die ihr jetzt noch habt.«

Jericho machte den Mund auf und wollte widersprechen, aber ehe er auch nur einen Ton sagen konnte, flog die Türe auf, und Jaden verschwand sofort.

»Klopf, klopf.«

Es war ein gallu. Und er war nicht allein.

Kapitel 8

Jericho zog sich und Delphine augenblicklich etwas an. Er wollte sich auf den gallu stürzten, aber Delphine hielt ihn zurück. »Das darfst du nicht! Ein Kratzer oder Biss genügt, sobald sich dein Blut mit ihrem Speichel oder Blut mischt, haben sie dich unter Kontrolle. Denk doch nach!«

Aber er musste ganz einfach kämpfen.

Knurrend vor Zorn ließ er eine schwarze Panzerung auf seinem ganzen Körper erscheinen. »Da müssen sie erst durch diese schusssichere Weste kommen.«

Delphine war verblüfft, als er auf die gallu losging. Dem ersten verpasste er einen so heftigen Schlag, dass es ihn gut einen Meter in die Luft hob und er an die Wand flog. Der zweite versuchte, Jericho zu beißen, aber er packte ihn am Hemd und schleuderte ihn über die Schulter. Mit einer einzigen fließenden Bewegung zog er dann seinen Dolch und ging auf den dritten los.

Delphine schnappte nach Luft, als der erste gallu sich aufrappelte und nun auf sie losging. Sie war ungeschützt und hatte ihre Kräfte nicht. Vollkommen hilflos schaute sie sich um, aber sie konnte sich nirgends verstecken, und flüchten konnte sie auch nicht.

Sie saß in der Falle.

Doch als der gallu sie fast erreicht hatte, prallte er gegen eine unsichtbare Wand. Sie brauchte eine Sekunde, bis sie begriff, was passiert war.

»Ha!«, sagte sie dann triumphierend, als er mit den Fäusten gegen die Wand schlug. Jericho musste seine Kräfte dazu benutzt haben, sie abzuschirmen.

Der gallu war verblüfft und wütend. Er riss sein Maul auf und ließ zwei Reihen spitzer, gezackter Zähne sehen. Sie hob das Kinn und lächelte ein Ätsch.

»Früher oder später krieg ich dich«, knurrte er.

Sie spottete. »Vorsicht, Baby, ich beiße zurück.« Nur nicht heute, nicht ohne ihre Kräfte. Da hatte er Glück gehabt, denn wenn es ums Kämpfen ging, konnten ihr nur wenige das Wasser reichen.

Jericho schien es richtig auszukosten, die gallu niederzumachen. Sie hatte noch nie jemanden gesehen, der einen Kampf derart genoss. Aber dann gesellten sich fünf weitere gallu zu den ersten drei. Jericho kämpfte unverdrossen weiter. Sie zweifelte, ob das richtig war.

Selbst der Stärkste der Starken konnte überwältigt und getötet werden, wenn die Feinde derart in der Überzahl waren.

Ein einziger Biss würde genügen, ein Kratzer – und er wäre für immer fort.

»Jericho, bitte«, schrie sie, als sie ihn alle auf einmal angriffen. »Das ist es nicht wert. Ich will nicht, dass du verletzt wirst. Bitte hör auf!«

Jericho zögerte, als er die Angst in Delphines Stimme hörte, er warf einen Blick über die Schulter und sah ihr besorgtes Gesicht. Gleichzeitig versetzte er einem gallu einen Schlag und erwischte einen anderen mit einem gut gezielten Tritt. Delphines Hand lag weit gespreizt an der unsichtbaren Wand, die er um sie errichtet hatte. Sie sah angespannt aus und schaute ihn bittend an.

Sie machte sich wirklich Sorgen!

Um ihn.

So etwas Einfaches und Unglaubliches. Nur Nike hatte ihn

jemals merken lassen, dass ihr etwas an ihm lag, und auch das nie derart leidenschaftlich, wie Delphine es jetzt tat. Das gab ihm zu denken.

Vor ihm erschien ein Schatten: Es war Noir.

Er schaute sich mit missbilligendem Schnauben unter den gallu um. »Muss ich euch Dreckskerlen denn alles abnehmen? Ihr dummen, wertlosen Köter. Reißt ihn zu Boden und beißt ihn! Das kann doch nicht so schwer sein!« Noir zielte mit einem Blitz mitten auf Jerichos Brust.

Er hatte keine Möglichkeit, ihm auszuweichen oder ihn abzulenken, und fluchte, als er quer durchs Zimmer geschleudert wurde. Es schmerzte derart, dass er den Schutzschild um Delphine fallen lassen musste.

Ein gallu sprang wieder auf sie zu, aber sie trat ihn weg.

Jericho rappelte sich auf. Instinktiv wollte er den gallu vor sich angreifen und sich dann auf Noir stürzen. Doch stattdessen wich er ihm aus und sprang auf Delphine zu, die sich nicht selbst schützen konnte.

Er versetzte sie beide aus dem Zimmer hinaus und zurück in sein Apartment in vermeintliche Sicherheit.

Doch Noir und die gallu folgten ihnen und erschienen nur Sekunden später.

Jericho sah den panischen Gesichtsausdruck von Delphine und wusste, was er zu tun hatte. Eine andere Möglichkeit gab es jetzt nicht.

Delphine sank der Mut, als sie die vielen gallu sah, die unter Noirs Kommando standen. Wo waren sie nur alle hergekommen? Gegen diese Übermacht hätten sie keinerlei Chance.

Aber sie hatte keine Zeit, weiter darüber nachzudenken, da stand Jericho schon vor ihr. Sie erwartete, dass er gegen die gallu kämpfen würde, doch stattdessen zog er Delphine an sich und griff nach ihrem Hals, ehe sie ihn noch fragen konnte, was er da eigentlich machte.

Er riss ihr das Halsband ab.

Sie war völlig verblüfft und begriff erst gar nicht richtig, was er getan hatte. Er wollte nicht, dass sie verletzt wurde. Er stellte ihre Sicherheit über seine eigene.

Ein Gefühl der Wärme breitete sich in ihr aus.

»Geh!«, sagte er mit gequältem Blick. »Bring dich in Sicherheit.«

»Was ist mir dir?«

»Sie werden mir überallhin folgen – aber nur mir.« Er küsste sie zärtlich auf die Lippen. »Jetzt geh.« Er schob sie sanft weg und wandte sich dann ab, um sich den Dämonen zu stellen.

Nichts hatte sie je mehr gerührt als diese Fürsorglichkeit.

Er tat es für sie.

Sie begegnete dem Blick von Noir und sah ganz klar vor sich, was er als Nächstes vorhatte. Er würde sie benutzen, um an Jericho heranzukommen. Sie wollte bei ihm bleiben und kämpfen, aber sie wusste, dass sie das nicht konnte. Sie war eine Belastung, die er sich nicht leisten konnte.

Diesen Kampf konnten sie nicht gewinnen.

Aber sie würde ihnen Jericho nicht überlassen. Die gallu waren in der Überzahl, selbst mit seiner Panzerweste könnte er sich nicht länger halten als ein paar Minuten.

Sie eilte von hinten auf Jericho zu, schlang die Arme um seinen angespannten, muskulösen Körper und teleportierte sie beide aus dem Zimmer auf den Olymp.

Sobald er begriff, wo er war, wandte sich Jericho mit blankem Zorn an sie, und sie begriff, dass er sich lieber von den gallu zerfleischen ließ als auch nur einen Moment in der Halle der Oneroi zu sein. »Was hast du getan?«

»Ich habe dich gerettet.«

Er war noch immer voller Zorn. »Mich gerettet, na wunderbar. Ich darf nicht hier sein, und ich *will* auch gar nicht hier sein!«

»Ich weiß«, sagte sie und versuchte, ihn zu besänftigen. »Hier können wir kurz Atem schöpfen. Noir kann uns nicht hierher folgen, und vor allem kann er keine gallu in unsere Sphäre mitbringen.«

Jericho knurrte nur. Es stimmte, und das wusste er auch. Aber es änderte nichts daran, dass hier Erinnerungen in ihm hochstiegen, die er lieber hätte ruhen lassen.

Er hasste diesen Ort.

Delphine umfasste sein Gesicht mit den Händen. »Es ist alles in Ordnung, Jericho. Vergiss die Vergangenheit. Die Dinge haben sich geändert.«

Hatten sich die Dinge wirklich geändert? »Wir sind in der großen Empfangshalle der Oneroi. Hier sieht alles noch genauso aus wie früher.«

»Es sieht vielleicht noch so aus, aber heute leben keine Oneroi mehr hier. Wir sind allein.«

Nur Phobos trat durch die Tür und war verblüfft, sie zu sehen. »Ich fasse es nicht. Ihr seid zurück … alle beide. Ich war sicher, ich würde euch nie wiedersehen. Was zum Teufel habt ihr denn angestellt?«

»Frag lieber nicht«, sagte Delphine verlegen. Ob sie wohl gewusst hatte, dass Phobos hier war?

Jerichos offene Feindseligkeit machte dem Gott nicht das Geringste aus, er kam einfach zu ihnen und blieb vor Delphine stehen. »Hast du Deimos gesehen?«

Jericho wollte erst nicht antworten, aber er wusste, wie nahe die Brüder sich standen. Er hegte zwar einen Groll gegen Deimos, aber das war kein Grund, sich Phobos gegenüber wie der letzte Arsch zu verhalten. »Er ist übel dran, aber er lebt.«

Die Erleichterung in Phobos' Gesicht war deutlich zu sehen. »Gibt es irgendeine Möglichkeit, ihn da rauszuholen?«

Delphine schüttelte den Kopf. »Ich weiß es nicht. Wir sind

selbst nur mit Mühe entkommen. Jetzt sind gallu hinter uns her, und natürlich Noir.«

Phobos staunte nicht schlecht. »Sumerische gallu-Dämonen?«

Sie nickte.

Er stieß einen angewiderten Laut aus und wandte sich dann an Jericho. »Verdammt, Cratus, musst du dich denn mit jedem anlegen, dem du begegnest?«

Jericho trat einen Schritt vor und wollte dem Dreckskerl so richtig eins auf die Nase geben, aber Delphine stellte sich zwischen die beiden.

»Du wirst ihm nichts tun.«

»Wollen wir wetten?«

Sie stellte sich Jericho breitbeinig in den Weg und legte ihm die Hände auf die Schultern. »Ja, wir können ruhig wetten. Diese Wette gewinne ich.«

Jericho blickte nach unten. Jeden anderen, der es gewagt hätte, sich ihm in den Weg zu stellen, hätte er ohne Zögern zerschmettert. Dass sie so viel kleiner und zierlicher war als er selbst, machte das Ganze noch lächerlicher. Er könnte sie ohne viel Federlesen zerquetschen.

Doch er wollte sich nicht mit ihr anlegen, das war das Merkwürdigste an der ganzen Sache. Was stimmte bloß nicht mit ihm, dass er keinen eigenen Willen mehr hatte, sobald es um Delphine ging?

Er trat zurück, schaute Phobos an und kniff wütend die Augen zusammen. »Bedank dich bei ihr, Dolophonos. Sie hat dich gerettet, sonst hätte ich dich zu Hackfleisch verarbeitet.«

Phobos hob eine Augenbraue und trat kämpferisch einen Schritt vor.

»Hört auf damit!«, fuhr Delphine ihn an und zwang ihn, wieder einen Schritt zurückzugehen. »Wenn ihr weiterhin so viel Testosteron in die Luft setzt, dann werde ich euch alle beide kastrieren.«

Phobos hielt beruhigend die Hände hoch, und Jericho fühlte sich gleich besser. Er war also nicht der Einzige, den diese Frau von der Größe eines Chihuahuas einschüchtern konnte.

Der Dolophonos schaute Jericho über Delphines Kopf hinweg an. »Hast du eine Idee, wie man meinen Bruder da rausholen könnte?«

»Dynamit. Mit ein bisschen Glück fliegt der Mistkerl auch gleich in die Luft.«

Das fand Phobos nicht besonders witzig.

Delphine stieß einen müden Seufzer aus, ehe sie ihm antwortete. »Jaden hat uns gesagt, wir sollen uns an jemand namens Acheron Parthenopaeus wenden. Kennst du ihn?«

Phobos schnappt nach Luft. »Ja, natürlich. Es wundert mich, dass ihr ihn nicht kennt.«

»Warum?«

»Er ist ein atlantäischer Gott, auch bekannt als Apostolos, und hat früher viel Zeit mit Artemis verbracht. Aber darüber spricht man lieber nicht, sonst wird unser schlecht gelaunter Rotschopf noch mürrischer, und Apollo kriegt Schreikrämpfe.«

Das hörte sich lustig an. Jericho hätte nichts dagegen gehabt, Apollo mal so richtig in die Mangel zu nehmen.

Delphine warf ihm einen finsteren Blick zu. »Ich verbringe nicht gerade viel Zeit in der Halle der Götter oder mit Artemis. Die ganze Bande ist mir zu agressiv.«

»Acheron kann man kaum übersehen, er ist ungefähr zwei Meter groß. Er ist ein harter Typ, aber ich weiß nicht, ob er mit Noir nicht ein bisschen überfordert wäre.«

Jericho zuckte die Schultern. »Jaden glaubt, dass er ihn besiegen kann.«

»Dann machen wir uns auf den Weg und hören uns an, was Acheron davon hält.«

Phobos führte sie zu einem kleinen Haus im French Quarter, wie es typisch für New Orleans war. Kurioserweise lag es nur ein paar Straßen von der Autowerkstatt entfernt.

Delphine runzelte die Stirn, als sie das gut gepflegte, bescheidene Häuschen mit seinen weißen filigranen Zierleisten sah. Es hatte nichts Auffälliges an sich und unterschied sich in keiner Weise von den anderen Häusern in der Straße. Sie spürte auch sonst nichts Außergewöhnliches, keine besonderen Kräfte, gar nichts. »Hier soll ein Gott leben?«

Bei ihrem zweifelnden Tonfall musste Phobos lachen. »Du kannst mir glauben oder auch nicht. Das Haus hier ist viel größer und schöner als Cratus' früheres Apartment.«

Sie war noch immer skeptisch und konnte sich einfach nicht vorstellen, dass eine Gottheit mit derart mächtigen Kräften diese Hütte sein Zuhause nennen würde.

»Wenn du meinst.«

Phobos lächelte. »Folgt mir!« Er ging zur Tür und klopfte.

»Warum gehen wir nicht einfach rein?«, fragte Jericho, als er Delphine auf den Stufen zur Tür den Vortritt ließ.

Phobos gab einen amüsierten Laut von sich. »Das geht nicht, er hat sein Haus geschützt. Außerdem ist er ein Gott und kann ganz schön sauer werden, wenn man ihm auf die Nerven fällt. Wenn du unangekündigt eindringst, wo seine geliebte Frau ist, wirst du schneller gebraten als ein Hühnchen bei Kentucky Fried Chicken. Wenn es um sie geht, versteht Acheron keinen Spaß. Mach nicht so ein Gesicht, sonst verletzt du womöglich ihre Gefühle, und dann reißt er dir erst recht die Gedärme raus.«

Nach dieser ausführlichen Warnung und der leidenschaftlichen Vorrede von Phobos erwartete Delphine, dass ihnen eine Göttin die Tür öffnen würde, eine Frau, neben der Aphrodite verblassen würde.

Aber als die Tür aufging, sah sie eine sehr durchschnittlich aussehende Frau mit unscheinbarem braunem Haar, das zu Zöpfen geflochten war. Delphine war verwirrt. Das Einzige, was die Frau mit den meisten Göttinnen gemeinsam hatte, war ihre Größe und das schöne Haar. Der Rest von ihr wirkte vollkommen menschlich.

Sie trug einen langen beigefarbenen Rock, einen grünen Pulli und lächelte sie freundlich an. »Hallo, Phobos, was machst du denn hier?«

Phobos lächelte zurück. »Hi, Tory. Wir wollen deinen Mann sprechen. Ist er da?«

»Klar.« Sie trat einen Schritt zurück und ließ die drei eintreten.

Phobos trat als Erster ins Haus, Delphine folgte ihm, und Jericho bildete die Nachhut. Das Haus wirkte völlig normal. Es war anheimelnd, friedlich und in neutralen Farben gehalten, Dunkelbraun, Gold und Rostrot. Es gab nichts Außergewöhnliches zu sehen, abgesehen vielleicht von den griechischen Kunstgegenständen und Statuen der olympischen Götter, die in allen möglichen Ecken und Winkeln standen. Außerdem hingen Fotos von einer glücklichen Familie an der Wand, und eine kleine bengalische Katze schlief in einer Ecke im Flur, wo die Sonne hinschien und sie wärmte.

Delphines Blick fiel auf ein Foto, und sie blieb plötzlich stehen. Es zeigte Tory, als sie noch jünger war, in den Ruinen eines antiken griechischen Tempels, zusammen mit einer blonden Frau und einem dunkelhaarigen Mann … einem Mann, den Delphine sehr gut kannte.

»Arik?«, fragte sie erstaunt.

Tory hob eine Augenbraue. »Kennen Sie den Mann meiner Cousine?«

»Ich bin mir nicht sicher ... Er sieht aus wie jemand, den ich früher kannte.«

»Es ist derselbe Arik.« Das war die tiefste Stimme, die Delphine je gehört hatte, und diese Stimme hatte einen Akzent, der ihr seit Jahrhunderten nicht mehr zu Ohren gekommen war.

Atlantäisch.

Sie wandte sich in die Richtung, aus der die Stimme gekommen war, und sah einen großen Mann in einem Sessel sitzen; auf dem Schoß lag eine schwarze E-Gitarre.

Sein Haar war in einem dunklen Rotbraun getönt, und seine Augen wirkten merkwürdig wirbelnd und silbrig. Er war gekleidet wie ein Grufti und sah nicht älter aus als Mitte zwanzig, aber ihn umgab eine Aura von Macht, bei der Delphines Alarmglocken anschlugen. Das hier war kein Mensch.

Es war ein ungeheuer mächtiger Unsterblicher.

Und das genaue Gegenteil der Frau, die ihn anlächelte. Als er zurücklächelte, verriet sein Blick, dass Tory ihm die Welt bedeutete.

Bei den Göttern – was hätte sie dafür gegeben, dass ein Mann sie einmal so anschaute!

Tory stellte sich hinter ihn und legte ihm die Hand auf die Schulter. Der Gott schien entspannt zu sein, und doch hatte Delphine keine Zweifel, dass er sie auf der Stelle töten würde, wenn sie auch nur eine einzige Bewegung machten, die ihm nicht passte.

»Was ist los, Pho?«, fragte er.

Phobos lachte. »Als ob du das nicht schon gewusst hättest, ehe ich angeklopft habe.« Er drehte sich um und wies auf die beiden. »Das sind Delphine und ...« Phobos war nicht sicher, wie er ihn nennen sollte.

»Jericho«, stieß Jericho zwischen zusammengebissenen Zähnen hervor.

Phobos ignorierte seinen wütenden Ton. »Jericho und Delphine, das sind Ash Parthenopaeus und seine Frau Soteria, abgekürzt Tory.«

Delphine war verwundert, weil sie wusste, dass das hier nicht die Soteria vom Olymp war. »Sie sind nach der griechischen Göttin der Sicherheit benannt?«

Soterias Gesicht leuchtete auf, dann stieß sie einen besorgten Laut aus. »Sie sind auch eine von denen, oder?«

»Eine von denen?«, fragte Delphine.

»Sie gehören zu Ashs speziellen Freunden.« Tory zeichnete Anführungszeichen in die Luft. »Die meisten Menschen wissen nicht, nach wem ich benannt bin.« Sie schaute auf ihren Mann hinunter und schüttelte den Kopf. »Kein Wunder, dass sie Arik kennt. Jetzt ergibt das alles einen Sinn. Kennen sich die griechischen Götter eigentlich alle?«

Ash verschränkte seine Finger mit ihren und ließ die Hände auf seiner Schulter ruhen. »Nicht alle – und sie kennen sich auch nicht alle besonders gut. Es ist eine sehr große und weit verzweigte Götterfamilie. Delphine ist eine Oneroi, daher ist sie mit dem Mann deiner Cousine Geary bekannt. Jericho kennst du vermutlich besser unter dem Namen Cratus.«

Torys Augenbrauen schossen überrascht in die Höhe. »Der Gott Cratus, mit dem Prometheus zu tun hatte?«

Ash nickte.

»Oh«, sagte Tory langsam und schaute Jericho mit einer Mischung aus Anerkennung und Furcht an. »Ich bin sicher, Sie sind noch immer ein sehr netter Gott, oder?«

Jericho fand das nicht besonders lustig, aber er würde sich nicht mit ihr streiten. Er hatte zwar keine Angst vor Ash, aber er wusste, dass ein Kampf gegen einen derart mächtigen Gott schwer und kräftezehrend wäre. Egal, ob er gewann, verlor, ob es unentschieden ausging, es würde verdammt blutig werden.

Und es würde lange dauern.

Tory schaute zu Ash hinunter. »Warum sind sie hier?«

»Noir ist hinter ihnen her.« Acheron wusste Bescheid, ohne dass sie ihm irgendetwas erzählen mussten. Das sagte alles über seine Kräfte.

Aber es beantwortete Jerichos wichtigste Frage nicht. »Warum hat Jaden uns zu dir geschickt?«

Ash grinste schelmisch. »Weil ich ein netter Kerl bin, der verdammt gut Gitarre spielt.«

Tory lachte. »Das glaubt dir aber nur jemand, der nicht weiß, wie motzig du morgens sein kannst.«

Jericho fand auch die Bemerkung nicht besonders lustig und starrte sie weiterhin an. »Das könnte ja alles ganz witzig sein, wenn die Lage nicht so ernst wäre. Du weißt, dass Noir jede Minute hier auftauchen könnte, oder?«

Ash ließ Torys Hand los und schlug träge einen Akkord an, als hätte er keinerlei Sorgen auf dieser Welt. »Nein, das kann er nicht. Nun ja, theoretisch *könnte* er schon. Aber es würde dann sehr schnell blutig werden, und egal, ob er jetzt stärker ist als ich oder nicht, er wird nicht riskieren, sich mit mir anzulegen, weil er die Folgen fürchtet.«

»Welche Folgen?«

»Er mag die gallu haben, aber ich befehlige die Charonte-Dämonen. Wenn er einen Kampf will, dann kann er ihn kriegen, einen Kampf, der ihm auch den schönsten Tag versaut.«

Jericho war angemessen beeindruckt. »Ich dachte, die Charonte wären mit Atlantis zusammen untergegangen.«

»Da hast du unrecht. Sie sind gesund und munter, und sie sind ganz scharf drauf, sich mit gallu-Fleisch die Bäuche vollzuschlagen. Genau zu diesem Zweck ist auch schon ein ganzer Club von ihnen hier in der Stadt.«

Jericho hob eine Braue. »Meinst du das ernst?«

»Todernst.«

Zum ersten Mal stieß Jericho einen erleichterten Seufzer aus. Allmählich sah es wieder ein bisschen besser für sie aus. Die Charonte waren die natürlichen Feinde der gallu – und das Schönste daran: Sie waren immun gegen ihre Bisse. Wenn die Charonte ihnen halfen, dann hätten sie zumindest eine reelle Chance. Jericho entspannte sich.

Zumindest bis Ash wieder sprach. »Der andere Grund, aus dem Jaden euch zu mir geschickt hat … ich trainiere den Malachai.«

Jericho hätte nicht erstaunter sein können, wenn Ash aufgestanden wäre und ihm mit der Gitarre eins übergezogen hätte. »Bist du wahnsinnig? Warum solltest du ein solches Instrument der Zerstörung trainieren?«

Ash zuckte die Schultern. »Wir alle wählen unser Schicksal. Unsere Geburt schreibt uns unsere Zukunft nicht vor, es sei denn, wir gestatten es ihr.«

Jericho verdrehte bei diesen Worten die Augen. »Wie naiv darf man als Gott eigentlich sein?«

Tory lächelte nachsichtig. »Acheron ist der Rächer der Atlantäischen Zerstörerin. Der Prophezeiung nach ist er derjenige, der die Welt vernichtet, und doch gehört er zu denjenigen, die sie am heftigsten verteidigen. Obwohl er empfangen wurde, um das Werkzeug seiner Mutter zu sein, das sie zur Vernichtung der Welt benutzen wollte, ist er seinem Schicksal niemals gefolgt.« Sie schaute zu ihm hinunter und schüttelte den Kopf. »Und die Götter wissen, dass er mehr Grund dazu hat, das Ende der Welt herbeizusehnen, als irgendjemand sonst, den ich kenne.«

Acheron küsste ihr die Hand. »Du siehst also, Jericho: Ich weiß ein bisschen was darüber, wie man einen Zerstörer aufzieht und ihm beibringt, gegen sein natürliches Verlangen anzugehen. Schwierigkeiten bekommen wir nur, wenn wir den Malachai allein lassen und Noir ihn in die Finger kriegt.«

Jericho hatte immer noch seine Zweifel. »Das sagst du. Wenn du ihn aber erst einmal alles gelehrt hast, was du kannst, weißt du nicht, ob er dir folgen wird oder Noir.«

»Das ist richtig. Andererseits bist du jetzt auch hier, obwohl du vor ein paar Stunden noch auf der Seite von Noir bis zum bitteren Ende kämpfen wolltest.«

»Der Dreckskerl hat mich verraten und angegriffen. Mich verwandelt niemand in einen hirnlosen Gefolgsmann. Das hätte er wissen müssen und es erst gar nicht bei mir zu versuchen brauchen!«

»Ich glaube, wenn die Zeit kommt, wird Nick die gleiche Entscheidung treffen. Er mag mich hassen, aber er folgt niemandem blindlings.«

Weil Jericho den Malachai nicht persönlich kannte, wollte er sich lieber nicht allein auf Acherons Worte verlassen. »Bist du dir da sicher?«

»Du magst mich einen Optimisten nennen, aber ich bin mir sicher, ja.« Ash wies auf die Stühle hinter ihnen. »Um meine Frau zu zitieren: Hockt euch hin. Wir müssen einen Plan entwickeln, wie wir die Oneroi und die Skoti retten können, ehe Noir sie in gallu umwandelt.«

Delphine überlief bei diesem Gedanken ein eiskalter Schauer. Wenn das passieren würde …

Dann wäre die Menschheit dem Untergang geweiht.

»Meinst du, wir könnten auch Jaden befreien?«, fragte sie und setzte sich neben Jericho auf die Couch. Phobos setzte sich auf ihre andere Seite.

Acheron schüttelte den Kopf. »Leider ist Jaden für uns verloren, aber er ist immer noch unser Verbündeter, wenn es sich machen lässt.«

Tory blieb neben Acheron stehen und runzelte die Stirn. »Was ist denn mit Jared?«

Delphine griff ihre Frage auf. »Wer ist Jared?«

Ashs Antwort überraschte sie. »Er ist der letzte Sephiroth.« Die Sephirii waren geschaffen worden, um gegen Noir und seine Armee von Malachai zu kämpfen, damals, als es noch keine Menschen und keine schriftliche Überlieferung gegeben hatte.

Jetzt war Delphine vollkommen verwirrt. »Ich dachte, nachdem Noir und die Erste Macht miteinander gekämpft hatten, wären alle Malachai und Sephirii getötet worden.«

»Das stimmt auch«, erklärte Ash. »Alle bis auf den einen Sephiroth, der seine Art verraten hat. Er wurde dazu verdammt, die Ewigkeit in Sklaverei zu verbringen. Weil das Universum immer alles ausgleicht, wurde auch ein Malachai verschont, um den Sephiroth mit dem Tod zu bestrafen, sollte er sich je befreien können. Dieser Malachai besitzt noch immer alle Macht, die notwendig ist, um das gesamte Universum neu auszurichten.«

Jericho schaute Delphine an und wandte sich dann wieder an Acheron. »Warum ist der Malachai nicht bei Noir?«

»Nicks Vater hat mit Noir gebrochen, keiner weiß, warum. Vor Jahrhunderten schon hat sich der ältere Malachai versteckt, Noir und Azura haben ihn gesucht und gejagt. Vor ein paar Jahrzehnten hat er sich entschlossen, ein Ei zu legen, und unser derzeitiger Malachai kam zur Welt. Sobald Nick alt genug war, um seinen Vater ersetzen zu können, ist der alte Malachai gestorben.«

Delphine verstand das immer noch nicht richtig. »Und warum konnte Noir diesen Nick nicht finden?«

»Nicks Kräfte waren gebunden, um ihn zu schützen und ihn vor Noir zu verbergen. Er sollte die Chance bekommen, sich von seinem Vorsatz abzuwenden. Erst als ein Gott der Ersten Macht ihn angegriffen hat, wurden seine Kräfte freigesetzt, sodass er sich verteidigen konnte. Seither versuche ich, ihn zu trainieren.«

Tory lachte spöttisch. »Versuchen ist genau der richtige Ausdruck dafür.«

Jericho kniff die Augen zusammen und konzentrierte sich. Ein trainierter Malachai, der ihnen an die Kehle ging, war nun wirklich das Letzte, was sie brauchten. »Weigert er sich zu lernen?«

Ash schüttelte den Kopf. »Er lehnt sich nicht gegen das Training oder gegen sein Schicksal auf. Das Problem besteht darin, dass er mich verabscheut. Es ist eine persönliche Sache, die wir miteinander klären müssen.«

Tory schnaubte. »Sie arbeiten daran ... aber es geht nur sehr langsam voran.«

»Na toll«, Jericho seufzte. »Und was ist mit dem Sephiroth?«

»Nun ja, auch da gibt es ein größeres Problem: Seine derzeitige Herrin ist zufällig die Königin der Daimons. Weil ich und meine Dark Hunter ihre Daimons jagen und töten, ist sie nicht unbedingt gewillt, sich auf unsere Seite zu schlagen oder uns auch nur einen Gefallen zu tun. Aber wer weiß – vielleicht erwischen wir sie, wenn sie mal einen guten Tag hat.«

»Das ist verdammt unwahrscheinlich.«

»Das sehe ich leider auch so.«

Delphine seufzte müde. »Wir sind am Ende. Meine Leute sind in der Hand des Bösen und stehen kurz davor, in hirnlose Raubtiere verwandelt zu werden, und die einzige Hoffnung, die wir haben, besteht in einem untrainierten Malachai, der möglicherweise auf die andere Seite überwechselt, und einem Sephiroth, der sich in den Händen der Daimons befindet.«

Die Daimons waren eine vampirische Rasse, die davon lebte, menschliche Seelen zu stehlen und zu fressen. Sie hassten die griechischen Götter unerbittlich, seit Apollo sie dazu verdammt hatte, im Alter von siebenundzwanzig Jahren schmerzhaft zu sterben. Diesen Geburtstag konnten sie nur überleben, wenn sie sich ab diesem Zeitpunkt von menschlichen Seelen ernährten.

Deshalb waren die Daimons nicht gerade scharf darauf, irgendjemandem zu helfen, abgesehen von sich selbst. Nicht dass Delphine ihnen das übel nahm. Sie waren von ihren eigenen Göttern schrecklich hintergangen worden.

Als sie ihre missliche Lage genauer bedachte, wurde ihr richtig schlecht. »Das ist wohl kein besonders guter Tag für die Menschen, was?«

»Für uns ist es auch kein guter Tag«, sagte Phobos sarkastisch.

Delphine konnte ihm nur aus vollem Herzen zustimmen. »Glaubst du, Noir wird sich mit den Daimons zusammentun?«

Ash schüttelte den Kopf. »Stryker ist zwar ordentlich verkorkst, aber er wird nicht mit ihnen zusammen kämpfen. Sie haben keinen Ehrenkodex. Stryker und seine Leute kämpfen nicht, um zu töten, sie kämpfen, um zu überleben. Da haben wir wirklich Glück. Er erlaubt seinem Volk nur die Leben zu nehmen, die sie wirklich brauchen … und natürlich die der Dark Hunter, denn wir sind seine größten Feinde. Er hätte sicher nichts gegen die Weltherrschaft einzuwenden, aber seine Priorität liegt ganz klar im Überleben seines Volkes. Noir hingegen tötet zum Vergnügen, will sämtliche Götterwelten zu Fall bringen und alles selbst übernehmen. Weder Stryker noch seine Frau folgen besonders gern anderen. Sie werden bis zum bitteren Ende gegen Noir kämpfen.«

Jericho kratzte sich an der Wange. »Vielleicht sollten wir die beiden die ganze Sache ausfechten lassen.«

Phobos schnaubte. »Das klingt ganz schön nach Bezahlfernsehen. Außerdem würden wir dabei bedauerlicherweise mitten ins Kreuzfeuer geraten.«

»Ich befürchte dennoch, dass sie sich mit Noir zusammentun könnten«, bestand Delphine auf ihrer Meinung. Es würde einen Sinn ergeben. Die Daimons könnten sich die Menschen schnappen und die gallu den Rest der Welt.

»Nein«, sagte Ash entschieden. »Ich kenne Stryker. Außerdem waren die gallu bis vor ein paar Monaten noch mit ihm verbündet. Damals haben sie versucht, ihn, seine Frau und seine Tochter zu fressen. Er ist sehr unversöhnlich und wird ihnen in der nächsten Zeit ganz bestimmt nicht freundlich gesinnt sein. Als Folge dieses Streits haben die Daimons die Jagdsaison auf die gallu eröffnet. Da können wir ganz sicher sein.«

Jericho war noch nicht vollkommen überzeugt. »Aber in jeder anderen Hinsicht sind wir am Arsch.«

»Nicht ganz.« Ash schaute Phobos an. »Wie viele deiner Leute sind noch übrig?«

»Ein paar Dutzend vielleicht …«

Ash nickte gedankenvoll. »Damit können wir arbeiten.«

»Was ist mit den gallu?«, fragte Jericho.

»Da können uns die Charonte helfen. Es bleibt also nur noch eines zu tun …«

»Der Sephiroth«, sagte Jericho. Obwohl er ein Gott der Ersten Macht war, konnte Jericho nicht im Alleingang gegen Azura, Noir, die Skoti und die gallu antreten. Sie brauchten dringend Verstärkung. »Ich finde, wir sollten mit den Daimons sprechen.«

Ash nickte zustimmend. »Da bin ich völlig deiner Meinung.«

Kapitel 9

Jericho stieg in die Hölle hinab, in die atlantäische Sphäre der Hölle mit Namen Kalosis.

Aber Hölle war Hölle, egal, in welcher Götterwelt.

Nach einigen Diskussionen waren Delphine und Phobos nicht mitgekommen, sondern hatten sich aufgemacht, um die übrigen Verbündeten zu versammeln. Denn Acheron war der Meinung gewesen, dass ihre Chancen umso größer wären, je weniger Leute die Mission, um Hilfe zu bitten, begleiteten.

Stryker und seine Frau Zephyra würden einen einzelnen Botschafter anhören. Zwei oder mehr würden sie vielleicht schon als willkommene Mahlzeit betrachten.

Tory führte Jericho einen schwarzen Korridor aus Marmor entlang und hielt einen Leuchtstab über den Kopf. Das Licht spiegelte sich an den Wänden. Wäre Jericho ein Mensch gewesen, hätten ihm der unheimliche Schimmer und ihre verzerrten Spiegelbilder Angst gemacht, doch so fand er sie lediglich faszinierend.

Sie waren auf dem Weg zur großen Empfangshalle von Stryker.

Acheron durfte diese Welt nicht betreten, sonst hätte er den Weltuntergang ausgelöst. Daher hatte Tory sich angeboten, Jericho zu begleiten und ihn bei den Daimons anzumelden. Offenbar gehörte es zu Acherons Pflichten, seine Mutter aus dem Gefängnis zu befreien, das genau in der Sphäre lag, in der sie sich nun befanden.

Wenn Acheron auch nur eine Sekunde hier erschien, würde seine Mutter freikommen und die Welt zerstören. Also konnten sie einander niemals sehen.

Jericho hätte das tragisch finden können, aber er hatte ja niemals Mitgefühl mit anderen. Er schätzte zwar die Umsicht Acherons, aber eigentlich war ihm das alles egal.

Tory lächelte ihn an. »Es ist wirklich großzügig, dass du für die Oneroi so viel riskierst.«

Jericho schnaubte. »Die Oneroi sind mir völlig egal. Eigentlich wollte ich mit Noir zusammen gegen sie kämpfen, aber dann fand er es einfacher, die gallu auf mich zu hetzen und mich so unter Kontrolle zu bekommen. Er hat diesen Krieg begonnen, und ich will verdammt sein, wenn ich zulasse, dass die gallu mich im Schlaf überfallen. Einen Großteil meines Lebens hatten andere Macht über mich. Wenn Noir kämpfen will – das kann er haben. Ich werde nicht verlieren.«

Tory stieß langsam den Atem aus. »Ich hatte einen Augenblick vergessen, dass du der Sohn von Styx und Pallas bist.«

Er nickte. »Ja, und ich habe genug Gift von den beiden mitbekommen. Wer nichts Übles tut, der hat auch nichts Übles zu befürchten. Ich möchte den Oneroi und den Skoti wieder auf die Beine helfen und so schnell wie möglich die gallu ausschalten. Danach wird die Jagdsaison auf die Götter des Olymps eröffnet.«

»Gilt das auch für Delphine?«

Als er diesen Namen hörte, sah er rot. Das Thema Delphine wollte er mit niemandem erörtern. »Das geht dich überhaupt nichts an.«

Tory warf ihm einen beruhigenden Blick zu. »Tut mir leid, ich wollte dich nicht verletzen und dich auch nicht ausspionieren. Ich wollte nur darauf hinweisen, dass du dir offenbar etwas aus ihr machst.«

Ja, aber das Problem war: Er wusste nicht, warum. Eine Berührung, ein Flüstern reichte aus, und er war wie gelähmt.

Warum ausgerechnet Delphine, wo er doch noch nie so etwas empfunden hatte – für niemanden? Warum konnte sie seine Wut durchdringen, und warum fühlte er sich …

So warm.

So menschlich.

So unversehrt.

Die ganzen Jahrhunderte lang hatte er sich nie so gut gefühlt, wie er sich fühlte, wenn sie ihn berührte. In einer einzigen Liebkosung von ihr lag mehr Macht, als er bei jedem anderen Wesen erlebt hatte, das ihm je begegnet war.

Sie allein besaß die Macht, ihn in die Knie zu zwingen.

Aber er wollte nicht darüber nachdenken und wechselte das Thema.

»Wie kommt es, dass du in dieser Sphäre einfach so kommen und gehen kannst?« Es schien ihm merkwürdig, dass Stryker Tory hier duldete.

»Meine Schwiegermutter hat mir hier völlige Freiheit gegeben, sodass ich sie jederzeit besuchen kann, wenn ich möchte. Das ist besonders wichtig, weil Ash es nicht kann. Stryker würde mich vielleicht gern in Ketten legen und seinen Daimons zum Fraß vorwerfen, aber das wagt er nicht. Apollymi kann man kaum besiegen.«

»Und sie toleriert dich?«

Tory lächelte. »Sie hasst die Menschen, aber ihren Sohn betet sie an. Für Acheron würde sie absolut alles tun.«

»Außer die Menschen in Ruhe lassen.«

»Nun ja, das stimmt.« Sie berührte beim Weitergehen mit einer Hand die Wand des glitzernden Flurs. »Ich weiß, dass das keinen Sinn ergibt. Aber sie hat den Menschen nun mal den Krieg erklärt und weigert sich, wieder einzulenken. Ash und alle, die ihm nahestehen, müssten eigentlich immun gegen die Daimons sein, die unter ihrem Kommando stehen.«

In ihrer Stimme klang etwas mit, das Jericho alarmierte. »Müssten eigentlich?«

Ihr Gesichtsausdruck wurde düster und traurig. Er begriff, dass Tory tief mit allen empfand, die betroffen waren. »Nicks Mutter hat Ash sehr nahegestanden. Sie ist vor einigen Jahren bei einem Übergriff von Daimons umgekommen, deshalb haben Ash und Nick sich verfeindet. Nick macht Ash dafür verantwortlich und lässt die Sache nicht ruhen. Es ist ungeheuer traurig, und es bricht mir das Herz, wenn ich sehe, wie sie gegeneinander kämpfen. Aber wie ich höre, wird es allmählich besser. Es wäre auch fürchterlich, wenn ich zusehen müsste, wie sich das Ganze noch verschlimmert.« Sie verstummte, als ihnen eine blonde Frau in den Weg trat.

Sie war klein und schlank, trug einen schwarzen Catsuit aus Leder mit einer Corsage und starrte sie feindselig an. »Was schnüffelst du denn hier rum, Tory?«

Statt auf den wütenden Tonfall der Frau einzugehen, hielt Tory nur den Kopf schief. »Ich finde nicht, dass ich hier rumschnüffle. Ich fühle mich überhaupt nicht wie ein Schnüffler. Ich habe schon mal geschnüffelt und weiß ganz genau, dass das hier kein Schnüffeln ist.«

Die Frau starrte sie böse an.

»Entspann dich, Medea«, sagte Tory ruhig. »Wir möchten deine Mutter sehen.«

Sie kniff misstrauisch die Augen zusammen. »Deine Beerdigung steht unmittelbar bevor.«

Tory lächelte gutmütig. »Ich freue mich auch immer, dich zu sehen. Du bist ein echter Sonnenschein. Ich freue mich schon auf unser nächstes Treffen.«

Medea spottete. »Du kannst froh sein, dass du mitgeholfen

hast, mir das Leben zu retten. Das ist der einzige Grund, warum du selbst überhaupt noch am Leben bist.«

Tory schnaubte. »Es hat ganz sicher nichts damit zu tun, dass du auf der Stelle geröstet würdest, sobald du mich nur anrührst, oder?«

Der Blick, den Medea ihr zuwarf, war hasserfüllt. Jericho blieb stumm, während sie Medea in einen leeren Raum folgten. Er war in Dunkelrot und Gold gehalten und sollte die Besucher ganz offensichtlich einschüchtern. Aber so was funktionierte bei ihm nicht. Es gab nicht viel, was ihn einschüchtern konnte.

Genauer gesagt, gab es überhaupt nichts, was ihn einschüchtern konnte.

Medea blieb in der Tür stehen. »Wartet hier. Ich werde sie holen.« Sie machte die Tür zu und verriegelte sie, was er ziemlich lächerlich fand, denn die beiden hätten sich jederzeit hier herausversetzen können. Aber es lag ihm fern, das Offensichtliche zu erwähnen.

Sobald sie allein waren, wandte er sich an Tory. »Ich nehme an, das ist Zephyras Tochter?«

Sie nickte.

»Glaubst du wirklich, dass wir eine Chance haben?«

Tory zuckte die Schultern und schaute sich um. »Das wissen wir erst, wenn wir mit ihr gesprochen haben. Ich glaube, sie könnte – und dieses Wort spreche ich mit allem angebrachten Optimismus aus – uns möglicherweise helfen.«

»Helfen … wobei?«

Tory fuhr herum und erblickte Zephyra, die sich in den Raum und hinter Strykers Schreibtisch versetzt hatte. Tory runzelte die Stirn und sah die Dämonin aufmerksam an. »Für ein Geschöpf der Nacht siehst du heute aber recht heiter aus.«

Zephyra ignorierte sie.

Sie sah Medea ungeheuer ähnlich und war unglaublich

schön, mit üppigen Kurven, die ihr eng anliegendes schwarzes Kleid noch betonte. »Gibt es einen Grund für euren Besuch? Oder soll ich euch umbringen und einen Krieg beginnen?« Sie schaute an Tory vorbei auf Jericho. »Ich kann es überhaupt nicht leiden, wenn du einen Gott mit in meine Sphäre bringst.«

Jericho zwinkerte ihr zu, aber das schien sie nur noch zorniger zu machen.

Tory, die das Zwinkern nicht mitbekommen hatte, lächelte. »Du weißt doch, dass ich das nicht tun würde, wenn ich nicht einen guten Grund dazu hätte.«

»Und der wäre?«

»Wir brauchen Jared.«

Zephyra lachte ungläubig und wurde so schnell wieder ernst, dass Jericho sich fragte, ob er sich ihr Lachen nur eingebildet hatte. »Du verschwendest meine Zeit. Verschwindet!«

Sie war wirklich ein Ekelpaket. Er fragte sich, wie Stryker sie ertrug.

»Nun komm schon«, sagte Tory. »Du brauchst ihn doch gar nicht. Was macht er denn zum Beispiel jetzt gerade?«

»Eines macht er jedenfalls nicht: Er geht mir nicht auf die Nerven. Das kann ich von euch beiden leider nicht behaupten.«

»Kinder«, sagte Jericho und trat vor. »Fangen wir doch noch mal von vorne an. Wir haben ein Problem mit den gallu. Noir und Azura führen sie an und wollen die Oneroi und Skoti auch in gallu verwandeln, damit sie freien Zugang zu unseren Träumen bekommen. Wenn das geschieht, ist keiner mehr sicher. Keiner«, wiederholte er kühl. »Damit meine ich auch euch. Weil die gallu genauso gern Daimons fressen wie Menschen, lohnt es sich vielleicht, darüber nachzudenken.«

Zephyra kniff drohend die Augen zusammen. »Die Insassen der Hölle wünschen sich Eiswasser. Und es ist wesentlich wahrscheinlicher, dass sie das kriegen, als dass ihr meinen Jared kriegt.«

Jericho biss die Zähne zusammen, sonst hätte er diese sture Frau möglicherweise geschüttelt. »Wir kämpfen gegen Noir und Azura. Hast du auch nur die leiseste Ahnung, was das für ein Blutvergießen geben wird?«

Zephyra schwieg.

»Was könntest du dir denn im Gegenzug dafür wünschen?«, versuchte es Tory.

»Nichts, was ihr mir geben könntet.«

Plötzlich erklang von draußen ein lautes Krachen. Zephyra sprang an ihnen vorbei und öffnete die Tür.

Jericho riss erstaunt die Augen auf, als er einen Daimon sah, der mitten in einer großen Halle stand. Aber er war nicht länger ein Daimon, sondern hatte die milchigen Augen und die verfärbte Haut eines Opfers, das von den gallu infiziert worden war. Die anderen Daimons wichen zurück und machten ihm Platz. Als er ausholte, rannten sie voller Furcht davon, denn das Wesen der gallu bestand darin, dass sie nicht nur andere in Zombies verwandeln konnten, sondern auch ihren Zombies diese Macht übergaben.

Wenn sie erst einmal in Freiheit waren, dann konnten sie innerhalb kürzester Zeit jeden umbringen.

Jericho schaute Zephyra an. »Was wolltest du gerade sagen?«

Sie entblößte ihre Fangzähne und zischte ihn wütend an. »Habt ihr den etwa mitgebracht?«

»Himmel, nein! Wenn ich das richtig verstanden habe, haben die gallu noch eine Rechnung mit euch zu begleichen.«

»Du hast ja keine Ahnung!« Sie riss ein Schwert von der Wand und verfolgte den infizierten Daimon.

Jericho war sehr beeindruckt, als sie sich in den Kampf stürzte. Der gallu-Daimon griff sie an, aber sie wich ihm aus, wirbelte herum und schlug ihm mit einem sauberen Streich den Kopf ab. Mit der gleichen fließenden Bewegung reichte sie einem anderen Daimon das Schwert. »Mach das sauber, Davyn, und sag Stryker, wir haben hier ein Problem.«

»Das habe ich schon mitbekommen.«

Jericho wandte seine Aufmerksamkeit dem außerordentlich großen dunkelhaarigen Mann zu, der zu ihnen trat. Er hatte die tödliche Aura eines Befehlshabers um sich. Das musste Stryker sein.

Er schaute auf den Leichnam herab und seufzte verärgert. »Was haben die verdammten gallu denn jetzt schon wieder vor?«

Jericho kam Zephyra mit der Antwort zuvor. »Sie benutzen die Oneroi und die Skoti, um uns im Schlaf anzugreifen.«

Stryker stieß einen wüsten Fluch aus. »Ich hätte die gallu alle töten sollen, als ich die Gelegenheit dazu hatte.«

Zephyra verschränkte die Arme vor der Brust. »Ich finde, wir müssen die gallu einsperren. Was genau wollt ihr denn von Jared?«

Tory trat näher. »Ist er gegen gallu-Bisse immun?«

»Jared ist gegen fast alles immun.«

Das hörte Jericho gern. »Gut. Wir wollen die Oneroi und die Skoti aus den Händen von Noir retten.«

»Und wenn sie schon infiziert sind?«, fragte Stryker.

Jericho zögerte keine Sekunde. »Dann bringen wir sie um.«

Stryker lächelte. »Ich könnte fast anfangen, dich zu mögen.« Er strich sich gedankenvoll übers Kinn und kam näher. »Das Problem ist, dass die gallu in die Träume von jedem eindringen können, der ihnen begegnet.«

»Nicht für uns, wir sind im Schlaf geschützt«, widersprach Zephyra. »Wir können sie in unseren Träumen bekämpfen.«

»Nun, sie sind in den Träumen nicht so mächtig wie die Oneroi«, fügte Jericho hinzu. »Doch wenn die Kräfte der beiden zusammenkommen, wäre es eine Katastrophe. Selbst für euch. Ein infizierter Oneroi oder Skotos kann uns alle überwältigen.«

Zephyras Gesichtsausdruck zeigte, dass sie nicht geneigt war, ihnen Jared zu überlassen.

Jericho hatte genug von ihrer Unentschlossenheit. »Hör mal, mir reicht es jetzt. Wir brauchen jemanden, der schon mal gegen Noir gekämpft und ihn besiegt hat. Ich könnte auch alleine gegen ihn kämpfen, aber ich hätte gern jemanden, der die schwachen Stellen des Dreckskerls kennt, und das tut Jared. Jetzt rück ihn endlich raus!«

Zephyra hob herausfordernd eine Augenbraue. »Sonst …?«

Jericho streckte die Hände aus und ließ zwei riesige Blitze niedergehen, die knapp an ihr vorbeischossen.

Er musste anerkennen, dass sie nicht einmal mit der Wimper zuckte.

Jericho ließ die Arme wieder sinken. »Sonst passiert etwas, was dir wenig Freude bereiten wird.«

Stryker verzog den Mund. »Mit taktischen Spielchen kommst du bei uns nicht weit, Furcht ist für uns keine Motivation. Du solltest daran denken, dass auch ich der Sohn eines Gottes bin und deine Blitzschläge erwidern könnte … Aber es gibt da tatsächlich etwas, das ich gern hätte.«

»Und das wäre?«

»Ein grünes Amulett. Jaden hat es einst von einer alten Frau in New Orleans bekommen, und ich bin sicher, er besitzt es noch. Wir geben euch Jared, und ihr bringt uns dieses Amulett.«

Jericho war jetzt verdammt misstrauisch geworden. »Was bewirkt denn dieses Amulett?«

»Es dient dem Schutz.«

Jericho glaubte ihm kein Wort. Vielleicht weil Stryker auf ihn nicht wirkte wie die Art von Daimon, der sich Schutz von einem alten Hokuspokus erhoffte.

Aber was er heute versprach, könnte er morgen schon verweigern.

Wenn Jericho nicht gefiel, was das Amulett bewirkte, dann musste er es schließlich nicht hierher bringen. Er musste seinen Teil des Handels ja nicht unbedingt einhalten. Das letzte Mal, als er Wort gehalten hatte, hatte er schwer dafür bezahlt. Jetzt lagen die Dinge anders. *Er* war jetzt anders. Das Wichtigste war, dass er Jared bekam.

»Einverstanden.«

Stryker kniff misstrauisch die Augen zusammen. »Leg mich ja nicht aufs Kreuz!«

»Leg *du* mich ja nicht aufs Kreuz«, gab Jericho zurück.

Tory schüttelte den Kopf. »Wollt ihr vielleicht eure Geweihe verhaken und versuchen, euch gegenseitig vom Berg zu stoßen?«

Stryker sah sie streng an. »Ich habe keine Ahnung, was Acheron an dir findet.« Er schaute zu seiner Frau hinüber. »Gib ihnen Jared.«

Zephyra gab einen klaren Laut des Missfallens von sich. »*Geben* ist nicht das richtige Wort, Liebling. *Ausleihen.* Wir borgen ihnen Jared.«

»Abgemacht«, sagte Jericho. »Wir bringen ihn zurück, sobald wir mit Noir fertig sind.«

»Das will ich dir auch raten. Sonst werden Stryker und ich nämlich mit deinen Innereien ein Festmahl veranstalten und in deinem Blut baden, und ich werde deine Augen als Ohrringe benutzen.«

Jericho schnaubte. »Mit deiner Fantasie könntest du wirklich Texte für Grußkarten schreiben.«

Ash saß gerade wieder ruhig im Sessel, als er etwas Merkwürdiges in der Luft spürte, einen Augenblick später erschien Phobos.

Und zwar allein.

Ash hatte gleich ein schlechtes Gefühl, weil Delphine nicht bei ihm war. »Was ist passiert?«

Phobos seufzte betrübt. »Zelos hat uns angegriffen, als wir die Oneroi versammelt haben.«

Ash wurde bei dieser Nachricht unbehaglich zumute. Jericho würde durchdrehen, wenn er herausfand, dass sein eigener Bruder Delphine in der Gewalt hatte. »Wie bitte?«

Phobos fuhr sich mit der Hand durchs Haar. »Er hat Jericho gesucht, und gefunden hat er dann uns, als wir gerade dabei waren, die anderen zusammenzutrommeln. Er hat Delphine und Nike mitgenommen. Offenbar ist Zelos zur dunklen Seite übergelaufen. Noir hat den Verstand verloren.«

»Nein. Es ist sein strategischer Plan. Noir will die Götterwelt vernichten und ihre eigenen Mitglieder dazu benutzen. Er ist ungeheuer heimtückisch. Er glaubt, wenn er Nike und Delphine in seiner Gewalt hat, dann hätte er Jericho unter Kontrolle.«

»Wie dem auch sei, wir sind jedenfalls am Arsch.«

»Wieso?«

Ash trat zurück, als Jericho, Tory und Jared im Zimmer erschienen. Er zog Tory an sich, um ihre Gegenwart zu spüren, um sich zu vergewissern, dass sie in Sicherheit war. Man musste sich nur anschauen, was alles so passierte. Wenn ihr je etwas zustieße …

Dann würde er dafür sorgen, dass Azura und Noir vernichtet würden.

Jericho schaute sich um und runzelte die Stirn. »Wo ist denn Delphine?«

Phobos antwortete, ehe Ash ihm noch sagen konnte, er solle es ihm sanft beibringen. »Dein Bruder hat sie und Nike entführt.«

Ash zuckte zusammen. Er konnte Jericho am Gesicht ablesen, wie sehr ihn die Nachricht traf.

Jericho blieb wie angewurzelt stehen, in ihm stieg ein gewaltiger Zorn auf. Nie im Leben war er so wütend gewesen. »Was?!«

Phobos hatte den Anstand, verlegen auszusehen. »Es war ein Überraschungsangriff. Zelos hat die beiden gepackt, ehe wir noch begriffen hatten, dass er überhaupt da ist.«

Jericho ertrug es nicht länger. Er benutzte seine Kräfte und ließ die Metallklauen an seinen Händen erscheinen. Dann packte er Phobos und schleuderte ihn so fest gegen die Wand, dass eine Gipskartonplatte brach. »Du Dreckskerl! Wie konntest du nur zulassen, dass er sie entführt! Ich bring dich um, verdammt noch mal!«

Ash hielt Jericho zurück, ehe er Phobos verletzen konnte. »Jericho, beruhige dich.«

»Sie haben Delphine!« Er musste sich mit unglaublicher Willenskraft zurückhalten, nicht auf Acheron loszugehen. Doch sein Selbstschutz sagte ihm, dass es ein schwerer Fehler wäre, sich jetzt mit dem atlantäischen Gott anzulegen.

»Ich habe es gehört«, sagte Ash ruhig. »Amerikanisches Englisch mag nicht meine Muttersprache sein, aber ich verstehe es doch recht gut.« Er ließ Jericho wieder los.

Jared trat vor. Er trug einen langen schwarzen Ledermantel, und sein rotes Haar war zu einem glänzenden Pferdeschwanz zusammengebunden. Überraschend war, dass er weder helle Haut noch Sommersprossen hatte. Stattdessen war er gebräunt und hatte harte Gesichtszüge.

Obwohl er nicht annähernd so groß war wie Ash oder Jericho, umgab ihn eine machtvolle abschreckende Aura. Er verbarg seine Augen hinter einer dunklen Sonnenbrille, aber sie schienen durch die Brille hindurchzuleuchten. »Gib uns das Schwert, das Noir dir geschenkt hat.«

Jericho zögerte. »Woher weißt du von dem Schwert?«

»Es gehört mir. Ich höre es rufen, und ich will es wiederhaben.«

Jericho ließ Phobos los, der mit wildem Knurren von der Wand fiel. Als er einen wütenden Schritt auf Jericho zutrat, legte Ash ihm die Hand auf die Schulter und hielt ihn auf.

»Lass gut sein, Phobos. Du bist noch glimpflich davongekommen. Wenn Tory entführt worden wäre, hätte ich dich in der Luft zerrissen.«

Jericho ignorierte die beiden und beschwor das Schwert herauf.

Im gleichen Moment änderte sich Jareds gesamtes Verhalten. Statt ernst und kampfbereit zeigte er sich jetzt unterwürfig und bescheiden. Er kniete nieder, nahm das Schwert aus der Hand von Jericho entgegen und setzte es mit der Klinge auf den Boden.

Er flüsterte etwas in einer Sprache, die Jericho nicht verstand – was er eigentlich für unmöglich gehalten hatte. Einer der Vorteile als Gott war die Fähigkeit, alle Sprachen zu können. Aber diese hatte er noch nie gehört.

Sie war ihm vollkommen fremd.

Das Schwert begann sich auf dem Boden zu drehen, langsam zuerst, dann immer schneller. Ein helles Licht ging von seinem Griff aus und blendete sie. Dann begann es sich zu verformen, bis es zu einer kleinen, wunderschönen Frau geworden war, kaum einen Meter groß. Haut und Augen schimmerten golden, und das schwarze Haar fiel ihr bis auf die Hüften. Sie trug ein fließendes schwarzes Kleid und hatte die langen Ohren einer Elfin, ihre Augen standen leicht schräg wie die einer Katze. Eine kleine goldene Krone hielt ihr die

Haare aus dem Gesicht und funkelte in golden verschlungenen Mustern. Diamanten und Rubine hingen von der Krone herab und umrahmten ihr Gesicht.

Sie war wunderschön.

Kein Wunder, dass Jericho das Schwert lebendig erschienen war.

Es lebte tatsächlich.

»Herrin«, sagte Jared und ergriff ihre Hand. »Vergib mir.«

Ihre Augen blitzten rot auf, als sie ihre Hand aus seinem Griff zog und sein Haar berührte. »Es ist lange her, Jared.«

»Es tut mir ungeheuer leid.« Seine Stimme brach, und er unterdrückte die Tränen.

Sie kniete sich vor ihn und nahm ihm die Sonnenbrille ab, sodass seine unheimlichen orangefarbenen Augen zum Vorschein kamen. »Ich weiß, *couran*. Aber ich bin nicht diejenige, die du um Verzeihung bitten musst. Und jetzt steh auf. Wir werden wieder gemeinsam kämpfen.

Er blickte so gequält, dass es Jericho eng in der Brust wurde. »Ich werde dich nicht noch einmal enttäuschen, Herrin, das schwöre ich.«

Sie lächelte warm. »Ich verstehe, warum du so gehandelt hast. In mir ist kein Arg auf dich.« Sie zog seine Hand an ihre Brust und legte sie über ihr Herz. »Doch du musst nun anderen helfen. Wir müssen uns beeilen.«

Sie ließ ihn los und lehnte sich zurück. In einem kurzen Aufblitzen verwandelte sie sich wieder in das Schwert.

Jared ergriff es, küsste es ehrfürchtig und stand auf.

Jericho schaute Acheron an, um zu erfahren, was hier gerade passiert war.

Ash schob die Hände in die Taschen. »Die Sephirii hatten zehn Elitekämpfer, die sie die Mimoroux nannten. Jeder von ihnen war durch das Schwert auserwählt, das er oder sie trug.«

Jared ließ ein Wehrgehänge erscheinen und legte es an, sodass er sein Schwert tragen konnte. »Takara ist zweitausend Jahre ohne einen Shiori ausgekommen.«

»Ohne was?«

»Ohne einen Führer.« Jared schluckte und sprach dann weiter. »Niemand darf dieses Schwert führen. Nur ich.«

Verdammt. Die Sepherii waren von ihrem Anführer verraten worden. Von dem Edelsten unter ihnen …

Jared schüttelte den Kopf. »Ich verdiene alles, was man mir angetan hat, und Schlimmeres. Aber jetzt geht es nicht um die Vergangenheit. Wir müssen Noir aufhalten.« Er schaute Acheron an. »Wo sind deine Charonte?«

»Sie sind bereit, sobald wir sie rufen.«

Phobos trat vor. »Ich habe eine Handvoll Dolophoni und Oneroi bereitstehen.«

Jared neigte den Kopf. »Dann greifen wir an. Möge die Erste Macht uns geleiten.«

Jericho spottete. »Ich pfeif auf die Erste Macht. Hier geht es um Rache! Noir wird bitter bereuen, dass er sich je mit mir angelegt hat.«

Kapitel 10

Eine Dienerin Azuras warf die völlig verängstigte Delphine in eine dunkle Zelle. Die Tür schloss sich mit einem dumpfen Geräusch hinter ihr. Es war stockfinster, doch in der beklemmenden Dunkelheit konnte sie jemanden schwer atmen hören.

Wo war das Wesen?

Und vor allem: Was für ein Wesen war es?

Azura hatte ihr das Halsband, das sie jeder göttlichen Kraft beraubte, wieder anlegen lassen. Jetzt konnte sie sich nur noch mit bloßen Händen verteidigen. Noch nie hatte sie sich so verwundbar gefühlt.

»Ich bin es allmählich wirklich leid, ständig geschubst und getreten zu werden.« Tausende von Jahren hatte sie gekämpft, ohne je einen Fehler zu machen. Doch jetzt konnte sie sich anscheinend nicht mehr regen, ohne dass sie alles vermasselte.

Jemand hustete.

Delphine fuhr kampfbereit herum. »Wer ist da?«

»Ich bin's.« Die Stimme war so schwach, dass sie sie zunächst nicht erkannte.

»M'Adoc?«

»Ja.«

Sie orientierte sich an dem schweren Atmen. Er lag ganz in der Nähe auf dem Boden. Jetzt begriff sie auch, dass die heftigen Atemzüge nicht von Wut herrührten, sondern wie Schmerzenslaute klangen.

Noch immer konnte sie nicht das Geringste sehen; aus Angst, auf ihn zu treten, blieb sie stehen.

»Geht es dir gut?«

»Alles paletti«, sagte er gepresst. Sein Tonfall verriet, was für schreckliche Schmerzen er haben musste.

Sie streckte die Hand aus und wollte ihn berühren. Er stieß einen gequälten Fluch aus, und es fühlte sich an, als hätte sie Blut an den Fingerspitzen. Sie hörte, wie eine schwere Kette rasselte, als er zusammenzuckte.

»Fass mich nicht an.«

»Tut mir leid«, entschuldigte sie sich. »Ich sehe nichts.«

»Bleib … einfach … stehen.«

»Gibt es hier gar kein Licht?«

Er hustete. »Es ist besser, wenn es dunkel ist.«

»Warum?«

Sie hörte etwas durch die Zelle huschen, drehte sich erschrocken um und versuchte ohne Erfolg, die Bewegung in der Dunkelheit auszumachen.

»Glaub mir, mein Kind, es ist besser, wenn du nicht siehst, was hier mit uns zusammen in der Zelle haust.«

Ein Geräusch an der Tür ließ ihr die Haare zu Berge stehen. »Bist du angekettet?«

»Ja.«

»Kann ich dich losmachen?«

»Nein. Die Ketten laufen durch meinen Körper.«

Delphine wurde übel. Wie schrecklich! Wie konnte er nur die Schmerzen ertragen, die er hier erleiden musste! »Warum hat man uns hier eingesperrt?«

»Wir sollen den Wesen, die hier leben, zum Fraß vorgeworfen werden.«

Todesangst ergriff sie. »Was?«, schrie sie panisch.

»Beruhige dich, Delphine, du musst dich unbedingt beruhigen.«

Sie hörte wieder das leise Huschen, drehte sich um und versuchte festzustellen, aus welcher Richtung es kam.

»Sie greifen an, wenn sie spüren, dass man Angst hat. Du musst deine Gefühle unbedingt unter Kontrolle bekommen. Ich weiß, das ist schwierig, aber konzentrier dich darauf, keine Angst zu haben!«

Ihr Herz hämmerte so sehr, dass sie das Gefühl hatte, es würde ihr aus der Brust springen. Es war nicht gerade hilfreich, dass sie über die Knochen eines Skeletts stolperte und der Länge nach hinfiel. Im gleichen Moment spürte sie, wie etwas ihr Bein berührte.

»Wer … was ist das?«

»Psst«, flüsterte M'Adoc beschwichtigend, »beruhige dich.«

Wenn er das noch ein einziges Mal sagte, würde sie losbrüllen. »Warum antwortest du denn nicht?«

»Weil ich dich nicht noch mehr verängstigen will. Ganz langsam atmen. Denk an etwas Tröstliches.«

Delphine machte die Augen zu. Früher hätte sie an ihre Mutter gedacht. Aber jetzt stellte sie sich das Bild von Jericho vor, der sie anlächelte, sofort fühlte sie sich sicher und beschützt.

Das raschelnde Geräusch entfernte sich.

»So ist es gut.«

Sie setzte sich langsam auf. »Kann ich dir irgendwie helfen?«

»Sorg dafür, dass diese Monster nicht gewinnen. Du musst unbedingt dafür sorgen, dass Noir aufgehalten wird, egal, zu welchem Preis.«

Genau das hatte sie vor. »Das versuche ich ja schon, M'Adoc.«

Sie hörte ihn vor Schmerz fluchen, dann sprach er weiter. »Du bist eine tapfere Frau, Delphine. Immer schon gewesen.«

Sie strich über die Gänsehaut auf ihren Armen. »Ich fühle mich aber nicht tapfer, im Augenblick erst recht nicht.«

»Genau darum geht es bei Tapferkeit. Zumal bei einer Frau, die es nicht gewohnt ist, überhaupt Gefühle zu haben. Wenn du tiefe, lähmende Angst verspürst und dich von ihr nicht aufhalten lässt, dann ist das echter Mut. Ohne Furcht gibt es keine Tapferkeit. Genauso wie es keine Liebe ohne Hass gibt.«

Sie wusste nicht, ob das stimmte, ihre Erfahrungen mit Gefühlen waren noch zu neu. Dieses Konzept der Tapferkeit ging über ihr Verständnis. »Warum haben sie dich hier eingekerkert?«

»Ich habe ihnen nicht das gegeben, was sie wollten. Ich habe mich geweigert, überzulaufen und zu helfen, Noirs Pläne zu verwirklichen. Zeus hat uns Grausameres angetan als das hier, damals, als er uns versammelt hat, um uns für seine schlimmen Träume zu bestrafen. Noir und Azura können ihm nicht das Wasser reichen. Schläge und Folter kann ich ertragen.«

Delphine schauderte, als sie sich an die Prügel erinnerte, die sie damals bekommen hatte. Obwohl die Oneroi keine Gefühle hatten, konnten sie doch Schmerzen empfinden. Zum einen war es kein echtes Gefühl, es war nur eine Reaktion des Körpers, und zum anderen konnten Zeus und die anderen Götter sie hemmungslos bestrafen, wenn sie die Regeln übertreten hatten. »Was ist mit den anderen? Sind sie übergelaufen?«

»M'Ordant ist tot.« Sie hörte die Trauer in seiner Stimme, und es tat ihr im Herzen weh, als sie von diesem Verlust hörte. M'Ordant war ein regelversessener Pedant gewesen, aber auch ein guter Oneroi. Und ein wunderbarer Freund. Immer wenn sie Verstärkung gebraucht hatte, war er gekommen und hatte ihr zur Seite gestanden. Sie würde ihn sehr vermissen. »Sie haben ihn vor ein paar Tagen getötet, als er sich geweigert hat, ihr Gift zu schlucken.«

Sie wollte die nächste Frage nicht stellen, doch sie musste die Antwort wissen. »Was ist mit D'Alerian?«

»Ich weiß es nicht. Ich habe ihn seit unserer Gefangennahme nicht mehr gesehen. Irgendwie hoffe ich, dass er tot ist, denn das wäre besser, als gefoltert zu werden wie ich. Sie würden es niemals schaffen, ihn zum Verrat zu bewegen. Mögen die Götter ihm helfen, wo immer er ist!«

Delphine stöhnte frustriert. »Warum tun sie uns das an? Es gibt doch noch andere Götterwelten dort draußen.«

»Aber keine mit Oneroi. Es sind unsere Kräfte, die sie haben wollen. Als Zeus uns die Gefühle genommen hat, sind die Skoti leichte Beute geworden. Noir konnte in unsere Reihen eindringen, indem er den Skoti versprochen hat, ihnen ihre Gefühle wiederzugeben. Die dummen, leichtgläubigen Mistkerle haben diese Lügen geglaubt.«

»Es ist nicht allein ihre Schuld. Er setzt sie unter Drogen.«

»Ich weiß. Bei mir haben sie es auch probiert.«

»Du bist trotzdem nicht zu ihnen übergelaufen?«

»Nein, ich bin nicht so dumm, einen Idioten wie Noir als meinen Herrn zu akzeptieren. Lieber bleibe ich bis in alle Ewigkeit in diesem Loch und werde bei lebendigem Leib aufgefressen, als dass ich Noir helfe.«

Delphine …

Sie schnappte nach Luft, als die Stimme eines Dämons ihren Namen rief. Sie erinnerte sie an ihre Mutter.

Hilf mir, Delphine. Bitte!

»Ignorier die Stimmen, hörst du!«, fuhr M'Adoc sie an.

»Was sind das für Stimmen?«

»Das sind die Seelen der Verdammten. Wenn du antwortest, wirst du ihren Platz in dieser Hölle einnehmen, und zwar für immer. Sie kommen dann frei und können in der Sphäre der Sterblichen wandeln.«

Die Rufe wurden immer lauter.

Delphine hielt sich die Ohren zu und stellte sich Jerichos Stimme vor. Sie schloss die Augen und stellte sich vor, sie wäre mit ihm zusammen und würde ihn umarmen.

Genau so …

Gelächter erklang, und urplötzlich wurde es hell. Delphine schrie auf, als sie ein scheußliches weißes Gespenst vor sich sah. Es hatte hohle Wangen, seine Augen waren eingesunken, und schmutzig graue Haarsträhnen hingen um sein aufgeschwemmtes Gesicht. Es streckte die Hand nach ihr aus und wollte sie holen.

»Ich habe keine Angst vor dir!«, rief sie. »Ich habe vor nichts Angst, vor gar nichts!« Sie stellte sich auf einen Kampf ein.

Der Ghul warf sich auf sie.

Delphine duckte sich unter seinem Schlag weg und erwartete, dass er sie erneut angreifen würde. Stattdessen schrie er auf und zog sich zurück.

Da war Jericho.

Er hatte das Wesen am Hals gepackt. »Hol Delphine hier raus«, rief er über seine Schulter nach hinten. Mit einer einzigen fließenden Bewegung schnitt er dem Ghul die Kehle durch und schleuderte die Leiche weg, gerade rechtzeitig, ehe der nächste Ghul auf ihn losging.

Phobos stürzte auf sie zu und zog sie zur Tür. »Warte!«, rief sie und versuchte ihn aufzuhalten, »M'Adoc ist auch hier.«

»Den nehmen wir gleich mit.« Phobos schob sie in den Flur.

Draußen wartete Asmodeus.

Delphine blieb wie angewurzelt stehen. Er war doch ein Feind! »Was machst du denn hier?«

»Ich zähle zu deinen Freunden. Nur dass du's weißt, ihr solltet besser nicht verlieren. Ich will nämlich nicht, dass mein Arsch überm Feuer gegrillt wird, genauso wenig wie irgendwelche anderen Körperteile.«

»Wieso hilfst du uns?«

Asmodeus zuckte die Schultern. »Wie ich höre, ist Dummheit eine tödliche Krankheit. Ich führe meine eigenen Experimente durch, um herauszukriegen, ob das stimmt oder nicht. Wenn ich überlebe, weiß ich, dass Dummheit nicht tödlich ist. Wenn ich sterbe … nun ja, das wäre natürlich beschissen.«

Phobos kam erneut aus dem Kerker, diesmal mit M'Adoc, der sich schwer auf ihn stützte. Sein Gesicht war so zerschlagen, dass sie ihn kaum erkannte, seine Kleidung war vollkommen zerrissen und zeigte einen Körper voller blutender Wunden. »Los, weiter!«

Sie konnten jetzt nicht reden, erst mussten sie diese Sphäre verlassen. Schon stand Delphine in einem riesigen weißen Zimmer, wo Tory und mehrere andere Oneroi waren. Ein Mann und eine Frau kümmerten sich um die Verwundeten, die sich in Schmerzen auf dem Boden wanden.

Drei Charonte tauchten mit weiteren Verwundeten auf, legten sie ab und verschwanden wieder.

»Was ist denn hier los?«, fragte sie Tory, die einem der Skoti Wasser einflößte.

»Ash, Jericho, Jared und Phobos befreien so viele Gefangene, wie sie nur können.«

Delphine war noch immer verwirrt. »Warum bringen sie sie hierher?«

»Hier ist der sicherste Ort, bis wir uns neu aufstellen können. Ash will erst einmal schauen, wie viele Überlebende es gibt.«

Delphine schaute sich um: Nur eine Handvoll Leute befanden sich im Raum. Es sah nicht gerade vielversprechend aus. Aber zumindest kämpften die Skoti nicht, sie schienen zu schwach, als dass sie irgendetwas anderes tun konnten, als auf dem Boden zu liegen und zu stöhnen.

Es machte Delphine krank, sie so hilflos zu sehen.

»Komm, ich helfe dir.«

Sie drehte sich um und sah eine zierliche Frau neben sich stehen. »Wobei willst du mir helfen?«

Sie lächelte sanft. »Dabei, dein Halsband loszuwerden. Entspann dich! Ich heiße Danger und diene Acheron. Du bist hier in Sicherheit.«

Delphine schob ihr Haar zur Seite, sodass Danger das Sklaven-Halsband abnehmen und ihr die göttlichen Kräfte zurückgeben konnte. Sie war es allmählich wirklich leid, sie andauernd zu verlieren. »Danke schön.«

»Gern geschehen.« Als Danger das Halsband löste, spürte Delphine einen scharfen Schmerz.

Sie zuckte zurück und verzog das Gesicht, aber dann merkte sie, dass der Schmerz nicht daher rührte, dass das Halsband entfernt wurde.

Ihre Kräfte warnten sie, dass Jericho in großer Gefahr war.

Jericho kehrte zu Ash und Jared zurück, die im Kerker, wo die meisten Gefangenen schmachteten, gegen Dämonen, gallu und andere gruselige Wesen kämpften. Er konnte keinen Schritt tun, ohne angegriffen zu werden.

Aber das war ihm nur recht, denn so wurde er eine Menge aufgestauter Energie los. Wer die abkriegte, war wirklich arm dran. Wenn er es nicht so genossen hätte, hätten ihm seine Gegner richtig leidgetan.

Er zerteilte einen Dämon.

Phobos erschien wieder neben ihm. »Wo hast du Deimos gesehen?«

Jericho nahm einen weiteren gallu ins Visier, warf ihn zu Boden und tötete ihn mit einem Stich seines Dolches zwischen die Augen, ehe er Phobos antwortete. »Er war direkt neben Jaden.«

»Wo?«

»Sie waren an die Wand gekettet.«

Phobos starrte ihn streng an. »Kannst du mir zeigen, wo genau?«

Jericho ließ Ash und die Charonte allein weiterkämpfen und führte Phobos und Jared den gleichen Weg, den Asmodeus ihm zuvor gezeigt hatte. Jetzt, da seine Kräfte wiederhergestellt waren, konnte er sich mühelos an solche Einzelheiten erinnern. Er hatte das unfehlbare Gedächtnis der Götter sehr vermisst.

Sie mussten die Tür eintreten, um in die Zelle zu kommen.

Jericho hielt inne, als er die blutigen Reste der Oneroi sah. Es sah aus, als hätte sie jemand erst vor Kurzem in Stücke gerissen. Die Leichen stanken ekelerregend.

Jericho konnte nicht fassen, wie dumm er gewesen war, dass er diesem verdammten Noir tatsächlich hatte folgen wollen. Was war er doch für ein Idiot!

Phobos stieß einen Schrei aus und rannte auf seinen Bruder zu, der reglos an der Wand lag. Es war kein Zeichen von Leben zu sehen.

Doch der Ausdruck auf Jareds Gesicht zog Jericho in seinen Bann. Ihm war keinerlei Gefühlsregung anzumerken, dennoch sprach aus seinen orangefarbenen Augen unfassbare Wut.

Wortlos trat er auf Jaden zu.

Der wehrte sich, bis er sah, wer ihn berührt hatte, und Ungläubigkeit zeichnete sich auf seinem geschundenen Gesicht ab. »Jared? Was machst du denn hier?«

Jared antwortete mit einem wilden Knurren, während er auf die Ketten einschlug, mit denen Jaden an die Wand gefesselt war. Er schaffte es nicht, sie zu durchtrennen, aber die Halterung wurde mit jedem Schlag seines Schwertes lockerer. »Ich hole dich hier raus.«

»Das kannst du nicht.«

»Das werden wir sehen!«

Jaden fasste ihn bei den Schultern und starrte Jared durchdringend an. »Das kannst du nicht«, wiederholte er mit Nachdruck.

Jared machte sich los und knurrte frustriert. Das Echo hallte in der Dunkelheit wider.

Jaden drückte sich keuchend vor Schmerz gegen die Wand und hielt sich den rechten Arm. »Bring die anderen in Sicherheit und kümmer dich nicht um mich.«

»Ich lasse dich hier nicht zurück.«

»Doch, genau das wirst du tun.« Jadens Stimme war so aggressiv wie Jareds. »Hör ein Mal im Leben auf mich, und verschwende deine Zeit nicht damit, über Dinge zu streiten, die sich nicht ändern lassen.«

Jared packte die Lumpen, die über Jadens linker Schulter hingen, und zog ihn zu sich. »Du bist nicht unwichtig. Nicht für mich.«

Jaden berührte ihn an der Hand. »In diesem Kampf bin ich es. Mir wird keiner etwas tun. Geh jetzt und rette so viele, wie du kannst.«

Jericho wusste nicht, was er von diesem kurzen Wortwechsel halten sollte. Jared nahm Jaden in den Arm und drückte ihn fest an sich. Es sah aus, als wären sie Brüder oder Liebende …

Oder sehr enge Freunde.

»Ich bring dich hier weg«, sagte Jared und ließ ihn los. »Irgendwie krieg ich das hin, das schwöre ich.«

Jaden schob ihn weg. »Verdammt, jetzt geh schon!«

Jericho wandte seine Aufmerksamkeit wieder Phobos zu, der Deimos in die Arme genommen hatte.

»Er lebt noch«, sagte Phobos. »Aber er ist schwach.«

»Bring ihn raus.«

Phobos widersetzte sich nicht. Er teleportierte sie beide auf der Stelle weg.

Jared blieb weiterhin stehen, als könnte er es nicht ertragen, Jaden allein zu lassen. In seinem Gesicht lagen Schuld, Furcht und Schmerz.

Als ein Schwung Dämonen auf ihn zustürmte, wandte sich Jericho von Jared ab. Jetzt musste er sich um sich selbst kümmern. Er fällte den ersten gallu und packte den nächsten. Sie gingen gemeinsam zu Boden, und Jericho versetzte ihm einen heftigen Schlag ins Gesicht, sprang wieder auf und schnappte sich den nächsten, der sich auf ihn stürzte.

Ihn schlug er mit seinen göttlichen Kräften zurück, aber der Dämon feuerte auch einen Schlag auf ihn ab und traf ihn an der Brust, sodass er taumelte.

Jared tötete ihn mit einem kräftigen Schwerthieb.

Jericho fand wieder festen Stand, und ihm lief ein Schauer über den Rücken.

Noir war hier.

Er spürte ihn, noch ehe der Gott erschien und keinen Meter neben ihm Gestalt annahm.

Noir schüttelte missbilligend den Kopf und starrte Jericho voller Abscheu an. »Du hast wirklich keine Ahnung, was du da ausgelöst hast.«

Jericho lächelte höhnisch. »Du doch auch nicht, du Arsch. Du hättest nur fair zu mir sein müssen. Aber du hast dir gedacht, es würde mehr Spaß machen, mich herumzustoßen, unter Drogen zu setzen und auszunutzen. Das war kein kluger Schachzug von dir.«

Noir lachte. »Sich gegen dich zu stellen, ist das, was alle am besten können. Hast du das immer noch nicht begriffen? Du hast keine Freunde. Du hast überhaupt nichts!«

Gegen seinen Willen kam ihm Delphine in den Sinn.

»Sie?«, fragte Noir höhnisch, als könnte er seine Gedanken

lesen. »Delphine macht sich nichts aus dir. Zeus hat sie geschickt. Sie sollte dich entweder verführen und auf ihre Seite bringen oder dich töten.«

Diese Worte trafen Jericho wie ein Schlag. Das konnte nicht wahr sein! Das würde Delphine niemals tun.

»Doch, es stimmt«, bekräftigte Noir. »Frag doch Jaden.«

Jericho wandte sich um und schaute Jaden an, aber der schaute weg, als könnte er es nicht ertragen, ihm die Wahrheit zu sagen.

Noir lachte. »Du bist ja so ein leichtgläubiger Trottel. So viel also zum tapferen Cratus! Du bist armselig. Du opferst dich für eine Frau, die dich verraten wird. Sie ist nichts wert und du genauso wenig.«

Jericho spürte einen heftigen Schmerz im Bauch, blickte an sich herunter und sah, dass Noir ihn mit dem Schwert durchbohrt hatte.

Noir packte ihn am Kinn und hielt ihn fest, dann riss er das Schwert wieder heraus. Jericho schnappte nach Luft, er spürte die Schmerzen, als brenne ein Feuer in der Wunde.

»Ich hätte wissen müssen, dass es reine Zeitverschwendung ist, sich mit dir abzugeben. So viel also dazu, dass du meine Skoti-Armee anführst.«

Jericho taumelte zurück, und Jared stürzte sich auf Noir.

Die beiden gingen aufeinander los wie die Titanen. Jaden startete ebenfalls einen Angriff.

»Halt du dich da raus, du Wurm!«, warnte Noir ihn.

Jared hörte nicht auf ihn. Aber dann blitzte ein Licht auf, das Jaden durchdrang, ihn von den Füßen holte und an die Wand schleuderte.

Jaden schrie vor Schmerz auf und starrte Noir an. »Wenn ich dieses Sklaven-Halsband jemals loswerde, dann bist du so was von tot!«

Diese Worte drangen kaum bis zu Jericho durch, während er versuchte, seine Selbstheilungskräfte in Gang zu setzen.

Es funktionierte nicht.

Wie konnte das sein? Mit schmerzverzerrtem Gesicht versuchte er es erneut, wieder geschah nichts.

Noir schleuderte einen Blitz auf ihn, der über seinen Körper zischte. »Armseliger!«

Jericho konnte nicht länger stehen bleiben, irgendetwas drückte ihn zu Boden. Er panzerte seinen Körper.

Nicht einmal das half.

Jared konnte Noir jetzt nicht mehr erreichen, denn Azura war erschienen und hatte sich Jared in den Weg gestellt. Die beiden kreuzten die Waffen und schlugen aufeinander ein, während Noir auf Jericho zukam.

So werde ich nicht sterben …

Er würde nicht in diesem Höllenloch zugrunde gehen!

Noir durchbohrte Jericho mit dem Schwert, sodass er an den Boden gefesselt war »Hab ich etwa dein Herz immer noch nicht getroffen?«

Jericho zischte vor Schmerz, als Noir das Schwert wieder herausriss. Er versuchte, nach ihm zu treten, aber es hatte keinen Zweck. Er schloss die Augen und beschwor so viel Kraft wie möglich von der Ersten Macht herbei.

Noir lachte ihn aus. »Du hast doch nicht etwa gedacht, dass wir dir *alle* deine Kräfte wiedergegeben hätten, oder?« Er stach ihm erneut in die Brust und verfehlte das Herz nur ganz knapp.

Jericho schrie vor Schmerzen auf.

Noir drehte das Schwert und riss es heraus. »Beim nächsten Mal treffe ich.« Er ließ das Schwert herabsausen.

Doch ehe das Schwert erneut in ihn drang, wirbelte ein Schatten über Jericho, packte Noir und riss ihn weg.

Das war Delphine.

Sie ließ einen Stab erscheinen und hielt Noir damit auf Abstand. Jericho bewunderte, wie furchtlos sie Noir gegenübertrat. Immer wenn er ausholte, parierte sie seinen Schlag und schlug ihrerseits zu. Ihre Bewegungen waren anmutig und beweglich, und ihre Treffer machten Noir richtig böse.

Sie stützte den Stab auf den Boden, katapultierte sich mit ihrem gesamten Gewicht auf Noir und trat ihn in den Magen. Er grunzte stöhnend auf und taumelte zurück.

Delphine eilte zu Jericho. »Halt durch, Baby«, flüsterte sie und teleportierte ihn in das Haus von Ash in Katoteros, in den atlantäischen Himmel.

Dann lag er auf dem Boden, und Delphine beugte sich über ihn, die Stirn in Sorgenfalten. Die Worte von Noir klangen Jericho noch in den Ohren.

Sollte das alles Lüge gewesen sein? Hatte Delphine ihn hintergangen?

»Warum bist du meinetwegen zurückgekommen?«

Sie schaute ihn ungläubig an. »Ich wollte nicht, dass du verletzt wirst.«

»Du kennst mich doch gar nicht.«

Sie sagte etwas, doch er hatte solche Schmerzen, dass er sie nicht verstehen konnte. Dunkelheit brach über ihn herein und verschluckte ihn.

Delphine spürte, wie sich ihr Herz vor Angst zusammenzog, als sich Jerichos Augen verdrehten und er einen langen Seufzer ausstieß.

Voller Panik, dass er tot sein könnte, beugte sie sich über ihn und tastete nach seinem Puls. Sie spürte nichts …

Moment mal. Da war der Herzschlag, aber ganz schwach. Auch Jerichos Atem war sehr flach, aber hörbar.

Den Göttern sei Dank!

»Die haben ihn ganz schön übel zugerichtet.«

Delphine schaute zu dem blonden Mann hoch, der Acheron diente, Alexion hieß er. »Gibt es hier irgendwo ein Bett für ihn, wo er sich erholen kann?«

Alexion machte ein finsteres Gesicht. »Willst du ihn nicht mit den anderen zusammen auf den Olymp bringen?«

Sie schüttelte den Kopf. »Dort ist ihm alles verhasst. Bitte hilf mir, ich kann ihn heilen, aber er braucht Ruhe.«

Alexion berührte ihn am Arm, und Jericho verschwand.

Ehe Delphine noch fragen konnte, was das solle, schickte er sie in dasselbe Zimmer. Jericho lag auf einem großen, kunstvoll geschnitzten schwarzen Bett, die weißen Leintücher waren sofort von seinem Blut durchtränkt.

Alexion erschien hinter ihr. »Ich weiß nicht, wie ich diese Wunden heilen kann. Ich dachte, er wäre ein Gott?« Das bedeutete, dass Jericho eigentlich nicht derartig stark bluten dürfte. Er hätte in der Lage sein sollen, sich selbst zu heilen.

Aber Jericho war ein besonderer Fall, das wusste niemand besser als Delphine.

»Er ist ein Gott.«

»Warum blutet er dann so?«

Sie wusste es nicht genau, aber sie vermutete insgeheim, dass es etwas mit seinem menschlichen Herzen zu tun hatte. Vielleicht ließ Zeus ihn nicht heilen und wollte ihn später selbst umbringen. So kalt und hinterhältig konnte er sein.

»Ich weiß es nicht.« Sie wusste, dass Acheron diesem Alexion vertraute, aber sie selbst kannte ihn schließlich nicht. Also würde sie ihm auf keinen Fall von Jerichos schwachen Stellen erzählen. Das brauchte niemand zu wissen, sie würde schweigen bis ins Grab.

»Brauchst du irgendetwas?«, fragte Alexion.

»Nein, danke, ich kümmere mich schon um ihn.«

Er legte den Kopf schräg. »Na gut, dann sorge ich wieder für die anderen. Ruf mich, wenn du etwas benötigst.«

Als sie mit Jericho alleine war, benutzte Delphine ihre Kräfte und ließ sein Hemd verschwinden. Als sie die Wunden und Narben sah, verzog sie das Gesicht. Alexion hatte recht, Noir hatte ihn wirklich übel zugerichtet.

Er hatte auf sein Herz gezielt und es nur knapp verfehlt.

Als sie das begriff, wurde ihr eiskalt.

Noir wusste Bescheid. Irgendjemand hatte ihm erzählt, dass man Jericho töten konnte, indem man ihn ins Herz stach. Noir hätte sonst keinen Grund gehabt, ihn zu erstechen.

Aber wer könnte Noir das erzählt haben?

Und weshalb?

Wenn sie es nicht schafften, denjenigen aufzuhalten, würden sie alle unter ihm leiden. Die Götter des Olymps würden gestürzt, und niemand auf der Welt wäre mehr sicher.

Wie Jericho schon festgestellt hatte, waren die meisten Leute käuflich. Es gab nur ganz wenige, die vollkommen integer waren. Vielleicht hatte jemand gedacht, er könnte sich mit diesem Verrat bei Noir beliebt machen und selbst aus der Schusslinie kommen. Vielleicht hatte er sein Wissen als Zeichen des guten Willens angeboten. Vielleicht hasste er Jericho auch einfach nur ungeheuer.

Wer konnte über Jericho Bescheid wissen?

Sie benutzte ihre Kräfte, um Jerichos Wunden zu schließen. Dann ließ sie Wasser und Tücher erscheinen, um ihm das Blut abzuwaschen. Als sie über die vorstehenden Rippen fuhr, hielt sie inne.

Dort waren tiefe und gezackte Narben, die genauso aussahen wie die in seinem Gesicht.

Bei diesem Anblick zuckte sie zusammen. Zeus! Solche Narben stammten von den Blitzen, die er schleuderte. Ihr wurde schlecht, als sie an die Schmerzen dachte, die Jericho erlitten haben musste. Sie setzte sich aufs Bett und fuhr mit dem Finger die Narbe auf seinem Gesicht entlang, dann berührte sie seinen Mund. Selbst jetzt, da er bewusstlos war, war seine Macht zu spüren.

Und er war ihretwegen zurückgekommen, um sie zu retten!

Was er zu Phobos gesagt hatte, klang ihr noch in den Ohren. Er war erschienen und hatte andere gerettet, aber er hatte betont, dass er ihretwegen gekommen war. Er hatte sie zuerst gerettet, noch vor seiner Schwester. Sie hatte Priorität. Tränen zärtlicher Dankbarkeit verschleierten ihren Blick.

»Du bist so wild«, flüsterte sie.

Ihretwegen blutete er jetzt. Jericho hasste die ganze Welt, doch er hatte sich zu ihrem Beschützer aufgeschwungen.

Sie nahm seine Hand und starrte auf die dunkle, vernarbte Haut. Sie war rau, voller Schwielen und fast doppelt so groß wie ihre eigene Hand. Das waren die Hände von jemandem, der tötete, und doch die Hände eines Liebenden, und sie gehörten einem Mann, der sie maßlos faszinierte.

Er schlug die Augen auf.

»Hallo«, flüsterte sie, dankbar, dass er erwachte.

Er zog die Augenbrauen zusammen und schaute sie wütend an. »Bin ich etwa auf dem Olymp?«

»Nein, du bist in Katoteros. Ich habe nicht zugelassen, dass sie dich auf den Olymp bringen.«

Jericho packte ihre Hand, und sein Blick wurde hitzig. »Warum bist du so nett zu mir?«

»Wie meinst du das?«

»Ich habe dich bedroht und eingeschüchtert. Wir kennen uns kaum, und trotzdem bist du so liebenswürdig. Warum?«

»Brauche ich denn einen Grund dazu?«

Sein Blick war dunkel und anklagend. »Alle lügen. Jeder ist käuflich. Was bekommst du dafür, dass du so nett zu mir bist?«

Seine feindselige Haltung verblüffte sie. »Ich habe keinen

besonderen Grund, ich will mich einfach dafür bedanken, dass du mich gerettet hast.«

Diese Worte schienen ihn noch wütender zu machen. »Du willst mir also erzählen, dass du keine Abmachung mit Zeus getroffen hast, mich zu verführen?«

Kapitel 11

Auf Delphines Gesicht zeichneten sich Schock und Panik ab. Jericho wusste genau, wie jemand aussah, der ertappt wurde, und er war angewidert, dass sie sich so leicht entlarven ließ. Wie konnte er nur je an sie glauben!

»Es ist also wahr.« Er verzog verächtlich den Mund und riss seine Hand aus ihrer los. »Ich hätte es wissen müssen.«

Als er aufstehen wollte, schubste sie ihn fast grob wieder aufs Bett. Er hatte sie noch nie richtig zornig erlebt, aber jetzt glühten ihre Augen. »Wag es ja nicht, so scheinheilig zu tun und zu verschwinden, du sturer Bock! Ja, Zeus hat mir befohlen, dich zu verführen, das streite ich nicht ab. Deine Schwester hat mir übrigens das Gleiche geraten. Aber wann hätte ich schon mal auf diese beiden gehört! Zeus hat mir auch befohlen, Arik gefangen zu nehmen, das habe ich genauso wenig getan, wie du weißt.«

»Du hast mich sehr wohl verführt.« Er verabscheute den Schmerz, der in seiner Stimme zu hören war, den er aber nicht unterdrücken konnte. Mehr noch, er verabscheute es auch, dass er sich so viel aus ihr machte, dass ihn das Ganze wirklich verletzte. Nach diesen vielen Jahrhunderten, in denen er versucht hatte, sich zu schützen, hatte sich Delphine einfach an seinen Verteidigungsbastionen vorbeigeschlängelt und seinem Herzen einen Schlag versetzt. Und dafür hätte er sich gern an ihr gerächt.

Sie sah völlig verblüfft aus. »Wie denn das? Indem ich nett

zu dir war? Mehr ist dazu nicht nötig? Irgendwie hatte ich gedacht, es wäre viel schwieriger, jemanden zu verführen.«

Sie stachelte seinen Zorn nur noch mehr an. »Wag es ja nicht, mich so herablassend zu behandeln.«

»Ich behandle dich nicht herablassend, Jericho. Das tust du selbst, wenn du meinst, ich hätte dich verführt. Ich habe nur eines getan: dich behandelt wie ein menschliches Wesen.«

»Wenn mehr nicht nötig ist, wie armselig bin ich denn dann!«

Sie boxte ihn leicht in den Magen, um seine Aufmerksamkeit zu erregen, aber damit fachte sie seine Wut noch mehr an.

»Du bist nicht armselig«, knurrte sie. »Du bist auch nicht wertlos. Aber du bist verletzt. Vielleicht sogar ein bisschen verwirrt und wahrscheinlich auch ziemlich durcheinander, aber du bist nicht erbärmlich.«

»Durcheinander?«

»Nun ja, du hast dich in die Hölle gestürzt, um eine Frau zu retten, die dumm genug war, sich erwischen zu lassen … das wievielte Mal war das jetzt? Ich an deiner Stelle hätte mich nach dem ersten Mal nicht mehr gerettet. Deswegen glaube ich, dass du durcheinander bist.«

Jericho hätte sie am liebsten angebrüllt. Er hätte sie am liebsten zurückgewiesen und wäre wütend auf sie gewesen. Er hätte ihr gern wehgetan und ihre Existenz verflucht. Doch als er sie anschaute, sah er einen perfekten Mund, der aussah wie zum Küssen gemacht, und ein wunderbares Lächeln, bei dem ihm warm ums Herz wurde. Er sah grüne Augen mit goldenen Sprenkeln in einem Gesicht, das ihn verfolgte.

Wie machte sie das nur? Wie war es möglich, dass er sie im einen Augenblick am liebsten erwürgt hätte und im nächsten Augenblick alles in Ordnung war? Ihre Worte durchdrangen seinen Zorn sofort und ließen ihn abkühlen, bis er fast verschwunden war.

Zum ersten Mal seit Jahrhunderten fühlte er sich nicht erbärmlich oder wertlos, und das hatte nichts damit zu tun, dass seine Kräfte wiederhergestellt waren. Es lag daran, dass sie mehr in ihm sah.

Er wünschte sich mehr als alles andere, der Mann zu sein, den sie in ihm sah.

Ehe er sich zurückhalten konnte, küsste er sie.

Delphine war völlig verblüfft. Wie konnte er nur so schnell umschalten? Im einen Augenblick war er noch total mürrisch und dann auf einmal das?

»Du bist wohl nicht ganz richtig im Kopf, was?«, fragte sie, als er an ihrem Ohr knabberte.

»Nein. Mit mir stimmt ganz sicher etwas nicht.« Er machte sich los und schaute sie an. »Ich will dich eigentlich hassen, aber ich kann nicht einmal richtig wütend auf dich sein.«

Sie kniff misstrauisch die Augen zusammen. »Weißt du, ich glaube, du brauchst noch dringender Nachhilfestunden in Verführungskunst als ich. Warum sagst du nicht auch noch, dass ich fett und hässlich bin, wo wir schon dabei sind, uns gegenseitig fertigzumachen?«

Er lachte.

Das traf sie völlig unvorbereitet. Jericho lachte mit tiefer Stimme und aus vollem Herzen, er war weder sarkastisch, noch machte er sich über sie lustig. Es war tatsächlich so. »Hast du da etwa gerade gelacht?«

Er versuchte, wieder ernst zu werden. »Nein.«

»Doch, du hast gelacht, ich hab es genau gehört. Unglaublich!«, neckte sie ihn. »Wir sollten sofort Hermes, dem Götterboten, Bescheid sagen, damit er diese Nachricht überall verbreiten kann. Ich glaube, ich habe gerade den Anfang des Weltuntergangs erlebt, das muss ein Zeichen der Apokalypse sein.«

Die Neckereien erstarben ihr auf den Lippen, als sie seinen verletzten Blick sah, den er rasch zu verbergen versuchte. »Jericho, ich wollte dich nur ein bisschen ärgern. Ich würde dir doch niemals absichtlich wehtun.«

»Gut, denn du lebst an einem Ort in mir, wo du mir Schaden zufügen kannst.«

Bei diesen kaum hörbaren Worten erstarrte Delphine.

Ihre Blicke begegneten einander. »Und dafür hasse ich dich«, fügte er hinzu.

»Du brauchst mich nicht zu hassen. Du weißt doch, dass ich mir eher selbst etwas antun würde, als dir Schaden zuzufügen.«

Er kniff die Augen zusammen. »Nein, das weiß ich nicht. Du bittest mich also, dir zu vertrauen? Obwohl mich bisher jeder, den ich kannte, verraten hat?«

»Nike hat dich nicht verraten.«

Er spottete. »Nike hat Noir verraten, wie er mich töten kann.«

Delphine war völlig verblüfft. »Wie bitte?«

»Als er mich mit seinem Schwert durchbohrt hat, hat er mich Bilder sehen lassen, wie sie es ihm sagt.«

Sie schaute ihn tadelnd an. »Azura hat auch behauptet, ich wäre die Geliebte des Zeus, das stimmt aber nicht. Sie lügen alle, Jericho. Sie würden die Wahrheit nicht mal erkennen, wenn sie ihnen in den Hintern beißt. Glaub mir, jedes Wort aus ihrem Mund ist eine Lüge. Garantiert! Deine Schwester liebt dich. Sie war sehr darauf bedacht, dass dir nichts zustößt. Wieso sollte sie auf einmal ihre Meinung ändern und dich an Noir verraten?«

»Aber wer hat mich dann verraten?«

Sie zuckte die Schultern. »Als Zeus diese Tatsache herumgebrüllt hat, war der ganze Saal voller Götter. Es hätte jeder von ihnen sein können.«

Jericho war noch nicht überzeugt. Es hätte sehr wohl Nike sein können, die ihn verraten hatte. »Wie kannst du überhaupt noch irgendjemandem vertrauen, nach allem, was passiert ist?«

»Weil ich mich dazu entschlossen habe. Ich lasse nicht zu, dass Leute wie Zeus und Noir mein Leben ruinieren. Ich will nicht gegen jeden misstrauisch sein müssen, der in meiner Nähe ist. Diese Macht werde ich ihnen nicht einräumen. Sie sind es nicht wert.«

Jericho hätte auch gerne einfach Vertrauen gefasst, aber das war verdammt schwierig. Er wusste nicht, ob er überhaupt noch jemandem vertrauen konnte. Er war schlicht ein Mal zu oft aufs Kreuz gelegt worden.

Delphine drückte ihn wieder aufs Bett und deckte ihn zu. »Du musst dich hinlegen. Ich habe deine Wunden zwar geheilt, aber dein Körper ist noch immer angeschlagen und sehr empfindlich. Gib ihm Zeit, damit er ruhen kann.

»Es gibt viel zu viel zu tun. Ich muss wissen …«

»Nein.«

Er zwinkerte und konnte kaum glauben, dass sie gerade Nein gesagt hatte. Mit Nachdruck und nicht gerade höflich. »Das ist ja wohl nicht wahr, oder?«

»Doch, das ist sehr wohl wahr«, neckte sie ihn. »Ich muss hoffentlich nicht erst meine Jedi-Ninja-Tricks anwenden? Es könnte nämlich sein, dass ich einen Fehler mache und dein Hirn versehentlich schmilzt.«

Er konnte ein Lächeln angesichts der Drohung nicht unterdrücken. »Ich weiß deine Besorgnis sehr zu schätzen, aber Noir plant seine Intrigen. Und wir müssen mit Deimos und M'Adoc reden. Vielleicht wissen sie etwas, das uns nützen könnte.«

Sie biss sich auf die Lippen und wand sich, als hätte sie für diese Idee nicht viel übrig. Bei den Göttern, er liebte diesen quengeligen Ausdruck in ihrem Gesicht! »Dafür müssten wir aber auf den Olymp. Willst du das wirklich?«

»Nein. Aber ich will Noirs Herz in meiner Faust zerquetschen, selbst wenn ich dafür auf den Olymp muss ...«

»Du willst Noirs Herz lieber zerquetschen als das von Zeus?«

Die Frage war berechtigt. Er konnte sich schwer entscheiden, welchen der beiden er lieber umbringen würde.

Am besten beide auf einmal.

Delphine verdrehte die Augen. »Ich glaube, du bist einfach gern wütend.«

»Eigentlich nicht.« Wut schien nur sein wichtigster Lebensquell zu sein. »Aber Noir verfolgt uns mit seiner persönlichen Rache. Das ist jetzt nicht der richtige Zeitpunkt, um empfindlich oder zaghaft zu sein. Angriff ist die beste Verteidigung. Wir müssen den Löwen in ein Kaninchen verwandeln und es bis zur Erschöpfung hetzen.«

»Und wenn wir das nicht schaffen?«

»Daran denke ich gar nicht erst. Noir ist jetzt fällig, er wird sich noch wünschen, er hätte seinen Kopf nie aus Azmodea herausgestreckt.«

Delphine bewunderte ihn für die Leidenschaft, mit der er sprach. Sie hätte sich nur gewünscht, es gäbe einen anderen Weg. Aber wenn er es so wollte ... »Dann also auf zum Olymp. Aber versuch, dich zu benehmen. Ich weiß, es fällt dir schwer, aber es wäre zielführend.«

Er schnaubte. »Ich werde schon nicht auf den Fußboden pinkeln.«

»Um den Fußboden mache ich mir keine Sorgen.«

Mit gespielt finsterem Blick ließ er ein schwarzes Oberteil und eine Hose erscheinen. Dann teleportierten sie sich auf die Verschwindende Insel, wohin Acheron und seine Leute die Überlebenden gebracht hatten.

Delphine folgte Jericho und bereitete sich auf ein intensives Kräftemessen vor. Wenn sie eines über Jericho gelernt hatte, dann, dass er sich stets von seinem Temperament leiten ließ. Und in ihrem Zustand konnten Deimos und M'Adoc wirklich nicht noch jemanden brauchen, der sie verprügelte.

Sie betraten die große Tempelhalle, wo die Oneroi sich versammelten, um zu feiern, zu plaudern oder Informationen auszutauschen. Jetzt war die Halle in ein großes Lazarett umgewandelt worden, in dem einige Oneroi sich um die Verwundeten kümmerten.

Delphine war verblüfft, dass der Halbgott Zarek von Moesia in der Halle für die Organisation verantwortlich war.

Er war als Mensch zur Welt gekommen, als Sklave aufgewachsen und fälschlicherweise beschuldigt worden, seine Besitzerin vergewaltigt zu haben. Man hatte ihn getötet, und seit Tausenden von Jahren lebte er nun als Dark Hunter, der die Daimons beaufsichtigte. Theoretisch jedenfalls. In Wirklichkeit war Zarek ganz kurz davor gewesen, verrückt zu werden. Er hatte zu ihrem eigenen Schutz weit entfernt von der Menschheit gelebt.

Vor einigen Jahren hatte Artemis ihn zu einer Bedrohung für die Menschheit erklärt und einen gedungenen Mörder auf ihn angesetzt. Aber Acheron hatte sich an die Göttin Themis gewandt und sie gebeten, sich Zarek einmal anzuschauen und zu beurteilen, ob nicht doch Rettung für ihn möglich wäre. Themis war beschäftigt und hatte ihre Tochter Astrid geschickt, um den Fall zu beurteilen. Astrid hatte Zarek nicht nur als geistig gesund eingestuft, sie hatte ihm auch das Leben gerettet und sich in ihn verliebt.

Seit diesem Tag waren die beiden unzertrennlich.

Astrid war groß, blond und sehr schön. Sie half gerade auf der anderen Seite des Raumes einer Oneroi.

Zarek leitete die anderen Leute an, die die restlichen Oneroi und Dolophoni heilten und umbetteten. Obwohl er nun wieder als Gott galt, hatte er etwas Menschliches beibehalten. Er hatte kurzes pechschwarzes Haar, schwarz war auch sein eckig geschnittener Kinnbart. Ihn umgab eine solch bedrohliche Aura der Macht, dass Delphine die Haare zu Berge standen.

Als er sie sah, kam er quer durch den Raum auf die beiden zu. »Ash hat mir gesagt, ihr würdet nicht dazustoßen.«

Delphine befürchtete, Jericho würde etwas sagen, das Zarek aufbrachte, und trat rasch zwischen die beiden. »Unsere Pläne haben sich geändert. Was machst du hier?«

»Ich habe ihn gebeten zu kommen«, sagte Astrid und trat zu ihnen. »Es sind nicht alle Skoti zurückgekommen, deshalb habe ich befürchtet, es könnte einen weiteren Angriff geben. Aus irgendeinem völlig wahnwitzigen Grund halten ein paar von ihnen weiterhin zu Noir.«

Zarek nickte seiner Frau zu. »Wenn die Dreckskerle sich hierher trauen, dann gibt es einen Tanz mit dem Teufel. Sie werden auf alle Fälle den Kürzeren ziehen.«

Astrid lächelte stolz, schlang ihm die Arme um die Taille und drückte ihn. »Keiner ist besser als mein Zarek, wenn es darum geht, jemanden einen Kopf kürzer zu machen.« Sie schaute Jericho an. »Ihr beide müsstet euch eigentlich gut verstehen.«

Die beiden Männer schauten sich misstrauisch an und maßen einander mit Blicken. Es wäre amüsant gewesen, wenn nicht so viel auf dem Spiel gestanden hätte.

»Wo ist Deimos?«, fragte Jericho.

Astrid wies in die hintere Ecke des Raumes. »Phobos ist zurückgegangen, um den anderen zu helfen und so viele zu retten wie möglich.«

»Danke.« Delphine führte Jericho von Zarek und Astrid weg und suchte nach Deimos. Jericho schaute auf Delphine herunter, und ihn überkamen Schuldgefühle. »Ich sollte eigentlich auch in Azmodea helfen.«

»Das darfst du nicht.« Sie klopfte ihm auf die Brust, genau über seinem Herzen. »Noir weiß, wie er dich töten kann. Wir müssen dich aus der Sache heraushalten, sonst verlieren wir dich womöglich.«

»Ich lasse mich nicht von Furcht regieren.«

Sie grinste ihn trocken an. »Ich weiß, du harter Mann. Aber du kannst dir sicher sein, dass Noir allen seinen Leuten Bescheid gesagt hat, wo bei dir der Ausschaltknopf ist.«

»Eines weiß ich ganz sicher: Alles und jeder auf der Welt hat eine Schwachstelle. Noir kennt jetzt meine. Wir müssen seine finden.«

Deimos schnaubte, als sie zu ihm traten. Er war schwer verwundet und blutete noch immer. Jemand hatte ihm den Kopf verbunden, und er trug einen weißen Gazeverband über einem Auge. »Die Schwachstelle von Noir finden … ach du Scheiße. Schaut mich doch an! Die schaffen es hier nicht mal, die Wunden zu heilen, die er mir geschlagen hat. Wann habt ihr mich das letzte Mal so fertig gesehen?«

Diese Frage überraschte Jericho, er musste tatsächlich überlegen. »Ich glaube, da ging es um eine thrakische Tänzerin. Du und Phobos seid so aneinandergeraten, dass ich euch trennen musste. Hinterher habt ihr alle beide so ausgesehen wie du jetzt.«

Deimos musste lachen, dann fluchte er. »War ja klar, jemand wie du erinnert sich an so was.«

»Ich bin mir sicher, dass Phobos sich auch noch daran erinnert.«

»Ja, vielleicht.«

Delphine kniete sich neben Deimos. Er musste ungeheure Schmerzen haben. Anders als Jericho hatte sie ihn noch nie in so einem beängstigenden Zustand gesehen. »Was ist denn los, Deimos? Warum ist Noir nach so langer Zeit dermaßen aggressiv auf uns losgegangen? Ich weiß, dass er die Skoti haben will – aber warum hat er uns dann nicht schon früher angegriffen?«

Deimos seufzte lange und müde, ehe er antwortete. »Kurz gesagt, weil der Malachai wieder da ist. In dem Augenblick, als der alte Malachai sich gegen Noir gewandt und die Flucht ergriffen hat, sind seine Kräfte merklich geringer geworden.«

Sie runzelte die Stirn. »Das verstehe ich nicht.«

»Du weißt doch, wie sehr unsere Kräfte abnehmen, wenn uns niemand verehrt?«

So lautete die Theorie. Aber sie hatte diese These schon immer hinterfragt. »Die Kräfte der Oneroi haben eigentlich nie merklich abgenommen, im Gegensatz zu den Kräften anderer Götter.«

»Das liegt daran, dass Acheron die Dream Hunter eingesetzt hat, um bei seinen Dark Huntern auszuhelfen und sie im Traumzustand zu heilen. Es gibt viele Dark Hunter, und sie brauchen euch Traumgötter, damit sie bei der Gesundung helfen. Als Dank haben die Dark Hunter den Oneroi geholfen, ihre Kräfte zu erhalten.«

Deshalb also waren sie nie schwächer geworden. Plötzlich war Delphine Acheron einiges dankbarer als zuvor.

»Noirs Kräfte sind abhängig vom Malachai und seiner Loyalität«, fuhr Deimos fort. »Azura konnte sich ziemlich viel Macht erhalten, weil sie sich von Jadens Blut ernährt, der sich seinerseits von Dämonen und der Tatsache, dass sie ihn brauchen, ernährt. Als Nicks Vater Noir verließ, wurde er sofort schwächer. Als Nicks Kräfte entfesselt wurden, wurde Noir, der schon fast im Koma gelegen hatte, wieder munter. Je mehr der Malachai seine Kraft einsetzt, desto stärker wird Noir. Deshalb braucht er den Malachai so dringend, und deshalb greift er uns immer wieder an. Er hofft, dass er ihn damit zu sich locken kann.«

Das ergab einen Sinn, und es erklärte auch, was Noir die ganzen letzten Jahrhunderte gemacht hatte. Aber es gab eine weitere dunkle Macht, die ihren hässlichen Kopf noch nicht erhoben hatte. »Was ist mit Braith?«

»Noir und Azura suchen ihre Schwester noch. Bisher wissen sie nicht, was mit ihr geschehen ist.«

»Können sie in Träume eindringen und Nick dort finden?«, fragte Jericho.

Deimos nickte. »Und noch was: Je mehr Götter Noir dienen, desto kräftiger wird er dadurch. Wir haben viel Macht, wenn die Menschen an uns glauben, aber wenn ein Gott an uns glaubt, macht uns das doppelt so stark.« Er schaute Jericho an. »Du kannst Noir schlagen, und das weiß er.«

Das stimmte. Abgesehen von dem kleinen Problem, dass Jericho dank Zeus leicht zu töten war. »Wie sieht die Achillesferse von Noir aus?«

»Es ist Jaden.«

Jericho war überrascht und schaute finster drein. »Wie meinst du das?«

Deimos zuckte zusammen, als hätte er Schmerzen, dann antwortete er. »Wenn wir Jaden befreien, können wir sowohl Noir als auch Azura den Garaus machen. Jaden hat die Macht, die dazu notwendig ist, aber die beiden haben ihn versklavt, damit er ihnen nichts anhaben kann.«

Jaden zu befreien war mehr oder weniger unmöglich. Inzwischen hatte Noir bei seinem wertvollsten Gefangenen sicher noch härter durchgegriffen und die Sicherheitsvorkehrungen erhöht.

Jericho schaute Delphine an, ehe er wieder sprach. »Damit Noir nicht noch mehr Macht bekommt, wäre also die einfachste Lösung, den Malachai zu töten.«

Deimos schnaubte. »Das sollte man meinen. Aber da gibt es ein weiteres Problem: Das Leben das Malachai ist mit dem von Acheron verbunden. Wenn man ihn tötet, dann tötet man gleichzeitig Acheron.«

Delphine seufzte frustriert. »Und wenn Acheron stirbt, wird die Zerstörerin freikommen, und das bedeutet das Ende der Welt.«

Deimos nickte.

Jericho fluchte. »Wer hat das denn so dämlich eingerichtet?«

»Ash selbst, als er noch nicht wusste, dass Nick der Malachai ist.«

Verflixt und zugenäht. Jericho hätte ihn für seine Dummheit verwünscht, aber er hatte selbst schon Dümmeres angestellt. Angefangen damit, dass er die Frau neben sich gerettet hatte …

»Was machen wir nun?«, fragte Delphine.

»Im Moment ist das Wichtigste, die Dolophoni, Oneroi und Skoti, die auf Noirs Seite stehen, entweder zu töten oder wieder für uns zu gewinnen. Solange ihm auch nur ein Einziger von ihnen dient, sind wir aufgeschmissen.«

Denn dann wären sie im Schlaf verwundbar. Niemand brauchte schließlich eine Neuauflage von Freddy Krueger.

Jericho verschränkte die Arme vor der Brust. »Wie viele sind denn noch auf seiner Seite?«

»Ungefähr hundert.«

Delphine blickte auf. »Aber wir sind viel mehr. Wir könnten angreifen und die anderen nach Hause holen.«

»Wir könnten sie auch töten«, fügte Jericho hinzu. Er persönlich bevorzugte die zweite Variante. Wenn die Leute nicht aus freiem Willen zu ihnen kamen, waren sie nach seiner Auffassung nicht vertrauenswürdig. Es wäre besser, sie auszuschalten, als sie auf die eigene Seite zu holen und es später möglicherweise zu bedauern.

Delphine warf ihm einen irritierten Blick zu. »Wir müssten uns noch einmal auf sie stürzen.«

»Dazu werdet ihr einen Anführer brauchen«, sagte Zarek und trat zu ihnen. »Ein gewaltiger Angriff mit allen Kräften vom Spiegelsaal aus, während sie in der Sphäre des Traumes sind, gefolgt von einem zweiten Angriff, um die zu erwischen, die wach sind, könnte dem Ganzen ein Ende setzen.«

Jericho nickte. »Das wird ganz schön blutig werden, aber Zarek hat recht. Wir müssen die Skoti ausnüchtern und die Verwundeten heilen, damit wir endlich mit der Sache fertigwerden.«

Delphine schüttelte den Kopf, als sie darüber nachdachte. Sie konnte sich nicht vorstellen, dass sie wirklich eine Chance hatten. »Wer soll uns denn anführen? M'Adoc …«

»Er kennt sich in militärischen Dingen nicht aus«, unterbrach Deimos sie und schaute zu Jericho hinauf. »Du bist unsere beste Chance. Du merkst, ob die Erste Macht eingreift, und du bekommst es mit, wenn Noir und Azura Kraft aus ihr ziehen. Außerdem hast du militärische Erfahrung und weißt, wie man seine Feinde am besten in die Ecke drängen und töten kann.«

Zarek sah alles andere als erfreut aus. »Das kann er allein nicht schaffen. Wie viele Götter der Ersten Macht sind denn auf unserer Seite?«

Astrid antwortete. »Vier. Jared, Acheron, Nike …« Sie hielt inne und warf ihm einen Seitenblick zu »… und Jericho.«

»Es gibt noch zwei«, sagte Deimos.

Astrid runzelte die Stirn. »Wer denn?«

»Der sumerische Gott Sin und sein Zwillingsbruder Zakar.«

Jetzt war Delphine an der Reihe, überrascht zu sein. »Weshalb sollten die uns helfen?«

»Sin ist Acherons Schwiegersohn.«

»Oh«, sagte sie. Das änderte allerdings einiges. »Dann könnte es funktionieren.«

Zarek machte ein finsteres Gesicht. »Oder es fliegt uns alles um die Ohren.«

Jerichos Augen leuchteten hinterhältig auf. »Tja, die Alternative wäre, ein paar Titanen aufzuwecken und unseren Feinden dann den Arsch zu versohlen.«

Zareks dreckiges Gelächter klang, als würde er sich das bildlich vorstellen. »Zeus würde einen Anfall kriegen.«

Jericho zuckte die Schultern. »Interessiert das irgendjemanden?«

Delphine und Astrid winkten ab.

Astrid räusperte sich. »Falls ihr Jungs das vergessen habt: Die Titanen sind ein klein bisschen sauer, weil man sie für immer festgesetzt hat. Wenn ihr sie jetzt befreit, fürchte ich, bekommen wir ein noch viel größeres Problem als Noir. Und es gibt verflixt viele Titanen.«

Delphine nickte. »Ich bin der gleichen Meinung.«

»Ich hab eine bessere Idee.« M'Adoc tauchte neben ihnen auf.

Delphine war überrascht, ihn zu sehen, und noch überraschter, dass er ihre Unterhaltung belauscht hatte.

Er war immer noch sehr schwach und kippte um.

Jericho fing ihn auf, ehe er stürzte, und half ihm, sich auf den Boden zu setzen.

M'Adoc brauchte eine Sekunde, um sich wieder zu fangen, dann führte er seine Idee aus. »Unsere Schwachstelle waren die Skoti. Noir hat sie für sich gewonnen, indem er ihnen versprochen hat, ihre Gefühle wiederherzustellen. Und sobald er die Skoti hatte …«

»… hat er sie unter Drogen gesetzt«, vollendete Delphine den Satz für ihn. Sie erinnerte sich an die Warnung von Zeth und die üblen Folgen des Essens.

M'Adoc nickte. »Solange er sie derart unter Kontrolle hat, können sie sich nicht gegen ihn wehren. Aber wenn wir Zeth ausnüchtern, könnten wir die Skoti mit den Oneroi wiedervereinen. Wenn unsere Gefühle wieder in Ordnung sind, wird die berechtigte Wut über das, was Noir uns angetan hat, unseren Kampfgeist mächtig befeuern. Mehr noch, Noir wird den Skoti dann nichts mehr anbieten können. Besonders nachdem er uns jetzt alle angegriffen hat.«

Jericho war immer noch skeptisch. Irgendwie erschien ihm das alles zu leicht. »Bist du dir da auch ganz sicher?«

M'Adoc nickte. »Wir müssen ihren Sinn für Loyalität und Fairness wiederherstellen. Wenn der Bann einmal gebrochen ist, werden sie wieder genauso sein wie zuvor.«

»Können wir das schaffen?«, fragte Delphine. »Ich dachte, ein einmal ausgesprochener Fluch wäre in alle Ewigkeit gültig.«

»Es muss ihn derselbe Gott zurücknehmen, der ihn ausgesprochen hat. Außerdem wird der Fluch schon schwächer. Ist dir nicht aufgefallen, dass deine Gefühle stärker geworden sind, Delphine?«

»Ich dachte, das wären die Nachwirkungen vom Kampf gegen die Skoti.«

M'Adoc schüttelte den Kopf. »Zeus hat nicht mehr so viel Kraft wie früher. Und was Noir angeht: Je weniger Leute ihn verehrten, desto schwächer ist er geworden.«

Deimos nickte. »Anders als Apollo hat er keine eigene Rasse, die an ihn glaubt und aus der er Kraft ziehen kann.«

»Ganz genau. Zeus könnte den Fluch widerrufen. Anders als Apollos Fluch ist seiner nicht tödlich und könnte rückgängig gemacht werden.«

Jericho trat zurück. »Dann werde ich mich auf den Weg machen und ein Wörtchen mit unserem Donner-Arsch reden.«

Delphine drehte sich mit panischem Gesichtsausdruck zu ihm um. »Das darfst du nicht, er wird dich töten!«

»Macht das denn etwas aus?«

»Mir macht das etwas aus.«

Jericho lächelte und legte ihr die Hand auf die Wange. Nie hatte ihm ein Satz mehr bedeutet, und es verblüffte ihn sehr, dass sie so ehrlich war. »Es wird schon alles gutgehen.« Er schob sie zu Zarek hinüber. »Behalt sie im Auge, bis ich zurück bin.«

»Weißt du«, sagte Deimos und stemmte sich hoch, »ich glaube, sie hat nicht ganz unrecht. Du solltest dir ein bisschen Verstärkung besorgen, ehe du zu Zeus gehst.«

So wie Jericho Zeus kannte, würde das den Mistkerl nur noch wütender machen. Er hatte nicht gerne Zuhörer, wenn er unrecht hatte. Dieses Gespräch sollte einiges an List erfordern, doch das konnte nur funktionieren, wenn es keine Zeugen gäbe. »Ich habe jahrhundertelang an seiner Seite gestanden und weiß genau, wie man mit ihm reden muss.«

Deimos schnaubte höhnisch. »Du hast dir aber auch eine der härtesten Bestrafungen eingehandelt.«

»Und das bedeutet, ich weiß genau, wie weit ich gehen kann. Keine Sorge, diesen Fehler mache ich nicht noch mal.«

Delphine warf M'Adoc einen besorgten Blick zu. »Red ihm das doch aus!«

»Ich weiß nicht, ob ich das kann, Delphine. Du bist da in einer besseren Position als ich.«

»Und nicht mal du schaffst es.« Jericho wollte sich auf den Weg machen, aber Delphine hielt ihn auf.

»Sei bitte vorsichtig!«

Er nickte und bewahrte diese wertvollen Worte in seinem Herzen, dann teleportierte er sich von der Verschwindenden Insel direkt in den Tempel von Zeus.

Ihm wurde eiskalt, als alte Erinnerungen ihn überfielen. Er und seine Geschwister hatten einst hier Wache gestanden, während der Vater der Götterfamilie badete oder schlief – mit einer Nymphe oder einer Göttin, auf die er scharf war. Nur eine kleine Handvoll anderer Götter hatten je Zugang zu diesem Tempel gehabt.

In diesen ganzen Jahrhunderten seiner Verbannung hatte sich nichts verändert. Es war die gleiche kalte Marmorhalle wie früher.

Jericho schloss die Augen und ließ seine Kräfte schweifen, um Zeus ausfindig zu machen.

Er war im Bad – hoffentlich alleine.

Jericho nahm sich einen Augenblick Zeit und ließ seine Augenklappe und seine Rüstung wieder erscheinen. Die metallenen Klauen wuchsen an den Fingern seiner rechten Hand, und er löste seine Schwingen.

Er würde auf keinen Fall betteln. Er war hier, um den Fall darzulegen und zu argumentieren, wenn es nötig wäre.

Wenn Zeus kämpfen wollte, dann würde es auch einen Kampf geben.

Jericho ließ sein Haar offen über den Rücken fallen, während er durch die weißgoldene Marmorhalle in die hinteren Räume des Tempels schritt. Das Badezimmer war ein riesiges Atrium mit einem Wasserfall an der hinteren Seite. Er speiste die Wanne, die so groß war wie ein Schwimmbecken für die Olympischen Spiele – man mochte ihm die Anspielung verzeihen. Das Wasser dampfte, es musste heiß und wohltuend sein.

Zeus lag am anderen Ende, dem Wasserfall gegenüber, mit geschlossenen Augen. Eine Nymphe saß auf einem Stuhl und spielte ihm auf der Leier. Von hier aus wirkte Zeus vollkommen entspannt, als wüsste er nicht, dass Noir kurz davor stand, ihm an die Kehle zu gehen.

Der dumme Idiot!

Die Nymphe schaute auf und schnappte nach Luft, als sie Jericho sah.

Zeus saß sofort aufrecht, drehte sich fluchend im Wasser um und schaute ihn an. »Was willst du denn hier?«

»Ich bin zu Besuch gekommen … Vater.«

Zeus verzog verächtlich den Mund, dann schnauzte er die Nymphe an: »Peia, lass uns allein.«

Sie verschwand auf der Stelle, die Leier fiel zu Boden und gab einen schiefen Ton von sich.

Zeus zog einen langen Bademantel an, während er noch im Wasser stand, und kam dann auf Jericho zu. »Hast du jetzt völlig den Verstand verloren?«

Jericho ignorierte den wütenden Tonfall. »An manchen Tagen kommt es mir zwar so vor, aber es ist nicht so weit gekommen. Ich bin geistig völlig gesund, und ich will mit dir sprechen.«

»Worüber?«

»Darüber, was du tun wirst.«

Zeus kniff drohend die Augen zusammen. »Und das wäre?«

»Die Oneroi befreien.«

Kapitel 12

Zeus maß Jericho mit vernichtendem Blick und blieb direkt vor ihm stehen, während er den Gürtel seines Bademantels zu einem engen Knoten zusammenzerrte. »Du bist doch vollkommen irrsinnig.«

Merkwürdigerweise spürte Jericho eine ruhige Gelassenheit in sich. Er reagierte gar nicht auf die Beleidigung. Wirklich merkwürdig. Normalerweise hätte allein der Bademantel gereicht, dass er Zeus an die Kehle gegangen wäre.

Vielleicht hatte Delphine Einfluss auf ihn, denn er hätte schwören können, dass er hörte, wie sie ihm sagte, er solle ganz ruhig bleiben.

»Nein«, widersprach er langsam. »Irrsinn wäre es, wenn du mich ignoriertest. Die Skoti und die Oneroi brauchen ihre Gefühle, damit sie wirkungsvoll gegen Noir kämpfen können.«

Zeus schüttelte den Kopf. »Sie werden sich gegen uns wenden, das kannst du mir glauben.«

Wie dumm durfte man als Gott eigentlich sein! War er etwa blind? »Falls es dir noch nicht aufgefallen ist: Sie haben sich bereits gegen uns gewendet. Sie zerlegen dir deine Götterwelt, ein Gott nach dem anderen ist dran. Die Oneroi und Dolophoni sind fast wie – entschuldige bitte den Kalauer – ein schlechter Traum.«

Jericho verschränkte zuversichtlich die Arme vor der Brust. »Wenn du ihnen ihre Gefühle wiedergibst, dann könnte ihre

Loyalität zu dir über ihre derzeitigen Begierden und Ambitionen siegen. Außerdem hätte Noir ihnen dann nichts mehr anzubieten. Sie sind jetzt nur aus einem einzigen Grund bei ihm: um die Gefühle zurückzubekommen, die du ihnen genommen hast. Du musst sie ihnen wiedergeben, das ist deine einzige Chance.«

Zeus verzog den Mund. »Woher weißt du das?«

»Du lebst noch, oder? Obwohl ich die ganzen Jahrhunderte von nichts anderem geträumt habe als davon, dich abzuschlachten. Obwohl ich dich mit jeder Faser meines Körpers hasse. Du lebst noch: wegen meiner Loyalität als Grieche; wegen des Hasses, den ich auf Noir habe, denn er hat versucht, mich zu instrumentalisieren. Genau dieses Gefühl müssen wir auch bei den Skoti erwecken.«

Zeus schnaubte. »Nichts davon ist für mich ein ausreichender Grund, meinen Fluch zurückzunehmen.«

»Dann sag mir, was ein Grund für dich wäre.«

Zeus kniff die Augen zusammen und überlegte. Jericho hätte schwören können, dass er die Gedankengänge im Kopf des Gottes knirschen hörte. »Was bietest du mir an?«

Tu das nicht, du Idiot. Sag ihm, sein Leben würde auf dem Spiel stehen.

Aber Jericho wusste, dass er mit Drohungen bei Zeus nicht weiterkommen würde. Zeus war der Einzige, der den Fluch aufheben konnte. Das hier war weder der richtige Zeitpunkt noch der richtige Ort für Arroganz oder Wut.

Sie brauchten ihn.

Tu es für Delphines Zukunft …

Es war ihre Freiheit, um die er Zeus bat. Ihr Leben. Irgendwie erleichterte ihm das die Sache. »Ich biete dir, was immer nötig ist, um dem Fluch, den du nie hättest aussprechen sollen, ein Ende zu setzen.«

Zeus hielt den Kopf schräg, als er Jerichos Gedanken hörte.

Sein Blick verdunkelte sich drohend. »Geht es hier etwa um die kleine Oneroi, die ich dir hinterhergeschickt habe? Du machst dir doch gar nichts aus den anderen, du willst nur sie befreien.« Er lachte höhnisch. »Da soll mich doch …! Der mächtige Cratus geht vor einer ganz gewöhnlichen Schlafgöttin in die Knie. Diesen kleinen Knackarsch auf dich anzusetzen, hat doch tatsächlich funktioniert!«

»Sprich nicht so von ihr«, knurrte Jericho. Er musste sich zurückhalten, sonst wäre er auf Zeus losgegangen. Delphine war nicht irgendein Gegenstand, und er würde auf keinen Fall zulassen, dass Zeus sie so herabwürdigte.

Zeus lachte wieder, und Jericho hätte ihm am liebsten eins verpasst, damit endlich Schluss mit seiner Arroganz war. »Du glaubst doch nicht etwa, wenn sie ihre Gefühle wiederhätte, wäre sie in der Lage, dich zu lieben? Nike hat mir gesagt, sie könnte der einzige schwache Punkt sein, mit dem man dich erwischen könnte. Und sie hatte recht! Es gibt doch nichts Besseres als ein hübsches Gesicht, um einen Mann schwach zu machen, besonders wenn er so lange keinen Sex haben konnte wie du.«

Das war wahrscheinlich das Letzte, woran Zeus ihn hätte erinnern sollen, denn jetzt konnte Jericho seine Wut nur noch mit der allergrößten Anstrengung im Zaum halten. »Lass sie aus dem Spiel.«

Zum Glück wusste Zeus, wann es genug war. »Nun gut. Du hast mich um einen Gefallen gebeten, und ich werde ihn dir unter einer Bedingung gewähren.«

»Und die lautet?«

»Sobald wir die Skoti wieder in die Schranken gewiesen haben, wirst du den Rest der Ewigkeit mein dienstbeflissener Sklave sein.«

»Du kannst mich mal.« Die Antwort war aus Jerichos Mund gekommen, ehe er sich zurückhalten konnte. Hatte der Mistkerl etwa nicht mehr alle Tassen im Schrank? Glaubte er tatsächlich, Jericho wäre je wieder so dumm?

Zeus zuckte die Schultern, als würde das Schicksal ihrer gesamten Götterwelt nicht von seiner Entscheidung abhängen. »Dann kommen wir nicht zusammen. Ich hoffe bloß, deine kleine Oneroi ist eine bessere Kämpferin als die anderen. Denn sonst …«

Jericho war bei dieser Nonchalance wie vor den Kopf geschlagen. »Bist du denn verrückt? Wenn Noir erst mal bei den gallu-gesteuerten Skoti Fuß gefasst hat, dann seid ihr alle dem Untergang geweiht. Dann sind *wir alle* dem Untergang geweiht!«

»Meine Träume sind sicher – diese Vorsichtsmaßnahme habe ich schon vor langer Zeit getroffen. Ich fürchte mich nur vor Noir, und wenn du aus dem Weg bist, dann hat er wieder ein Werkzeug weniger.« Zeus grinste. »Ja, du willst mich ärgern und für ihn kämpfen, aber das wirst du letztlich nicht tun. Jetzt nicht mehr. Nicht nachdem du deine schöne Delphine gesehen hast. Du willst ihr doch nicht wehtun, oder?«

»Halt den Mund.«

»Warum? Beleidigt es dich etwa, wenn du die Wahrheit hörst?«

Jericho schrie wütend auf, breitete seine Schwingen aus und packte Zeus an der Kehle.

Der zuckte nicht einmal zusammen, als Jericho ihn gegen die Wand drückte. »Na los, bring mich doch um«, reizte er ihn. »Lass meine Kräfte zurückfließen zur Ersten Macht. Aber wenn du die Skoti nicht in den Griff bekommst – und wir wissen beide, dass du das nicht schaffen wirst –, dann werden sie alle zu Noir überlaufen und ihn noch mächtiger machen. Oder schlimmer noch, sie werden das Universum zerstören und alles Leben töten. Willst du das etwa erreichen?«

Jericho packte noch fester zu und wollte den Dreckskerl umbringen. Er hätte am liebsten in seinem Blut gebadet und seine Eingeweide gespürt. »Ich hasse dich.«

»Du kannst mich hassen, so viel du willst. Letztlich ist es deine Entscheidung. Du kannst ihnen helfen, wenn du meinen Bedingungen zustimmst, oder du kannst dich weigern und zuschauen, wie sie von Noir und Azura besiegt werden. Wie entscheidest du dich?«

Jericho schüttelte den Kopf und versuchte, die Prinzipien und die Eigensucht von Zeus nachzuvollziehen. »Wie kann dir so egal sein, was mit ihnen geschieht?«

»Ich bin nicht ganz ohne Mitgefühl, aber ich habe mich nie vor dem gedrückt, was getan werden musste. Niemals. Ich habe meinen eigenen Vater abgeschlachtet, um diese Götterwelt regieren zu können. Glaubst du denn auch nur eine Minute, ich würde zögern, alle anderen Götter meines Pantheons zu töten, um meinen Platz als König zu verteidigen?«

Jericho quetschte seine Kehle und stellte sich vor, Zeus würde tot zu seinen Füßen liegen. Aber letztlich wusste er, dass Zeus recht hatte. Er mit seinem menschlichen Herzen wäre nicht in der Lage, die Kräfte des Zeus in sich aufzunehmen. Sie würden alle beide umkommen, und Noir würde davon sogar noch profitieren.

Oder es würde sie alle zerstören.

»Wie entscheidest du dich, Cratus?«

Delphine erstarrte, als etwas in ihr schmerzhaft zersprang. Es fühlte sich an, als wäre ihr Herz zerplatzt und als würde jetzt Feuer durch ihre Adern gepumpt. Sie schrie laut, fiel auf die Knie und hielt sich die Brust. Jeder Atemzug schien sie zu zerreißen, jeder Schlag ihres Herzens bereitete ihr höllische Schmerzen.

Was um alles in der Welt geschah mit ihr?

Voller Angst, dass es ein neuer Angriff von Noir und seiner Armee sein könnte, schaute sie sich in der Halle um, wo sich auch die anderen Oneroi und Skoti vor Schmerzen wanden. Von den Dolophoni dagegen schien niemand betroffen.

»Was ist hier los?«, fragte sie M'Adoc.

Er schnappte nach Luft und stöhnte. »Jericho hat es geschafft. Unsere Gefühle werden freigesetzt.«

Konnte das tatsächlich sein? Erst als das Brennen aufhörte und ihre Gefühle sie durchdrangen, merkte Delphine, wie hohl und leer sie immer gewesen war. Alles um sie herum war jetzt lebhafter und deutlicher, jedes Geräusch und jeder Geschmack. Das Licht blendete sie fast. Die Gefühle durchströmten sie: Hass, Liebe, Mitgefühl, Angst, Trauer, Glück. Sie lachte und weinte gleichzeitig, sie wand sich und wollte doch gleichzeitig Freudenschreie ausstoßen.

»Atme weiter«, sagte M'Adoc dicht an ihrem Ohr. »Es muss sich alles erst setzen.«

Sie versuchte ihr Bestes, aber es war verflixt schwierig. So viel also dazu, dass Azura ihre Gefühle angeblich schon freigesetzt hatte – es war nichts im Vergleich zu dem, was sie jetzt spürte. Die Göttin musste nur ihren menschlichen Teil befreit haben, denn das hier war überhaupt kein Vergleich. »Wie kommen die Menschen nur damit zurecht?«

»Manche können es besser als andere, und außerdem sind sie daran gewöhnt, denn sie haben von Geburt an Gefühle. Du wirst dich auch irgendwann daran gewöhnen.«

Er schien sich schon erholt zu haben.

Sie hingegen hatte noch zu kämpfen. Es war alles noch viel zu neu.

Als Jericho auftauchte, hießen die Oneroi und die Skoti ihn mit Rufen willkommen, aber er beachtete sie gar nicht. Sein Blick war nur auf Delphine gerichtet, er kam geradewegs auf sie zu.

Vor lauter Tränen konnte sie nichts mehr sehen, als er sie schwungvoll in die Arme nahm und hochhob. »Danke schön«, flüsterte sie.

Jericho neigte den Kopf, dann versetzte er sie beide heraus aus der Halle in ihr Zimmer.

Sie legte ihm die Hand aufs Gesicht, und ihr Daumen ruhte auf der Augenklappe, die er jetzt wieder trug. Sie empfand unglaubliche Freude und Liebe für ihn. Noch nie in ihrem Leben hatte sie sich so gefühlt.

»Wie hast du es geschafft, ihn zu überzeugen?«

»Mach dir keine Gedanken, es ist nicht weiter wichtig.«

Doch, es war wichtig. Er hatte keine Ahnung, was es ihr bedeutete, endlich Zugang zu dem Teil ihrer selbst zu haben, der ihr immer verschlossen gewesen war. Kein Wunder, dass die Oneroi zu Skoti geworden waren. Die Empfindung war derart verwegen und berauschend! Sie wollte alles erfahren und erleben, alle Gefühle so intensiv wie möglich empfinden.

»Du bist ganz verblüffend, mein Jericho.«

Bei diesen Worten erstarrte er. Sie schnitten ihm tief ins Herz. »Was hast du da gesagt?«

»Du bist verblüffend.«

»Nein. Wie hast du mich gerade genannt?«

Sie lächelte zu ihm herauf. »Mein Jericho.«

Der Gedanke daran, dass er jetzt Zeus gehörte, stieß ihn derartig ab, dass es kaum zu beschreiben war. Aber die Vorstellung, dass sie ihn besitzen könnte …

Die erschien himmlisch.

Jericho schloss die Augen und küsste Delphine innig. Er brauchte das Gefühl, sich in ihren Armen frei zu fühlen. Zweimal hatte er für sie seine Freiheit eingetauscht. Aber zumindest kannte er jetzt die entscheidende Wahrheit.

Delphine war es wert.

Noir blieb stocksteif stehen, als er spürte, wie eine mächtige Welle in seine Sphäre eindrang. Es stank nach den olympischen Göttern. Mehr noch: Es stank nach Zeus.

Was hatte dieser Mistkerl vor?

Erst als er den Skotos hinter sich anschaute, begriff er. Zeus hatte sie alle befreit, sie erhielten ihre Gefühle zurück.

Jubelrufe erklangen, als sie einander umarmten wie lange vermisste Geschwister.

Azura tauchte neben ihm auf. »Was zum Teufel ist denn hier los?«

Noir schürzte angewidert die Lippen. »Die olympischen Götter probieren es mit einer neuen Taktik.« Er ging an ihr vorbei zu seinen Dämonen, die sich verblüfft umschauten. »Gallu! Macht jeden Anhänger der Olympier, den ihr trefft, zu einem der Euren. Jetzt sofort!«

Die gallu griffen an, aber die Skoti, die sich wieder völlig unter Kontrolle hatten, wehrten sich mit noch nie da gewesener Kunstfertigkeit. Die Drogen, mit denen sie ruhiggestellt worden waren, waren im gleichen Augenblick aus ihren Körpern verschwunden, als ihre Gefühle zurückgekehrt waren.

Azura wandte sich zu Noir um, und in ihren Augen lag Furcht. »Das sieht aber gar nicht gut aus.«

»Nur keine Panik. Das ist nur ein zeitlich begrenzter Rückschlag, nichts, womit wir nicht fertigwerden könnten.« Noir setzte seine Kräfte ein, um ihre Sphäre zu verschließen. Er konnte zwar nicht verhindern, dass die Skoti verschwanden, aber er konnte verhindern, dass irgendetwas oder irgendjemand zu ihnen hineinkam.

Das würde fürs Erste verhindern, dass man sie angriff. Jetzt musste er einen Weg finden, um dieser neuesten Wendung der Ereignisse etwas Positives entgegenzusetzen. Jericho war einfallsreich, das musste man ihm lassen. Aber er war Noir keineswegs ebenbürtig. Noir wusste, wie man Kämpfer motivieren konnte.

Und jetzt, wo er Kessar und seine gallu hinter sich wusste, würde er siegen, egal, wen er dafür töten musste.

»Die Prophezeiung ist also wahr.«

Zeus, der in marineblaue Hosen und ein dunkelblaues Oberteil gekleidet war, drehte sich um, als er Heras dröhnende Stimme hörte. Er wollte eigentlich in die große Halle gehen, wo die anderen Götter beim Essen saßen, aber jetzt blieb er wie angewurzelt stehen. »Was machst du hier, Hera?«

Seine Frau erschien in der Türöffnung, die von seinem Schlafzimmer in den Hauptflur führte. Sie war groß und hatte goldbraunes Haar, sie war eine der schönsten Göttinnen von allen. Und obwohl Zeus sie von Zeit zu Zeit betrog, wusste er, dass keine andere ihr gleichkam. Sie war wirklich exquisit und völlig unerschrocken.

Sie passte perfekt zu ihm.

»Ich wollte nur zum Ausdruck bringen, wie überrascht ich bin, dass du derart unbekümmert eine Prophezeiung Wirklichkeit werden lässt, die du früher mit aller Macht verhindern wolltest.«

»Ich weiß nicht, wovon du sprichst.«

»Nun komm schon, Liebling, du weißt ganz genau, wovon ich spreche. Seit du allen Oneroi die Gefühle genommen hast, hast du doch gegen genau das gekämpft. Wir wissen doch beide, dass es gar keinen Traum gegeben hat. Kein Oneroi hat dir je im Traum einen Streich gespielt. Das hätten sie nie gewagt, egal, wie wütend du sie gemacht hast. Es waren die Worte des Sehers Teiresias, die dich veranlasst haben, sie alle zu unterjochen.«

Er keuchte und starrte Hera an. Wie konnte sie es nur wagen, dieses Thema auf den Tisch zu bringen! Diese Erinnerung hatte er in die tiefste Vergangenheit verbannt. Er hatte schon vor vielen Jahrhunderten mit dem Thema abgeschlossen. Er hatte dafür gesorgt, dass diese Prophezeiung sich nicht erfüllte, und hatte die Welt in Ordnung gebracht.

Doch Hera sprach weiter und merkte nicht, wie die Wut in Zeus aufstieg. »An einem fünften Juni wird ein Mädchen, Abkömmling des Menschengeschlechts und des Göttergeschlechts, den größten der Titanen herausfordern und den mächtigen Zeus besiegen. In ihren Händen spinnt sie den Schicksalsfaden der Parzen, und der große Kosmos der Olympier wird nicht mehr sein. Denn sie wird die größte Macht besitzen und in der Welt der Menschen und in der Welt der Träume wandeln. Ihre Liebe und ihr Mitgefühl wird das Ende der Herrschaft der Olympier bedeuten, und von nun an wird wieder ein Titan herrschen.« Das war der Fluch, den sein Vater gesprochen hatte, nachdem Zeus ihn kastriert hatte.

Du wirst zugrunde gerichtet, und ich werde lachen, wenn du stürzt …

Zeus explodierte förmlich. »Hör auf«, fuhr er sie an und hätte sie fast geschlagen.

Doch Hera war unbarmherzig. »Du weißt genau, dass es stimmt. Noch am gleichen Tag, als Teiresias dir von dem Kind der Oneroi erzählte, das zur Welt gekommen war und das dich eines Tages vom Thron stoßen würde, hast du die Furien und alle anderen zusammengerufen und behauptet, du wärst im Schlaf belästigt worden. Du hast dafür gesorgt, dass alle Kinder verfolgt wurden, ganz besonders die Halbblut-Töchter, von denen geweissagt worden war, dass eine von ihnen uns eines Tages ersetzen würde. Du hast sie brutal abschlachten lassen. Wie hast du damals gesagt: ›Lasst keine von ihnen am Leben!‹. Also haben die Dolophoni und andere die Erde mit dem Blut der Mischlingskinder rot getränkt. Niemand hat es gewagt, den Befehl des großen Zeus zu hinterfragen, dessen Wort Gesetz ist. Aber wir beide kennen die Wahrheit. Es ging nicht um einen Traum, nicht aus diesem Grund hast du dafür gesorgt, dass die Oneroi ihre Gefühle verloren und ihre Töchter abgeschlachtet wurden. Du wolltest deinen Platz als König der Götter behalten.«

Zeus lächelte Hera höhnisch an. »Ich kann mich nicht erinnern, dass du dich damals für sie eingesetzt hättest.«

»Wie hätte ich dich denn aufhalten sollen! Du warst ja völlig besessen, und ich war nicht so dumm, mich dir in den Weg zu stellen. Nur Cratus hat das gewagt. Hast du gewusst, dass das Baby überlebt hat? Ausgerechnet das Kind, um dessentwillen du sie alle ausgesandt hast?«

Zeus wurde es eiskalt. »Was? Das ist unmöglich. Dolor hat geschworen, er hätte das Baby getötet. Er hat Leta mit Geschichten gefoltert, wie ihre Tochter umgekommen ist, wie er sie fröhlich abgemetzelt hat.«

»Dolor wollte ihr Schmerz zufügen, und er hat auch ein Kind abgeschlachtet, das stimmt. Aber es war nicht Letas Kind. Denn das hat überlebt.«

In diesem Augenblick hätte Zeus seine Frau am liebsten umgebracht. »Wieso hast du mir das nicht gesagt? Wie konntest du das nur für dich behalten!«

»Ich habe es bis jetzt auch nicht gewusst.«

»Was willst du damit sagen?«

»Ich habe ausführlich mit einem Dämon geplaudert, Asmodeus. Wir haben über die Pläne von Noir gesprochen und über die Zukunft des Dämons hier bei uns Olympiern. Er hat zufällig mitgehört, wie Jaden Cratus erzählt hat, dass Delphine die Tochter von Leta und ihrem Menschengatten ist. Sie ist das Kind, das Cratus hätte töten sollen. Das Baby, bei dem er sich verweigert hat. Dem er nichts getan hat.«

»Das ist doch nicht möglich …«

Zeus taumelte, als er begriff, was das bedeutete. Wie konnte er das nur übersehen?

Weil man niemals verhindern konnte, dass eine Prophezeiung eintraf.

Ich bin der König der Götter …

Niemand war mächtiger als er, nicht mal die drei Schlampen, die man Schicksalsgöttinnen nannte. Er würde nicht von einer Menschen-Mischlings-Missgeburt gestürzt werden!

Er war Zeus, der König aller Götter auf dem Olymp, und alle Macht gehörte ihm.

Aber was seinen Zorn erst richtig anfachte, war die Erkenntnis, dass er Delphine unwissentlich mit Cratus zusammengebracht hatte. Er hatte die Saat gesät, die zu seiner eigenen Vernichtung führen würde.

Und alles wegen Nike. Die kleine Schlampe würde die Rolle, die sie in dieser Geschichte gespielt hatte, teuer bezahlen müssen. Falls er überlebte.

Es ist noch nicht zu spät!

Er konnte sie noch immer aufhalten. Cratus besaß das Herz eines Menschen und hatte sich in die Dienste von Zeus gestellt. Nike war schon gefangen gesetzt und in den Händen von Noir. Sie konnten sie einfach dort lassen, dort würde sie sterben.

Und was Delphine anging …

Er begegnete Heras dunklem Blick. »Wir müssen die beiden töten.«

»Einverstanden.«

Er hob überrascht die Augenbraue, denn er hatte nicht erwartet, dass sie ihm den Rücken stärken würde. Normalerweise umging sie seine Anordnungen. »Du bist einverstanden?«

»Ich will auf keinen Fall durch einen halb menschlichen Bastard ersetzt werden. Wir sind die Herrscher des Olymps, und mit Hilfe der Ersten Macht und aller ihrer Kräfte werden wir das auch bleiben, egal, um welchen Preis.«

Langsam breitete sich ein Lächeln auf seinem Gesicht aus. Es war gut, dass er seine Frau endlich einmal auf seiner Seite hatte. »Dann beschwöre die Phonoi herauf.« Mord, Töten und Abschlachten – das waren die Drillings-Göttinnen, die dadurch gediehen, dass sie anderen das Leben nahmen. Sie kannten weder Gewissensbisse noch Gnade. Und das Beste daran war: Sie wussten, wie man einen Gott töten konnte, ohne dabei dem Universum zu schaden.

Zeus lachte bei dem Gedanken daran, die zerstörerischen Kräfte der drei zu entfesseln. »Ich habe ein neues Opfer für sie.«

Kapitel 13

Delphine legte Jericho die Hand unters Kinn und strich ihm mit dem Daumen über die Lippen. Seine Bartstoppeln kitzelten ihre Handfläche. »Weißt du eigentlich, wie viel du mir bedeutest?«

Bei dieser Frage musste Jericho schlucken. Er hoffte, es wäre mindestens das Gleiche, was er für sie empfand. Sonst wäre er verloren. »Nein.«

Sie beugte sich vor und nahm seine Hand. »Mehr als ich je mit Worten ausdrücken kann.«

Ihre Worte klangen ihm noch immer in den Ohren, als sie ihre Kräfte einsetzte und die Kleidung von ihrem Körper verschwinden ließ. Sie führte seine Hand an ihre nackten Brüste. »Mach Liebe mit mir, Jericho. Zeig mir, wie es ist, dich mit allen Sinnen zu erfahren.«

Sein Körper reagierte augenblicklich auf ihre Bitte, und seine innere Stimme jubelte. »Bist du dir sicher?«

»Ganz sicher.«

Sie ließ seine Kleidung verschwinden, ehe er darüber nachdenken konnte.

Jericho fiel mit Delphine zusammen ins Bett und nahm sie in die Arme. Was für eine wunderbare Empfindung, als ihre samtweiche Haut sich an seiner rieb.

Wenn er jetzt starb, könnte es keinen besseren Abschied für ihn geben.

Delphines Lippen berührten seine, und er atmete den warmen Duft ihres Körpers ein. Er hatte eine ganze Ewigkeit allein verbracht. Aber irgendwie verschwand die Vergangenheit, als Delphine ihn berührte. Es war, als hätte er sie schon immer gekannt. Er konnte sich eine Welt ohne sie nicht vorstellen.

Er wollte nie mehr von ihr getrennt sein. Wenn dieser Traum nur wahr werden könnte!

Delphine erschauderte, als Jericho sich an sie drückte, und sie spürte, wie hart er war. Seine Muskeln waren kräftig, straff und geschmeidig. Es fühlte sich unglaublich gut an, wie er da auf ihr lag! Sie genoss es und ließ ihre Hände seinen Rücken hinunterwandern, bis zu seiner schmalen Taille und seinen festen Hüften. Obwohl er so viel größer war als sie, passten sie perfekt zueinander, und sein weiches weißes Haar fiel nach vorne über ihr Gesicht.

Sie vergrub die Hände darin und schob es zurück, während ihre Zungen miteinander zu verschmelzen schienen. Er küsste sie derart hungrig, dass sie fast fürchtete, er werde sie verschlingen. Dann umschlang sie ihn mit den Beinen an den Hüften. Schauer überliefen sie, als er von ihren Lippen abließ und eine heiße Spur von ihrem Hals zum Ohr küsste.

Delphine schnappte nach Luft, als sie seine Zunge am Ohrläppchen spürte. Sie hätte sich verletzlich und entblößt fühlen können, aber sie spürte nur Jericho, sie wollte ihn besitzen und für immer bei sich behalten.

Die Liebe schoss ihr glühend heiß durchs Herz und breitete sich bis in die letzten Winkel ihres Körpers aus. Nur sie kannte diese freundliche und großzügige Seite an ihm.

Dem Rest der Welt erschien er brutal, aber für sie war er friedlich und wunderbar.

Sie lachte beinahe bei dem Gedanken daran, wie süß er war. Wenn es um sie ging, war er die Zärtlichkeit in Person. Sie fragte sich, wie er mit einem eigenen Kind umgehen würde. Sie konnte es sich sehr gut vorstellen.

Sie wollte diejenige sein, die ihm ein solches Vermächtnis und seinen Frieden schenkte. Sie wollte ihn an sich drücken und ihn schützen, weit weg von der Welt, die ihn verletzt hatte. Sie wollte nicht, dass er immer weiter kämpfte, er hatte mehr als genug Kämpfe erlebt. Sie wollte ihm eine Welt zeigen, wo er anderen vertrauen und sanft sein konnte. Eine Welt, in der ihn keiner verletzen oder verraten würde.

»Bleib bei mir, Jericho«, flüsterte sie ihm ins Ohr.

»Solange du mich so in den Armen hältst, gehe ich nirgendwohin.«

Bei seinen heiser geflüsterten Worten lächelte sie. Sein tiefer Tonfall verriet Gefühle, die ihr Herz berührten. »Bei mir wirst du immer in Sicherheit sein.«

Jericho atmete Delphines Duft ein und verlor sich in ihrer Berührung und in ihrem Versprechen. Einen solchen Blödsinn hatte er früher nie geglaubt, aber jetzt konnte er etwas in sich nicht mehr unterdrücken, es gab jetzt nach, es war ein Teil von ihm, der durch alle Feuer der Hölle gehen würde, nur um Delphines Wange berühren zu können.

Trotz seiner Rüstung hatte sie sich einen Weg zu seiner Seele gebahnt. Doch er war jetzt für sie verloren, es gab keine Hoffnung mehr für ihn. Er konnte nur noch eines tun: darauf vertrauen, dass sie ihre Versprechen auch hielt. Ihr vertrauen, dass sie nicht zu denen gehörte, denen er nie hätte Glauben schenken dürfen.

Verletz mich nicht, Delphine. Diese stumme Bitte lag ihm auf der Zunge und schmerzte ihn, selbst jetzt, da ihre Berührungen ihm solche Lust bereiteten.

Sie ließ die Hände über seine Haut gleiten, liebkoste und erregte ihn. Es war lange her, dass jemand ihn so umarmt hatte.

Nein! Noch nie hatte ihn jemand derart umarmt. Er lag zum ersten Mal in den Armen von jemandem, der wirklich etwas für ihn empfand. Delphine war keine Göttin, die nur darauf aus war, ihre anderen Liebhaber eifersüchtig zu machen. Oder eine Nymphe, die ihre Bedürfnisse befriedigen wollte und weiter nichts.

Und das Wichtigste war: Er wurde von einer Person in den Armen gehalten, für die auch er etwas empfand, die mehr für ihn war als nur eine kurze, schnelle Affäre.

Delphine rührte mehr an als nur seinen Körper. Sie berührte sein Herz und seine Seele. Er wäre bereit zu sterben, um sie zu schützen.

Warum auch nicht – du hast für sie ja schon deine Freiheit geopfert.

Und zwar gleich zwei Mal.

Er hätte wütend darüber sein müssen, aber er war es nicht. Der Gedanke, dass sie heil und gesund war, reichte ihm.

Das wirst du nicht mehr sagen, wenn Zeus dich erst einmal foltert.

Und doch würde ihn auch dann die Erinnerung an diesen Augenblick durch das Schlimmste tragen, das Zeus ihm antun würde. Er würde seine Handlungsweise nie auch nur im Geringsten bereuen. Das wusste er genau. Sein eigenes Leben war ihm nicht so wichtig wie ihres.

Sie *war* sein Leben, und er schützte es, indem er seine Freiheit aufgab. Das war ein geringer Preis und einer, den er mit Freuden zahlte.

Er machte sich los, starrte herab auf ihr Gesicht und strich die Konturen ihrer Wange entlang, während er ihr weiterhin tief in die Augen schaute. »Du bist so wunderschön.«

Sie griff hinauf und strich über die Augenklappe, dann nahm sie sie ab und ließ sie zu Boden fallen. Er war immer so schamhaft, was seine Narbe und sein weißes Auge anging, aber bei ihr war er es nicht. Sie durfte ihn so sehen, wie er war.

Und sie sah ihn, sie sah alle seine Fehler und Stärken, und es machte ihr nichts aus.

Sie lächelte so wunderbar, dass ihm der Atem stockte. Sie legte ihre weiche Hand auf seine Wange. Er neigte den Kopf und küsste das Innere ihres Handgelenkes.

»Es tut mir so leid, was Zeus dir angetan hat.«

»Es ist alles in Ordnung. Es war die Sache wert.« Eigentlich wollte er ihr erzählen, warum er sich so fühlte – weil er ihretwegen gelitten hatte –, aber irgendwie wollte er die Erinnerungen an ihre Kindheit nicht zerstören. Was hatte sie denn davon, wenn er ihr erzählte, dass sie nur seinetwegen überhaupt noch lebte?

Es würde ihr nicht helfen. Ihr das zu sagen würde nur ihm helfen, und er wollte nicht, dass sie ihn nur liebte, weil er sie damals gerettet hatte.

Er wollte, dass sie ihn um seiner selbst willen liebte. Wegen der Dinge, die sie gemeinsam hatten. Nicht aus Dankbarkeit oder aus Schuldgefühlen. Er wollte ihre Liebe.

Ich kann nicht fassen, dass du das sagst. Mehr noch, er konnte nicht glauben, dass er ihre Liebe oder überhaupt die Liebe von jemandem begehrte. Er war schließlich ein Gott des Hasses und der Stärke und hatte immer verächtlich auf die Liebe und alle zärtlichen Gefühle herabgesehen. Er hatte alles und jeden getadelt, der sich wie ein Idiot benahm, wenn es um so etwas Flüchtiges wie Liebe ging.

Doch während er hier mit ihr lag, war in ihm nichts als ein sanfter Friede, von dem er sich wünschte, er würde nie enden. Sie kannte ihn. Sie hatte seine schlechtesten Seiten erlebt, und doch begegnete sie ihm anmutig und freundlich.

Delphine war das Beste für ihn, und das wusste Jericho auch.

Noch nie im Leben hatte er um etwas gebeten. Aber für sie würde er mit Freude seine Würde und sein Leben hingeben.

Dein Leben wirst du auch aufgeben, sobald Zeus sich für dich reklamiert. Aber auch das war in Ordnung.

Damit konnte er leben.

»Woran denkst du gerade?«, fragte sie. »Du siehst so traurig aus.«

Er küsste sie auf die Stirn. »Ich wünschte mir nur, wir könnten ewig so in diesem Bett liegen und müssten nie wieder aufstehen.«

»Ach, das wäre schön, was?«

Jericho nickte, dann rollte er sich herum, sodass sie auf ihm saß, und umfasste ihre Brüste mit den Händen. Obwohl sie eher klein waren, waren es doch die perfektesten Brüste, die er je gesehen hatte.

Delphine holte tief Luft, als Jericho sich aufstützte und an ihrer rechten Brust zu saugen begann. Bei jedem Strich mit der Zunge flatterte ihr Magen. Sie spürte ein Feuer in sich und begehrte ihn mit einem Wahnsinn, den sie selbst kaum begreifen konnte. Es war, als wäre sie leer und nur er könnte diese Leere ausfüllen. Bis es so weit war, würde sie sich danach sehnen.

Sie umfasste seinen Kopf, während er ihren Körper liebkoste, und spürte seine harte Erektion am Bauch. Sie wünschte nur, sie hätte mehr Erfahrung und wüsste, wie sie ihm Befriedigung verschaffen könnte, was sie tun müsste, damit es etwas Besonderes für ihn war.

»Was soll ich jetzt machen?«

Er schaute stirnrunzelnd auf. »Was?«

»Ich will dir etwas Gutes tun, ich weiß nur nicht genau wie.«

Sein Lächeln berührte sie im tiefsten Inneren. »Süße, ich bin sehr glücklich, dass ich dich einfach nur schmecken kann. Aber …« Er nahm ihre Hand und zeigte ihr, wie sie ihn umfassen konnte.

Bei seinem lustvollen Stöhnen musste sie lächeln. Zumindest so lange, bis sie zu fest zudrückte und er zischte. »Sanft, Liebste, sanft.«

»Tut mir leid.«

Jericho lachte, weil sie so furchtsam klang. Es erregte ihn, dass sie sich Gedanken über ihn und seine Lust machte. Am liebsten hätte er in ihrem Duft gebadet, bis er sich ganz in seine Sinne eingebrannt hatte. Bis er voll und ganz von ihm bedeckt war.

Er legte sie wieder aufs Bett nieder und starrte sie im dämmrigen Licht an. Ihre helle Haut war wunderschön, ihre Beine lagen einladend leicht geöffnet. Er würde sie so gründlich lieben, dass sie diesen Augenblick nie mehr vergessen würde.

Zeus könnte ihn jede Minute in Ketten legen. Aber ehe er ging, wollte er diese Erinnerung mit sich nehmen. Sie wäre sein einziger Trost.

Delphine war überrascht, wie wild Jerichos Küsse waren, als er zu ihren Lippen zurückkehrte. Aber das war nicht alles. Er bewegte sich an ihrem Körper entlang und küsste und liebkoste jeden Zentimeter von ihrem Hals zu den Brüsten und dann weiter hinunter zu den Hüften. Er arbeitete sich ihre Beine hinunter bis zu den Füßen und Zehen. Sie juchzte vor Lust auf und musste sich zwingen, ihn nicht versehentlich zu treten, als er an ihren Zehen lutschte.

Aber erst als er sich wieder zwischen ihren Beinen nach oben bewegte und den Teil von ihr liebkoste, nach dem es ihn am meisten verlangte, da erst begann die wahre Lust. Er hob ihre Hüften vom Bett und versenkte die Zunge in ihr.

Eine solche Hitze schoss durch Delphine, dass sie kaum noch Luft bekam. Sie krallte die Finger in sein Haar, während er mit der Zunge ganz in sie eindrang.

»Komm für mich, Delphine«, knurrte er dann. »Ich möchte deine Lust spüren.«

Aber erst, als er seine Finger tief in ihr versenkte, schrie sie auf und kam, und ihr Körper entlud sich voller Ekstase.

Jericho lächelte, als er hörte, wie sie zum Orgasmus kam. Endlich war der Augenblick gekommen, um das zu tun, was er am meisten begehrte. Ihr Körper zuckte noch, als er sich auf sie legte und in sie glitt.

Delphine schnappte nach Luft, als sie plötzlich so ausgefüllt war. Sie spürte Jericho, der so groß und hart war. Nie hätte sie sich vorstellen können, wie unglaublich gut es sich anfühlen könnte. Als er anfing, sich langsam in ihr zu bewegen, befürchtete sie einen Moment, sie müsste vor lauter Glückseligkeit sterben.

Er stützte sich auf einen Arm und schaute zu ihr hinunter. »Alles in Ordnung?«

Sie schlang die Beine um ihn und zog ihn noch tiefer in sich. »Es könnte mir gar nicht besser gehen.«

Bei seinem Lächeln flatterte ihr Herz. Sie umfasste seine vernarbte Wange, starrte in seine unterschiedlich gefärbten Augen und beobachtete die Lust in seinem Gesicht. Er stieß tief in sie und hielt inne. Dann hielt er sie fest, drehte sich mit ihr herum und setzte sie auf sich.

Als er die Hüften bewegte, schnappte sie erneut nach Luft.

»Reite mich, Delphine. Ich will dein Gesicht sehen, wenn du dir deine Lust von mir holst.«

Zunächst war sie unsicher und schüchtern, sie hatte Angst, ihm wehzutun. Aber als sie sich bewegte und er zärtlich knurrte, wagte sie bald mehr. Es gefiel ihr tatsächlich sehr, dass sie auf ihn herunterschauen und sehen konnte, wie seine Bauchmuskeln arbeiteten.

Ihre Blicke trafen sich, und er griff hinunter, dorthin, wo ihre beiden Körper miteinander verbunden waren. Sie hatte keine Ahnung, was er dort wollte, bis seine Finger ihre Spalte streichelten.

Im gleichen Moment, als er sie berührte, zuckte sie vor Lust zusammen. »Oh Gott.«

Er lächelte wieder. »Das gefällt dir wohl, was?«

Sie konnte nicht sprechen und nickte nur.

Jericho lachte und liebkoste sie dort im Rhythmus ihrer Stöße. Wie sie sich auf die Lippen biss und ihre Stöße schneller wurden! Er wollte so sehr kommen, dass er es schon spüren konnte, andererseits wollte er nicht, dass es jemals zu Ende ging. Er wäre am liebsten für immer in ihr geblieben.

Warum musste Sex nur so rasch vorbei sein!

Er biss die Zähne zusammen und versuchte, seinen Höhepunkt hinauszuzögern, aber als sie selbst kam, war er verloren. Er warf den Kopf in den Nacken und brüllte seinen Orgasmus laut heraus.

Er bohrte sich so tief in sie, wie er nur konnte, und sein Körper explodierte schier vor Lust. Oh ja, sie war absolut alles wert. Er hätte jedem seine Seele verkauft, wenn er dafür in alle Ewigkeit so mit ihr hätte zusammenbleiben können.

Verdammt sollst du sein, Zeus! Aber er hatte sich die Suppe selbst eingebrockt und musste sie auslöffeln.

Für Delphine. Er würde nie vergessen, wieso er in diesen Pakt eingewilligt hatte. Es war um ihretwillen, für sie ganz allein.

Sie hatte die ganze Zeit recht gehabt. Manchmal taten Leute etwas für andere, ohne im Gegenzug etwas dafür zu erwarten.

Liebe gab es wirklich, er fühlte sie mit jeder Faser seines Körpers. Jetzt musste er nur noch wissen, dass sie glücklich war.

Ich bin der dümmste Idiot, den man sich vorstellen kann.

Aber obwohl sein Gewissen ihn anbrüllte, bedauerte er nicht, was er getan hatte. Genau das war es, was sie ihm zu erklären versucht hatte, und erst jetzt, wo er es selbst erlebte, begriff er endlich.

Seine Mutter hatte unrecht. Hass war keineswegs das stärkste Gefühl von allen! Was Jericho für Delphine empfand, schenkte ihm mehr Mut und Entschlossenheit als aller Hass, der je von ihm Besitz ergriffen hatte. Die Liebe war der beste Grund zu leben.

Man lebte nicht für Rache – und ganz sicher nicht für Hass.

Er lebte für ihre Liebe.

Seufzend sank Delphine über ihm zusammen. Sie legte den Kopf auf seine Brust, sodass sie seinen Herzschlag hören konnte, während ihr Körper allmählich zur Ruhe kam. Jericho hielt sie an sich gedrückt, und sie fühlte sich beschützt und, so weit hergeholt das auch war … geliebt. Aber sie wusste, dass sie nicht auf seine Liebe hoffen durfte.

Er sah Liebe als Schwäche an, die man von sich wies. Wenn sie ihm nur begreiflich machen könnte, was sie für ihn empfand!

Aber es sollte nun mal nicht sein. Sie konnte nur davon träumen, dass Jericho sie so liebte, wie ihre Eltern einander geliebt hatten. Selbst jetzt noch erinnerte sie sich, wie ihre Mutter beim Tod ihres Vaters geweint hatte.

Sie war dreizehn gewesen, als er eine Infektion bekommen hatte. Wochenlang hatte er leiden müssen, obwohl ihre Mutter alles getan hatte, was sie konnte, um ihm zu helfen.

Er war mitten in der Nacht von ihnen gegangen, und die Schreie ihrer Mutter hatten sie am Morgen geweckt. Drei Männer waren nötig gewesen, um ihre Mutter von der Leiche wegzubekommen, sie war untröstlich gewesen.

Danach hatte sie nur noch sechs Monate gelebt, ehe sie selbst an einer Krankheit gestorben war. Zumindest hatte man das Delphine so erzählt. Aber sie hatte die Wahrheit gekannt. Ihre Mutter konnte nicht ohne ihren Vater leben, sie hatte sich ihren Tod herbeigewünscht. Nichts, was Delphine getan hatte, konnte ihre Mutter aufheitern.

»Du wirst auch eines Tages deine Liebe finden, Tochter, dann wirst du mich verstehen. Ich hoffe, wenn sie zu dir kommt, wirst du mit deiner Liebe alt werden und viele Jahrzehnte mit ihr verbringen können.« Das war das Letzte, was ihre Mutter zu ihr gesagt hatte.

Drei Tage später hatte Arik sie hierher gebracht.

Seit dem Tag, als sie auf die Verschwindende Insel gekommen war, hatte Delphine es aufgegeben, jemals begreifen zu wollen, was die Mutter ihr so verzweifelt erklären wollte.

Und als die Liebe endlich zu ihr gekommen war, hatte sie sie am unwahrscheinlichsten Ort von allen gefunden – in den Armen eines Gottes des Hasses.

Wer hätte sich das je vorstellen können!

Sie stützte den Kopf auf die Hand und schaute in seine wunderschönen Augen. »Das war einfach unglaublich.«

Er lachte sanft und strich ihr mit den Fingern durch das wirre Haar. »Ich bin vollkommen fertig.«

Sie fuhr besorgt hoch. »Hab ich dir etwa wehgetan?«

»Nein, ich bin nur so müde und zufrieden, dass ich mich jetzt nicht mehr bewegen will.«

Sie lächelte zurück. »Das glaube ich nicht.«

Jericho umschlang sie und drückte sie so fest an sich, dass sie protestierte. Noch nie im Leben hatte er so empfunden.

Da war keine Wut, kein Schmerz.

Da war nur sie.

Zumindest bis draußen vor ihrer Tür ein lautes Krachen zu hören war. Er hörte wütende Stimmen und etwas, das klang, als würde Glas zerbrechen.

Sein hart erkämpfter Frieden war dahin. »Ich hätte wissen müssen, dass es zu früh war, um sich zu entspannen«, knurrte er wütend und zog sich an.

»Hoffen wir, dass es kein gallu ist.«

Er schaute sie finster an. Ihr Tonfall verriet, dass ein gallu das Schlimmste war, was sie sich vorstellen konnte. »Warum? Sie sind doch eigentlich gar nicht so schlecht auf ihre stinkende, schmuddelige Man-muss-sie-einfach-töten-Art.«

»Stimmt auch wieder.« Sie zog sich ebenfalls an.

Jericho ergriff sie bei der Hand und führte sie aus dem Zimmer. Er achtete darauf, dass er immer zwischen ihr und der potenziellen Bedrohung war, auf die sie zugingen.

Als sie in die Halle traten, hielten dort drei Oneroi Zeth zurück. M'Adoc stand daneben und klopfte seine Kleidung ab. Offenbar hatte Zeth ihn angegriffen.

Aber zumindest sah M'Adoc schon besser aus als noch vor Stunden. Einige seiner Verletzungen waren geheilt, und er war längst nicht mehr so blass wie zuvor.

»Ich will ihm das Herz rausreißen!«, knurrte Zeth.

M'Adoc schaute ihn geduldig an. »Das wollen wir alle. Aber im Moment ist der Weg nach Azmodea blockiert. Das Beste, was wir tun können, ist, uns auf den Kampf vorbereiten, bis wir wieder reinkönnen.«

Zeth wehrte sich gegen die Männer, die ihn festhielten. Er brüllte einen Schlachtruf, dessen Echo um sie herum erklang.

»Ganz ruhig, du wilder Tiger«, sagte Jericho, ließ Delphine los und trat zu der kleinen Gruppe. »Ich will nicht, dass mir dieser Mist in den Ohren klingt. Sonst hast du ein viel schlimmeres Problem als Noir, dann kriegst du nämlich von mir ordentlich den Hintern voll.«

Zeth schüttelte die anderen ab, richtete sich auf und schaute Jericho von oben bis unten an. »Ich kann mich an dich erinnern. Du hast versucht, über die Drogen hinweg mit mir zu reden.«

Jericho nickte. »Du warst ganz schön außer Gefecht gesetzt.« Er schaute sich unter den Skoti und Oneroi um und erinnerte sich an die Zeit, als diese beiden Gruppen nur noch selten miteinander zu tun hatten. »Geht es euch allen wieder gut?«

M'Adoc zuckte die Schultern. »Kommt ganz drauf an. Seit wir wieder Gefühle haben, hegen ein paar von uns Groll und Feindseligkeit.« Er warf Zeth einen bedeutungsvollen Blick zu. »Andere dagegen wollen einfach nur töten, weil sie mit ihrer Wut nicht umgehen können.«

Jericho spottete. »Für mich klingt das o. k.«

M'Adoc lachte sarkastisch. »Wir versuchen, unsere Pflichten einzuteilen, und es herrscht Uneinigkeit, wer die neuen Anführer sein sollen.«

Zeth verzog verächtlich den Mund. »Die Skoti brauchen ihren eigenen Vertreter. Wir vertrauen euch Oneroi-Arschlöchern nicht. Ihr habt uns viel zu lange verfolgt und getötet.«

M'Adoc knurrte gefährlich tief unten in der Kehle. »Wie bitte? Ihr wart doch diejenigen, die uns ständig provoziert haben. Keiner von euch konnte sich benehmen, und ihr wart nur noch einen winzigen Schritt davon entfernt, den Zorn des Zeus auf uns alle herabzubeschwören. Da ich einer von denen bin, die er damals gefoltert hat, kann ich dir eines sagen: Wir waren zu euch wesentlich freundlicher, als er es zu uns gewesen wäre.«

Zeth verdrehte die Augen. »Wie auch immer.«

Jericho warf Delphine einen Seitenblick zu. Sie schien dieser Streit genauso zu amüsieren wie ihn. Abgesehen davon, dass er wütend war, wegen dieser Kleinigkeit aus ihrer Umarmung gerissen worden zu sein. Die beiden hatten ganz schön Glück, dass er sich im Moment ein bisschen kaputt fühlte.

Delphine schaute sich unter den Oneroi und Skoti um, die sich im Raum versammelt hatten. »Es sieht so aus, als hättet ihr alle einen wesentlich klareren Kopf als vorher. Was habt ihr denn sonst noch so entschieden?«

M'Adoc zeigte auf einige Oneroi. »Wir wollen die Namen loswerden, die Zeus uns aufgezwungen hat.«

Jericho machte ein finsteres Gesicht, weil er nichts verstand. »Was wollt ihr loswerden?«

»Unsere Namen, die mit M, V und D und einem Apostroph anfangen. Die tragen wir als Strafe des Zeus, er wollte uns damit unsere Individualität nehmen. Unsere wirklichen Namen wurden verboten, und Zeus hat diese Buchstaben verwendet, um uns noch mehr zu demütigen, indem er uns daran erinnert hat, dass wir seine gehorsamen Diener und keine eigenständigen Wesen sind.«

Zeths blaue Augen leuchteten voller Hass auf. »Jeder Buchstabe stand für eine Aufgabe, die wir erfüllen mussten. M waren diejenigen, die die Oneroi und Skoti überwachen mussten – mehr oder weniger die Drogenfahnder der Gruppe. Die V halfen den Menschen im Schlaf, und die D halfen den Göttern und den Dark Huntern. Skoti, die sich auflehnen, kehren deshalb zuallererst zu den Namen zurück, die sie bei ihrer Geburt bekommen haben. In den meisten Fällen. Es gab immer ein paar Leute, zum Beispiel V'Aiden, die das nicht gemacht haben. Aber den habe ich ja immer schon für bekloppt gehalten.«

M'Adoc warf Zeth einen Blick zu. »Und jetzt sind wir wieder vereint, oder, Zeth?«

»Du kannst mich mal.«

Der Oneroi hinter ihm versetzte ihm einen leichten Schlag auf den Hinterkopf. Zeth wandte sich um und wollte ihn angreifen, aber er schaffte nicht mehr als einen Schritt, ehe M'Adoc ihn in den Schwitzkasten nahm. »Stell meine Geduld nicht auf die Probe, Zeth. Sie ist sowieso schon ziemlich am Ende.« Er seufzte tief auf und warf Jericho einen Blick zu. »Da fragt man sich wirklich, wie Ash es schafft, die Dark Hunter unter Kontrolle zu halten.«

Jericho lachte. »Wie sollen wir dich jetzt nennen?«

M'Adoc ließ Zeth los. Der knurrte, griff ihn aber nicht wieder an. »Ich bleibe bei meinem Namen, aber ich werde mich künftig anders schreiben, nämlich Madoc. Das wird mich immer daran erinnern, warum wir nie wieder zulassen dürfen, dass Zeus oder sonst jemand uns unterjocht.«

»Das kann ich gut verstehen. Und ich glaube, ich weiß, wie Ash seine Leute in Schach hält.« Jericho holte die Peitsche heraus, die Azura ihm gegeben hatte, und reichte sie Madoc.

Als er das tat, kam ihm plötzlich ein Gedanke.

»Sonofa … ich weiß, wie wir nach Azmodea kommen!«

Madocs Augen leuchteten genauso aufgeregt auf, wie er sich fühlte. »Wie denn?«

»Asmodeus!«, rief Jericho und beschwor den Dämon herauf.

Er erschien auf der Stelle. »Du hast gerufen, Unter … tja, jetzt bist du wohl nicht mehr der Unter-Herr, oder? Wie soll ich dich denn jetzt nennen?«

Jericho schaute ihn mit wütend zusammengekniffenen Augen an. »Überleg dir irgendeinen höflichen Ausdruck, Dämon.«

Asmodeus riss erschrocken die Augen auf. »Nein, ich bleibe bei Unter-Herr. Was kann ich für dich tun?«

»Bring uns nach Azmodea.«

Der Dämon war ungläubig und sprudelte lebhaft heraus. »Warum bei allen Käsefüßen der Welt willst du denn wieder dorthin? Was kann dabei schon Gutes herauskommen!«

»Wir müssen Jaden dort herausholen.«

»Das kannst du nicht.«

Jericho drehte sich um, als Jared auf sie zukam. Er musste sich unmittelbar nach dem Dämon hierher teleportiert haben. Er war noch immer ganz in Schwarz gekleidet und sah bemerkenswert frisch und unbeschadet aus, wenn man an den Kampf dachte, den sie alle hinter sich hatten.

»Wie meinst du das?«, fragte Jericho.

Jareds unheimliche Augen blickten traurig. »Jaden hat sich aus freien Stücken dort in Dienst begeben. Wenn ihr ihn da ohne Einwilligung von Noir und Azura rausholt, dann stirbt er. Glaub mir, hätte ich ihn rausholen können, hätte ich es längst getan.«

Delphine seufzte. Die Lage wurde immer vertrackter. Dank Zeus konnten sie Jericho nicht nach Azmodea schicken, und sie konnten Jaden nicht im Kampf einsetzen. »Wie sollen wir die beiden denn aufhalten, wenn wir nicht zu Jaden gelangen können?«

»Ihr müsstet Cam und Rezar hinschicken. Nur sie können Noir und Azura gefangen setzen.«

Delphine schaute sich um und war dankbar, als sie merkte, dass sie nicht die Einzige war, die fürchtete, jetzt hätte Jared völlig den Verstand verloren. »Wen bitte?«

Jericho antwortete kalt und in regelrecht leblosem Tonfall. »Die ursprünglichen Götter der Sonne und des Feuers. Man sagt, sie wären die mächtigsten aller Schöpfungsgötter.«

Jared wandte sich ihm zu. »Ganz genau. Nur sie besitzen Kräfte, die Azura und Noir zunichtemachen können.« Azura und Noir waren die Luft und die Dunkelheit – sie konnten nur von der Sonne und dem Feuer vernichtet werden.

In Delphine regte sich leise Hoffnung. »Wo sind die beiden?«

Jared zuckte die Schultern. »Das weiß niemand. Nach dem ersten großen Krieg waren sie so abgestoßen von allem, was sie von den Göttern und der Menschheit gesehen hatten, dass sie sich zurückgezogen haben und seitdem im Verborgenen leben.«

Bei dieser Nachricht stieß Jericho einen dreckigen Fluch aus. »Du willst mich hoffentlich auf den Arm nehmen!«

Jared schüttelte den Kopf. »Der Einzige, der sie finden oder auch nur identifizieren könnte, ist Jaden. Oder Noir und Azura selbst. Und wir können davon ausgehen, dass die beiden nicht möchten, dass diese Götter gefunden werden. Ich würde nicht darauf setzen, dass sie uns helfen.«

Jericho stieß einen bewegten Seufzer aus. »Also gibt es keine Möglichkeit, die beiden zu besiegen.«

»Sie sind Götter, Jericho. Du hast doch schon gegen sie gekämpft – wie viele Jahrhunderte habt ihr, du und die Götter des Olymps, es versucht? Einen Gott zu besiegen ist alles andere als leicht. Man kann ihn bestenfalls gefangen setzen, aber das muss man schlau und heimlich anstellen, und da die beiden längst gewarnt sind …«

»Was sollen wir jetzt also tun?«, fragte Madoc.

»Ihr werdet mit der Bedrohung durch die gallu umgehen müssen. Beschützt die Menschen und wartet, dass die Kräfte des Malachai reifen. Betet vor allem, dass er sich nicht mit Noir verbündet.« Jared schaute sich unter den versammelten Oneroi um. »Und haltet Noir und Azura aus unseren Träumen raus. Ich bin sicher, dass sie versuchen werden, mit Hilfe der gallu von dieser Seite her gegen uns vorzugehen. Zareks Plan ist der beste, den es im Augenblick gibt: Ihr müsst jeden olympischen Gott, der mit Noir und Azura verbündet ist, entweder für eure Seite zurückgewinnen oder ihn töten, ohne Rücksicht oder Gnade.«

Zeth runzelte die Stirn. »Aber du sagst nach wie vor, dass wir eigentlich gar nicht siegen können.«

»Doch, das können wir – irgendwann mal. Nicht mehr dieses Jahr und auch nicht diese Woche und ganz bestimmt nicht heute. Aber wenn wir die richtigen Leute zusammentrommeln und keinen Fehler machen, dann können wir sie besiegen und sie an einen Ort verbannen, von wo aus sie nie wieder in der Lage sind, anderen Schaden zuzufügen.«

Bei dieser düsteren Prophezeiung musste Delphine schlucken. »Und was ist, wenn wir einen Fehler machen?«

Madoc seufzte. »Dann wird es für die Menschen ganz schön beschissen.«

»Für uns wird es noch viel beschissener«, sagte Zeth mit Bestimmtheit.

Jared nickte.

»Ich kann kaum glauben, dass ich je so dumm gewesen bin, Noir zu vertrauen. Komm auf die dunkle Seite! Du kriegst auch einen Keks!«, knurrte Zeth vor sich hin.

Jericho gab ihm einen Klaps auf den Rücken. »Sei nicht so hart zu dir selbst. Es waren nicht die Kekse, die dich in Versuchung geführt haben.«

»Nein. Wenn man die absoluten Grundbedürfnisse nicht erfüllt bekommt, tut man irgendwann alles, damit es vielleicht doch noch was damit wird.«

Jericho begegnete dem Blick von Delphine. »Glaub mir, das weiß ich, ich hätte fast denselben Fehler gemacht wie du. Das Böse ist ungeheuer verführerisch. Deswegen sind die beiden ja auch so gefährlich.«

»Nein«, sagte Jared düster. »Es liegt an unserer Bereitschaft, ihre Lügen zu glauben und das zu sehen, was wir sehen wollen. Das macht die Sache so gefährlich. Selbst wenn wir es besser wissen, belügen wir uns – darin liegt der wirkliche Verrat.«

Zeth nickte. »Wie der große Dichter einst schrieb: ›Sei dir selber treu.‹«

Alle starrten ihn verblüfft an.

»Was denn?«, sagte er beleidigt. »Glaubt ihr etwa, ein Skotos könnte nicht auch belesen sein, oder was? Zufällig liebe ich Shakespeare. *Hamlet* ist eines meiner Lieblingsdramen.«

Jericho schnaubte. »Den würde ich nicht mal mit der Kneifzange anfassen.« Er schaute wieder zu Madoc. »Was habt ihr sonst noch an Änderungen beschlossen?«

Madoc wies auf sich und Zeth. »Wir wissen nicht, ob D'Alerian noch am Leben ist oder nicht. Ich werde weiterhin hoffen, aber bis wir Gewissheit haben, brauchen wir jemanden, der die Oneroi anführt und ihnen hilft, sich an all das zu gewöhnen, was mit ihnen vorgeht.« Seine Augen blickten traurig, und er zögerte einen Augenblick, ehe er weitersprach. »M'Ordant ist tot, und unsere Hierarchie liegt in Scherben. Sosehr es auch schmerzt das zuzugeben, ich glaube, Zeth hat recht, und es wäre hilfreich, ihn als Anführer zu akzeptieren. Er führt die Skoti jetzt schon eine ganze Zeit, und sie hören fast immer auf ihn.«

Zeth spottete. »Nur fürs Protokoll: Ich bin seine dritte Wahl hinter Solin und Xypher.«

Madoc starrte Zeth weiter an. »Alles in allem bist du wahrscheinlich ohnehin der Vernünftigere. Xypher ist mehr Dämon als Skotos, und Solin … der wäre bloß daran interessiert gewesen, unsere Frauen zu überwachen und ihnen zu ›helfen‹.«

Deimos lachte kurz und zustimmend. »Phobos und ich sind immer noch verantwortlich für die Dolophoni. Hier ändert sich nichts außer der Tatsache, dass wir den Oneroi jetzt mehr helfen werden, als wir das früher getan haben.«

Das klang in Jerichos Ohren alles sehr gut – abgesehen von einem winzigen Detail. »Habt ihr das mit Zeus besprochen?«

Madoc schüttelte den Kopf. »Noch nicht, aber ich glaube auch nicht, dass er was dagegen hat. Solange wir seine Träume schützen, müsste er eigentlich zufrieden sein.«

Zeth sah nicht gerade überzeugt aus. »Was ist, wenn er uns unsere Gefühle wieder nimmt?«

»Das wird er nicht tun«, sagte Jericho im Brustton der Überzeugung.

Doch Zeth war noch immer skeptisch. »Wie kannst du dir da so sicher sein?«

Jericho wollte ihnen nicht von seinem Handel mit dem Arschloch erzählen. Es brauchte niemand zu wissen, was für einen Abstieg er um ihrer aller willen hingenommen hatte. »Ich habe eine Sicherheitsmaßnahme eingebaut. Wenn er sein Wort zurücknimmt, dann wird es für ihn nicht gut ausgehen.«

Asmodeus runzelte die Stirn und schaute von einem zum anderen. »Wo habe ich als Dämon meinen Platz?«

Deimos legte ihm den Arm um die Schultern. »Du bist unser Berater. Du kennst unsere Feinde sehr gut, also werden wir dich löchern und uns jede Menge Ideen von dir holen.«

Asmodeus riss die Augen auf. »Ich sage euch alles, was ihr wissen wollt. Ihr braucht mich nicht zu foltern!«

Deimos schaute sich verwirrt um. »Hä?«

Delphine lachte und erklärte Asmodeus die Sache. »Das ist nur so eine Redensart. Das bedeutet, du sollst uns Dinge erzählen. Wir holen nicht wirklich was aus deinem Kopf heraus.«

Er stieß einen erleichterten Seufzer aus. »Dank sei der Ersten Macht! Ich kann es nicht leiden, wenn mir jemand den Schädel öffnet; das tut nämlich wirklich weh.«

Deimos verzog voller Mitgefühl das Gesicht. »Bin ich froh, dass ich kein Dämon bin!«

Asmodeus sah gleich wieder erwartungsvoll aus. »Wo wollen wir anfangen?«

Madoc warf Jericho und Deimos einen Blick zu. »Was Azura und Noir angeht: Wir müssen sie angreifen und schwächen. Wenn sie sich verteidigen müssen, können sie keine neuen Pläne schmieden. Je mehr wir unsere Oneroi einsetzen, um sie zu treffen, desto besser. Irgendwann müssen sie ja auch mal schlafen.«

»Ich kann gerne mithelfen«, bot Jared an. »Solange meine Herrin es mir gestattet.« Er warf Jericho einen Blick zu. »Du darfst übrigens auf keinen Fall zulassen, dass sie Jadens Amulett bekommen.«

»Warum?«

»Wenn man es einem Gott übers Herz hält, verliert er all seine göttlichen Kräfte.«

Jericho schnappte nach Luft, als ihm eine brillante Idee durch den Kopf schoss. »Könnten wir das nicht bei Noir einsetzen?«

»Ich bin ziemlich sicher, dass Jaden genau das vorhatte.«

»Warum hat er es dann noch nicht benutzt?«, fragte Zeth.

Jared schaute ihn ironisch an. »Hast du schon mal versucht, einem Gott, der dich hasst, etwas um den Hals zu hängen? Das ist nicht gerade leicht. Ich bin sicher, wenn es einfach wäre, dann hätte Jaden es schon längst gemacht.«

»Nun ja, das ist ein gutes Argument, aber ...«

»Wir brauchen dieses Amulett«, unterbrach ihn Jericho.

Jared nickte. »Aber wenn Zephyra erfährt, dass ihr es nicht habt, wird sie mich zurückbeordern.«

»Ja, vielleicht – vielleicht aber auch nicht. Wir könnten wieder mit ihr verhandeln.«

Jared schnaubte nur abschätzig. »Mit ihr zu verhandeln ist nicht gerade leicht. Meistens kommt dann Blut ins Spiel. Und zwar nicht mein Blut.«

»Delphine?«

Sie runzelte die Stirn, als eine Oneroi durch den Raum hinweg nach ihr rief.

»Kennst du sie?«, fragte Jericho.

»Nein, aber offenbar kennt sie mich.« Sie lächelte ihn an. »Ich bin gleich wieder da.«

Jericho sah schweren Herzens zu, wie sie auf die Frau zuging. Am meisten bereute er, dass er sie als Sklave des Zeus nie wiedersehen könnte.

Delphine wäre für ihn verloren.

Er wollte nicht daran denken und wandte sich wieder der Unterhaltung zu. Nein, er würde nicht bedauern, was er getan hatte. Er trauerte nur um die gemeinsame Zukunft, die sie nicht hätten.

Delphine folgte der Oneroi, die ihr bedeutete, sie solle ihr aus der Halle heraus folgen. Was mochte die Frau von ihr wollen? Und warum konnten sie sich nicht in der großen Halle in Gegenwart aller anderen unterhalten?

Neugierig ging sie auf die Traumgöttin zu, die endlich stehen geblieben war. »Brauchst du irgendwas?«

Die Frau war klein und zierlich, sie hatte pechschwarzes Haar und erinnerte Delphine an irgendjemanden, aber sie kam nicht drauf, an wen. Lächelnd wandte sie sich zu ihr um. »Ja, ich brauche etwas.«

»Was denn?«

Die Frau teilte sich plötzlich in drei identische Göttinnen auf. Ehe Delphine reagieren konnte, hatten die drei sie schon gefesselt.

»Ich brauche deinen Tod«, zischte die erste ihr zu, und damit schnitt sie Delphine die Kehle durch.

Kapitel 14

Jericho blieb vor den großen Fenstern stehen, durch die man auf den ruhigen Strand weit unten herabblickte. Es war schön hier, und er fragte sich, wie oft Delphine hier gestanden hatte und die Schönheit nicht hatte genießen können, weil Zeus ihr und den anderen Oneroi die Gefühle genommen hatte.

Jetzt hatte sie damit kein Problem mehr.

Madoc trat zu ihm. »Weißt du, ich habe so unglaublich lange getan, als hätte ich keine Gefühle, dass ich jetzt nicht weiß, wie ich sie zeigen kann. Am liebsten wäre ich noch immer völlig stoisch. Verrückt, oder?«

Jericho zuckte die Schultern. »Für mich ergibt das einen Sinn. Wenn man eine Lüge lange genug lebt, dann wird sie irgendwie wahr.« Nach den ganzen Jahrhunderten, die er als Stummer gelebt hatte, war es erstaunlich, wie leicht er sich wieder ans Sprechen gewöhnt hatte.

Er fragte sich, ob ein anderer als Delphine es geschafft hätte, dass er sich ihm oder ihr genauso geöffnet hätte.

Nein. Noch nie hatte jemand eine solche Wirkung auf ihn gehabt. Delphine war einzigartig, und ohne sie wäre er in alle Ewigkeit verloren gewesen.

Madoc trat näher zu ihm und sprach jetzt leiser. »Ich wollte vorhin vor den anderen nichts sagen, aber Zeth und ich haben noch mal über alles gesprochen. Wir möchten dir gern die Position als dritter Anführer der Oneroi anbieten, wir glauben, du wärst genau der Richtige dafür.«

Jericho runzelte die Stirn. »Ich bin doch gar kein Oneroi.«

»Nein, aber du bist ein Krieger mit viel Erfahrung außerhalb der Traumwelt. Wir brauchen jemanden, der uns neue Taktiken gegen die Dämonen beibringt.«

Das wäre wirklich schön gewesen! Aber sein Pakt mit Zeus würde ihm einen solchen Luxus nicht gestatten. »Tja, ich würde es gern machen, aber ich fürchte, ich kann nicht.«

»Wieso?«

Jericho warf einen Blick auf die Tür, durch die Delphine verschwunden war. »Meine Zeit hier läuft ab, und es gibt keine Möglichkeit, das zu ändern. Tut mir leid. Aber ich kenne jemanden, der diese Aufgabe ganz ausgezeichnet bewältigen würde. Eine Person, die ganze Bergketten versetzen kann mit nichts als der einfachen Kraft ihres sturen Willens.«

Madoc lächelte verständnisvoll. »Delphine?«

Ehe Jericho antworten konnte, sprang die Tür krachend auf, und er sah Delphine mit drei genau gleich aussehenden Frauen kämpfen. Sie waren ganz in Schwarz gekleidet und gingen mit Schwertern auf sie los, während sie sie umrundeten. Delphine blockte die Schwertstreiche mit ihrem Stab ab und drängte die Frauen mit einer Geschicklichkeit zurück, die die meisten Männer nicht besaßen.

Jericho erkannte die drei tödlichen Weiber auf der Stelle. Es hatte eine Zeit gegeben, in der sie alle drei seine Verbündeten gewesen waren, damals, auf den antiken Schlachtfeldern.

Die Phonoi.

Bei diesem Anblick überkam ihn wilder Zorn. Wie konnten sie es nur wagen, Delphine anzugreifen! Ohne nachzudenken, versetzte er sich hinter ihren Rücken, sodass er sie schützen konnte, während sie kämpfte. Aber im gleichen Augenblick verschwanden die Phonoi.

»Feiglinge!«, rief er. »Was denn! Habt ihr zu viel Angst, gegen jemanden zu kämpfen, der euch ordentlich in den Hintern treten wird?« Andererseits handelten sie immer so. Sie griffen niemals offen an, sondern kamen und gingen wie Gespenster. Sie erschienen mitten in der Dunkelheit, töteten und zogen sich wieder zurück.

Voller Angst drehte er sich nach Delphine um. Sie hatte seitlich am Hals eine böse Schnittwunde, und Jericho wurde noch zorniger.

»Was haben sie gemacht?«

Delphine verzog das Gesicht und befahl ihrem Stab, sich aufzulösen. »Sie wollten mir die Kehle durchschneiden. Aber wenn meine Kräfte nicht gebunden sind, bin ich alles andere als hilflos.«

Den Göttern sei Dank dafür. Er wollte Rache für diesen Angriff.

Sie zischte vor Schmerz, als sie die Wunde berührte. »Es tut weh.«

Jericho schaute an ihr vorbei zu Madoc, der neben sie getreten war. »Madoc, kannst du sie heilen?«

Der Oneroi verschwendete keine Zeit. Er legte die Hand auf die Wunde und verschloss sie, aber er sah genauso besorgt aus wie Jericho. »Was glaubst du, wer hat die Phonoi geschickt?«

Delphine wischte sich mit der Hand das Blut von Hals und Kleidung. »Viel wichtiger ist doch die Frage: Warum hat sie überhaupt jemand geschickt?«

Jericho starrte sie an. »Wen hast du so dermaßen wütend gemacht?«

»Nur dich und Noir. Bei allen anderen halte ich mich eigentlich zurück, um genau so etwas zu vermeiden.«

»Offenbar hast du mit irgendeiner Sache jemanden so richtig stinkig gemacht.« Die Phonoi dienten nur einer Handvoll

Götter. Er wollte unbedingt herausfinden, wer hinter dieser Sache steckte.

Jericho beschwor Jared herauf. Der Sephiroth erschien augenblicklich, aber er hatte eine Spur Blut in den Mundwinkeln und wischte sie mit den Fingerknöcheln ab. Ob es sein Blut war oder das von jemand anderem, dazu sagte er nichts.

»Braucht ihr irgendetwas von mir?«, fragte er.

Jericho nickte. »Ich beziehe zwar meine Kräfte von der Ersten Macht, aber ich weiß, dass du einen besseren Draht zu ihr hast. Du musst ihr lauschen und mir sagen, wer die Phonoi auf Delphine angesetzt hat.«

»Und dieses Wissen wird dir weiterhelfen?«

Jericho schaute Delphine an. »Ein klares Ja.«

Jared streckte die Arme steif vom Körper weg und spreizte die Hände, als würde er sich mit etwas verbinden, das kein anderer sehen oder hören konnte. Seine Augen weiteten sich und wurden erst ganz schwarz und dann knallrot, sogar die Pupillen. Er wurde so blass, dass er aussah, als wäre er tot. Die Adern auf seiner Stirn traten hervor, als er in der Sprache der ältesten Götter flüsterte.

Dann veränderte sich seine Stimme und wurde die der Ersten Macht. Es war ein sanftes Flüstern, weder eine Männer- noch eine Frauenstimme; sie sprach eine Sprache, die sie alle verstehen konnten.

»Ihr habt uns aus unserem Schlaf gerissen. Sagt uns, was ihr wollt.«

Jericho verschränkte die Arme vor der Brust. »Wir suchen den Namen des Gottes, der die Phonoi unter Kontrolle hat.«

»Du kennst die Antwort, Cratus. Mit etwas so Trivialem brauchst du uns nicht zu belästigen.«

»Ich habe einen Verdacht, aber ich muss wissen, ob er wahr ist.«

»Zeus.« Der Name klang in der Halle wider.

Jericho knurrte tief in seiner Kehle, und Wut packte ihn. »Wieso?«

Eine einzelne Träne aus Blut lief Jared über die bleiche Wange. »Sie ist die Einzige, die ihn zerstören kann. Sie hat einen Menschen zum Vater und ist aus dem Leib einer Göttin geboren. Deshalb bist du vor langen Jahrhunderten ausgesandt worden, um sie zu töten. Deshalb hat ihre Mutter so sehr gekämpft, um sie zu schützen.«

Delphine erstarrte und versuchte zu verstehen, was die Gottheit ihnen sagte. »Meine Mutter war eine Menschenfrau.«

»Nein«, flüsterte die Erste Macht. »Madoc war dabei, in der Nacht, als sie dich töten wollten. Er hat zusammen mit deiner Mutter um dich gekämpft.«

»Ich habe an Letas Seite gekämpft, aber Jericho war nicht da«, sagte Madoc.

»Man hatte dich schon in Gewahrsam genommen, als er zu Dolor in die kleine Hütte kam. Obwohl du ihn nicht gesehen hast, war er da; er hat das Leben dieses einen Kindes gerettet, das Zeus mehr als alle anderen tot sehen wollte.«

»Das verstehe ich nicht …« Madoc schwieg. »Nein, Zeus hat uns wegen eines Traumes bestraft, den er hatte.«

»Du hast die Wahrheit schon damals gekannt, und du kennst sie auch heute. Niemals ist ein Oneroi vorgetreten und hat sich schuldig bekannt, Zeus diesen bösen Traum geschickt zu haben. Ihr habt schon damals den Verdacht gehabt, aber ihr habt nie gewagt, ihn laut auszusprechen, aus Furcht vor allem, was Zeus euch noch antun könnte. Hätte irgendein Oneroi gewagt, ihn zu demütigen, dann hätte Zeus diesen einen Oneroi in der Luft zerrissen und seine Überreste überall verstreut, als Warnung für alle anderen.«

Madoc fluchte. »Er hat recht. Ich habe mich immer schon

gefragt, warum Zeus nicht in der Lage gewesen ist herauszufinden, wer der Verantwortliche war. Warum uns nicht mehr gestattet wurde, dass wir uns vereinigen …«

Jared schaute Delphine an. »Eine Prophezeiung hat nur so viel Macht wie diejenigen, die an sie glauben. Jetzt wo ihr die Wahrheit kennt, seid ihr selbst es, die über sie herrschen könnt.« Jared zischte, während seine Augen und seine Haut wieder in ihren normalen Zustand zurückkehrten.

Er hatte seine Verbindung mit der Ersten Macht unterbrochen.

Delphine hatte sich noch immer nicht geregt und versuchte, das alles zu begreifen. »Meine Mutter war gar nicht meine Mutter?« Sie schaute Madoc an. »Warum hast du mir das nie gesagt?«

»Ich habe es nicht gewusst. Ich wusste, dass du Leta sehr ähnlich siehst, aber ich hätte mir in meinen kühnsten Halluzinationen nicht vorzustellen gewagt, dass du ihre Tochter sein könntest, die ja angeblich tot war. Den Göttern sei Dank, dass ich Zeus nie von dir erzählt habe.«

In der Tat. Und Dank den Göttern, dass Delphine es immer vermieden hatte, viel unter Leute zu gehen. Wenn jemand je etwas vermutet hätte …

Aber sie fragte sich auch, wer die Frau war, die sie zur Welt gebracht hatte. Die Frau, der sie später nie wieder begegnet war. »Lebt meine Mutter noch?«

»Ja. Sie und ihr Mann leben in der Sphäre der Menschen.«

Delphine stieß einen freudigen und zugleich traurigen Laut aus, und Tränen traten ihr in die Augen. Ihre Mutter lebte noch!

Sie drehte sich um und schaute Jericho an.

Aber er war nicht mehr da.

»Jericho?« Sie runzelte die Stirn und schaute sich um, aber er war nirgendwo zu sehen.

Madoc machte ein finsteres Gesicht und blickte ebenfalls um sich. »Er stand doch gerade noch genau hier!«

Gleichzeitig hatten sie alle denselben Gedanken.

»Zeus!«

Jericho hatte sich aufgemacht zum Vater der Götter …

Kapitel 15

Zeus lachte gerade über Hermes, als er die Niedertracht spürte, so stark, dass sie regelrecht zu greifen war und ihn durchschnitt wie ein spitzes Messer.

Er schaute sich in der großen Halle um und versuchte herauszufinden, welcher Gott oder welche Göttin es wagen würde, ihm gegenüber eine derartige Niedertracht zu empfinden. Aber ihm fiel nichts auf. Niemand schien ihn auch nur zu beachten.

Hatte er etwa Halluzinationen?

»Stimmt irgendwas nicht?«, fragte Hera von ihrem Thron auf seiner rechten Seite.

»Spürst du das nicht?«

»Was soll ich spüren?«

Ehe Zeus antworten konnte, wurde die Tür zum Tempel mit Schwung geöffnet. Jericho stand in voller Kampfausrüstung da und stieß die Türflügel weit auf, sodass sie gegen die Wände krachten. Der lange schwarze Mantel schmiegte sich an seinen Körper und betonte jeden Muskel. Dieser Körper war wie geschaffen und trainiert zum Töten. Von seinen Schultern ragten scharfe Spitzen auf und bogen sich leicht zu seinem Gesicht hin, das sie einfassten wie ein tödlicher Rahmen.

Seine Schwingen waren ausgebreitet, und sein langes weißes Haar fiel ihm über die Schultern und den Rücken hinunter. An seinen Händen waren scharfe metallische Klauen, die an der goldenen Tür kratzten wie Nägel auf einer Tafel.

Seine schwarzen, mit Silber bespickten Stiefel schlugen ein bösartiges Stakkato auf den Marmorboden, als er, höllischen Zorn und erbarmungslose Rache in die erschreckend perfekten Gesichtszüge geschrieben, auf sie zukam.

Niemand regte sich.

Niemand wagte es. Nur Zeus wusste, wer sein Ziel war. Alle anderen hielten ängstlich den Atem an, aus Furcht, dass Cratus sie anrufen würde und sie ihm gegenübertreten müssten.

Zweifellos erinnerten sie sich alle an das letzte Mal, als er so kühn in diese Halle getreten war.

Aber heute war es anders …

»Ares«, blaffte Zeus seinen Sohn an, den Gott des Krieges. »Beschütze deinen Vater! Schalte diesen wild gewordenen Hund aus, jetzt sofort!«

Ares kleidete sich in seine Rüstung und verstellte Jericho den Weg. Ohne zu zögern, beschwor Jericho Schild und Schwert herauf und stürzte sich auf ihn. Ihre Schilde prallten laut aneinander, als Jericho Ares mit seinem zurückdrängte.

Ares stemmte sich in den Boden und lehnte sich mit seinem ganzen Gewicht gegen den Schild, aber es reichte nicht, um Jericho aufzuhalten. Er war wie eine Dampfwalze, die auf ihr Ziel zurollte.

Auf Zeus.

»Dein Blut kann mich nicht zufriedenstellen, Ares. Geh mir aus dem Weg, sonst bekommst du einen Zorn zu spüren, wie du ihn dir nicht vorstellen kannst.«

Ares stach über den Rand seines Schildes hinweg zu.

Knurrend hob Jericho seinen Schild, um den Stoß abzulenken, dann stach er seinerseits zu. Sein Kurzschwert wand sich um den Schild seines Gegners herum und brachte Ares eine Wunde am Oberarm bei.

Jetzt war Jericho das Hindernis leid, er warf seinen Schild

beiseite und ging mit dem Schwert auf Ares' Schild los. Schneller als der Gott sie parieren konnte, ließ er einen Schlag nach dem anderen auf den goldenen Schild hinabregnen und hämmerte schnell und voller Zorn auf ihn ein, bis er um den Arm des Ares geschmiedet war. Der Gott schrie auf, als das Gold ihm ins Fleisch schnitt.

Dann versetzte Jericho ihm einen Fußtritt, sodass er der Länge nach zu Boden stürzte.

Er benutzte seine Kräfte dazu, Ares das Schwert aus der Hand zu reißen und packte es mit seiner linken Klaue.

Er kreuzte die beiden Schwerter in einem Bogen, dann ließ er sie an seiner Seite ruhen, wandte sich um und blickte die versammelten Göttinnen und Götter an. »Will vielleicht sonst noch jemand sein Blut für diesen Mistkerl opfern?«

Zeus schleuderte einen Blitz nach ihm.

Jericho fing ihn mit seinem Schwert ab. »Ich werde mich dir nicht länger unterwerfen.«

Der nächste Blitz zuckte auf ihn zu. Diesmal ließ Jericho Ares' Schwert fallen und fing den Blitz mit der Hand ab. Er knisterte gegen seine silbernen Klauen, summte und zuckte, aber durch seine Rüstung hindurch konnte der Blitz ihm nichts anhaben. »Du hast mich niemals besiegt. Ich habe mich dir unterworfen, aber das werde ich nie wieder tun.«

Zeus holte einen neuen Blitz hervor. »Du hast das Herz eines Menschen. Man kann dich sehr wohl töten!«

Jericho warf den Blitz zurück auf Zeus, der gerade noch ausweichen konnte. »Dann töte mich doch. Wenn du oder einer der Idioten, die dir blindlings folgen, tatsächlich glauben, sie könnten es. Versuch's doch mal! Ich bin genau in der richtigen Stimmung zum Abschlachten. Und für Mord und Totschlag auch.«

Zeus riss die Augen auf, als er begriff, was Jericho meinte und warum er so zornig war.

Athene, Apollo, Dionysos und ein paar andere Götter erhoben sich, als wollten sie auf der Seite von Zeus in den Kampf eingreifen.

Aber ehe sie das konnten, spürte Jericho eine durchdringende Macht hinter sich. In Erwartung eines Angriffs drehte er sich um, er war zum Kampf bereit.

Dann blieb er wie angewurzelt stehen.

Hinter ihm stand Delphine, und an ihrer Seite waren Madoc, Zeth, Zarek, Astrid, Jared, Deimos, Phobos, Asmodeus und zwei Dutzend Oneroi. Sie sahen aus, als wären sie zu allem bereit und würden auf der Stelle losschlagen, um ihn zu verteidigen.

Er konnte es kaum fassen.

Die anderen Götter wichen sofort zurück.

Delphine und ihre Gruppe traten näher, bis sie Jericho schützend umgaben, sie zwinkerte ihm verschmitzt zu. »Du hast doch wohl nicht ernsthaft gedacht, du müsstest das hier ganz allein durchziehen, oder?«

»Doch, das habe ich.« Jericho war noch immer völlig verblüfft von dieser unerwarteten Unterstützung. In seinen wildesten Träumen hatte er so etwas nicht kommen sehen.

Niemals würde er darum gebeten oder es auch nur erwartet haben.

Madoc schnaubte. »Wir leben in einem neuen Zeitalter, Bruder. Wir, die Geknechteten, holen uns die Macht zurück.« Er schaute Zeus mit einem tödlichen Knurren an. »Wir werden nie wieder Werkzeuge für dich oder sonst jemanden sein. Du kannst dich als abgesetzt betrachten.«

Zeus knurrte tief grollend in der Kehle und schaute sie alle nacheinander an. »Wie könnt ihr es wagen! Glaubt ihr tatsächlich, so eine armselige Vorstellung würde mich einschüchtern?«

Zeth knurrte. »Wir haben dich immerhin genug eingeschüchtert, dass du unsere Töchter hast abschlachten lassen. Was für ein Gott fürchtet sich denn vor einem Kind!«

Die Olympier flüsterten miteinander.

»Das stimmt«, sagte Jared. »Er hat den Tod von Delphine zwei Mal angeordnet – und doch lebt sie noch immer.«

Zeus lächelte Jericho spöttisch an. »Du hast es selbst gesagt: Du gehörst mir. Du hast geschworen, wenn ich den Oneroi ihre Gefühle zurückgebe, würdest du dich für alle Zeit in meine Dienste stellen.«

Jericho zuckte die Schultern. »Ja, das habe ich gesagt. Du hättest mich einen Eid schwören lassen sollen, den man nicht brechen kann, beim Leben meiner Mutter!«

Zeus polterte wütend herum. »Du darfst dein Wort nicht brechen!«

»Das hätte ich auch nie getan, wenn du nicht den einzigen Grund angegriffen hättest, aus dem ich diesen Pakt überhaupt geschlossen habe.« Jericho zog die Klauen seiner linken Hand ein und nahm Delphine bei der Hand. »Hättest du mich nicht angelogen und sie nicht verfolgt, dann hätte ich dich in Ruhe gelassen und meinen Schwur gehalten. Aber ich werde niemandem dienen, der versucht, die einzige Person zu töten, die mir je etwas bedeutet hat. Ich werde mein Leben nicht an deines binden und Delphine verwundbar zurücklassen, damit du und deine Leute sie angreifen können.«

Delphines Griff um seine Hand wurde fester.

Ares rappelte sich vom Boden hoch. Sein Schild war verschwunden, und er hielt den gebrochenen Arm an die Brust gedrückt. »Wir können gegen sie kämpfen, Vater.«

»Kämpfen könnt ihr«, machte Jericho sich über sie lustig, »aber gewinnen werdet ihr niemals.«

»Vater?«, fragte Ares unsicher.

Zeus starrte Jericho an. »Ich werde nicht dein Gefangener sein.«

»Das musst du auch nicht.« Madoc baute sich vor Zeus auf. »Wir haben es weder auf deine Stellung noch auf deine Autorität abgesehen. Die Götter wissen, dass wir auf keinen Fall etwas mit dem ganzen erbärmlichen, armseligen Mist, mit dem ihr euch tagtäglich beschäftigt, zu tun haben wollen.«

Deimos gab einen Grunzlaut von sich. »Ich weiß nicht. Ich fand es schon ganz witzig, als Dionysos vor ein paar Jahren am Mardi Gras einen Dark Hunter mit einem Festwagen umgefahren hat. Da habe ich tagelang gelacht.« Und er lachte wieder wie ein Bösewicht aus einem Comic.

Jericho verdrehte die Augen. Sein alter Freund lag manchmal ein bisschen daneben, das war schon immer so gewesen. Deshalb waren sie früher auch so gut miteinander ausgekommen.

Eros und Psyche standen von ihrem Tisch zu Jerichos Linken auf. Eros hatte weiße Schwingen und blondes Haar, er war der Inbegriff der Schönheit. Er trug eine schwarze Lederhose, ein schwarzes Hemd und Stiefel wie ein menschlicher Biker. Psyches rotes Haar war zurückgebunden, sie war gekleidet wie eine Biker-Braut und schob ihre Hand in die von Eros.

Jericho spannte sich an, als die beiden zu ihm und seiner Gruppe herüberkamen.

Aber er staunte nicht schlecht, als Eros ihm freundschaftlich die Hand entgegenstreckte. »Wir sind hier nicht alle Arschlöcher. Und ich glaube, im Moment haben wir ganz andere Sorgen als Zeus, wenn man an Noir und seine Leute denkt. Betrachtet uns als eure Verbündeten.«

Zeus heulte vor lauter Wut auf.

»Nun krieg mal keinen Anfall, mein Alter«, sagte Madoc höhnisch. »Ich schlage einen Waffenstillstand vor. Du und dein Hofstaat bleibt, wie ihr seid, schmiedet Ränke und Rachepläne gegeneinander, und uns lasst ihr in Ruhe, sodass wir uns um unsere eigenen Angelegenheiten kümmern können.«

Zeus war verblüfft. »Du willst diese Götterwelt spalten?«

Madoc schüttelte verneinend den Kopf. »Das hast du längst selbst erledigt. Wir sind nicht länger deine Schoßhündchen und leben auch nicht mehr in Angst, dass wir dich irgendwie verärgern könnten. Wir haben wesentlich wichtigere Dinge, auf die wir uns konzentrieren müssen, als deine armseligen Spielchen und Intrigen.« Er schaute Jericho an. »Mit einem Titanen an unserer Seite haben wir jetzt ausreichend Macht, um dir zu sagen, du kannst dir deine Gunst dorthin stecken, wo selbst Helios nicht hinscheint.«

Zeth hob den Kopf und wandte sich an die umstehenden Götter. »Jeder von euch, der gegen Noir und Azura kämpfen will, ist uns willkommen. Die anderen können ihren Kram weitermachen wie üblich.«

Athene und Hades traten vor. Wie immer trug die groß gewachsene Athene ein fließendes rotes Kleid zu ihrem schwarzen Haar. Sie war die Göttin des Krieges und der Weisheit und hielt sich mit den fließenden Bewegungen einer Grazie.

Hades dagegen war dunkel und finster. Er war der Gott der Unterwelt und hatte nur Geduld für seine Frau, die heute auffallend abwesend war. »Wir machen bei euch mit.«

Zeus stieß einen Laut des Missfallens aus. »Hast du völlig den Verstand verloren, Hades?«

»Nein. Viel eher habe ich meine Seele gefunden. Noir und Azura haben uns den Krieg erklärt. Das Mindeste, was wir da tun können, ist, ihnen Widerstand zu leisten, den sie nicht so schnell vergessen werden … Bruder.«

»Willkommen in unseren Reihen.« Madoc wandte sich an Zeus. »Wir werden dich in Frieden lassen, und du wirst das Gleiche mit uns tun.«

»Jawohl!«, rief Asmodeus mit stolzgeschwellter Brust.

Zarek lehnte sich vor und flüsterte: »Das solltest du vielleicht lieber nicht tun, mein Großer. Der wütende Mann dort auf dem Thron hat nicht besonders viel Sinn für Humor.«

»Oh.« Asmodeus schob sich hinter Jared.

Zarek lachte, bis er merkte, dass die anderen ihn anschauten. Sofort war er wieder ernüchtert und schaltete um auf seinen Eiskalter-Killer-Modus.

»Sind wir uns einig?«, fragte Jericho.

Zeus starrte sie an, aber er wusste, dass er kein besseres Angebot bekommen würde. Für alles andere müsste er Krieg führen, einen Krieg, den er möglicherweise verlieren würde. »Ja, einverstanden.«

Hätte er das mit noch weniger Begeisterung sagen können? Aber Hauptsache, er hatte es gesagt.

Madoc nickte Zeus und den anderen Göttern zu, ehe er sich umdrehte und die Gruppe aus dem Tempel führte.

Jericho ließ Delphine los und nahm seinen Schild auf, der zu Füßen der Artemis gelandet war.

Sie stand da, schlank und elegant, mit bebendem rotem Haar, und sah zu Delphine hinüber, die auf ihn wartete. »Wenn du sie wirklich liebst, Cratus, dann sag ihr das jeden Tag. Stell sie immer über dich und deine Wünsche, genau wie du es heute getan hast. Lass dir das von jemandem gesagt sein, der sich auskennt. Verlorene Liebe ist nur schwer zu ertragen, und sie gehört zu dem, was man nie vergessen kann.« Mit diesen Worten ließ sie einen Bogen und einen Köcher voller Pfeile erscheinen, die er ihr vor vielen Jahrhunderten überreicht hatte. »Das ist mein Geschenk für dich. Du wirst stets dein Ziel treffen, und dein Köcher wird niemals leer sein, solange du diese Waffen trägst.«

»Danke sehr.«

Sie nickte ihm zu und trat zurück.

Jericho kehrte an Delphines Seite zurück und folgte den anderen zur Verschwindenden Insel.

Sobald sie sich wieder materialisiert hatten, drängte Delphine ihn in die Ecke. »Wolltest du wirklich deine Freiheit für mich aufgeben?«

Er schaute verlegen zur Seite.

»Jericho.« Sie packte sein Kinn und drehte sein Gesicht zu sich. »Warum wolltest du das tun?«

Diese Frage verunsicherte ihn. Er mochte es gar nicht, wenn man ihn befragte, und erst recht nicht in einer so persönlichen Angelegenheit. »Was glaubst du wohl?«

Sie starrte ihn an. »Weil ich eine herrschsüchtige Hexe bin und du dich lieber von einem Mann versklaven lässt, als dich mit mir zu befassen.«

Das machte ihn nur noch wütender. »Du weißt genau …« Er brach ab, als er merkte, dass sie ihn nur ärgern wollte. »Das ist überhaupt nicht lustig.«

»Ich glaube, ich bin hysterisch, und ich will von dir wissen, warum du dich auf einen solchen Handel eingelassen hast.«

Jericho wollte gehen, aber sie ließ ihn nicht. *Sie musste es unbedingt hören!*

Ihre sanften Hände umfassten seinen Kopf. »Komm schon, Süßer, sprich es aus.« Sie bewegte spielerisch seinen Mund. »Du gehst mir nicht auf den Wecker, Delphine«, sagte sie mit verstellter tiefer Stimme. »Ich … dich. Komm schon, Jericho. Beißen tu ich nur im Schlafzimmer. Du schaffst das! Ich weiß, dass du in Wirklichkeit gar nicht taub bist.«

Warum musste er es dann aussprechen? War es nicht ganz offensichtlich? Was musste er denn noch tun, um ihr zu zeigen, wie viel sie ihm bedeutete?

Aber er wusste, dass sie ihm keine Ruhe lassen würde.

Nicht bis er das in Worte fasste, was sie hören wollte.

»Weil ich dich liebe – Hexe hin oder her.«

»Hexe!« Sie griff ihn spielerisch an, aber statt ihm wehzutun, kitzelte sie ihn.

Jericho lachte. Er war überrascht, dass sie so neckisch war. Noch nie war jemand so ungezwungen mit ihm umgegangen. Er drückte sie an sich und küsste sie innig. »Danke, dass du gekommen bist und mir den Rücken gestärkt hast.«

»Nein«, sagte sie, plötzlich wieder ernst, »ich danke dir, dass du mich verteidigt hast.« Sie piekste ihm in die Brust. »Aber das tust du bitte *nie wieder*! Ich will nicht, dass du dich meinetwegen in Gefahr bringst.«

»Warum?«

Sie schaute ihn an, und Ehrlichkeit stand in ihren hellbraunen Augen. »Weil ich dich auch liebe, ich könnte es nicht ertragen, wenn ich schuld daran wäre, dass du verletzt oder gar getötet würdest.«

Er legte ihr die Hand auf den Mund. »Mach dir keine Sorgen. Ich werde dich nie verlassen. Ohne mich gerätst du ja dauernd in Schwierigkeiten.«

Sie knurrte ihn an. »Also bitte! Ich bin noch nie in Schwierigkeiten gewesen, bevor ich dir begegnet bin.«

»So, so.«

»Ähm, Leute«, sagte Phobos und streckte den Kopf durch die Tür. »Es tut mir leid, dass ich euch unterbrechen muss, was immer ihr Merkwürdiges tut, aber wir haben hier ein Problem, das ihr euch vielleicht mal ansehen solltet.«

Jericho runzelte die Stirn und ging voran. Im Zimmer stand eine neue Gruppe von Skoti.

Er war verblüfft, dass sie hier waren, und schaute Madoc an, damit er ihm die Situation erklärte. »Was ist denn hier los?«

Madoc hob in einer abwehrenden Geste die Hände und zuckte die Schultern. »Wir wissen es nicht genau. Sie sind einfach so hier aufgetaucht.«

Sie wurden durch einen weiteren Lichtblitz aufgeschreckt, und Nike erschien inmitten der Skoti. Sie stand unbeholfen mit dem Rücken zu Jericho, und ihre Flügel hingen schlaff herab.

Jericho trat einen Schritt auf sie zu und erstarrte, als sie sich umdrehte und er ihrem Blick begegnete.

Nike war gallu!

Madoc und Phobos fluchten und ließen auf der Stelle ihre Schwerter erscheinen, um sie anzugreifen.

»Nein!«, knurrte Jericho und schob die beiden weg. »Sie ist meine Schwester!«

Madoc schaute ihn an, als hätte er nicht mehr alle Tassen im Schrank. »Sie ist infiziert und wird uns alle umbringen!«

»Das ist mir egal.« Sie war noch immer seine Schwester. Jericho legte seine Rüstung an, ehe er sich ihr näherte.

Knurrend kam sie auf ihn zu wie ein wildes Tier, schlug nach ihm und versuchte, ihn zu beißen. Ihre Schwingen flatterten, aber er schaffte es, sie von hinten zu packen und sie festzuhalten, obwohl die Schwingen ihn trafen. Nike schrie und trat und versuchte, ihm einen Kopfstoß zu versetzen.

Obwohl er bewaffnet war, spürte er ihre Tritte am Schienbein.

»Ich brauche einen Käfig«, knurrte er.

Delphine ließ einen Käfig von der Größe eines Kleiderschranks erscheinen, groß genug, dass sie Nike darin festhalten konnten, bis sie eine Möglichkeit gefunden hatten, ihr zu helfen. »Hier.«

Jericho stieß seine Schwester hinein und zuckte zusammen, als er ihre weißen Augen und ihre gezackten Zähne sah. Kleine Schaumbläschen bildeten sich vor ihrem Mund, als sie durch die Stäbe griff und versuchte, einen der Anwesenden zu packen.

Eros und Zarek wechselten einen besorgten Blick, dann schauten sie zu den Skoti hinüber.

Eros kratzte sich am Kinn. »Ich finde, die sollten wir auch einsperren, ehe sie durchdrehen.«

Einer der jüngeren Skoti erhob sich. »Wir sind infiziert, aber bei uns geht das alles viel langsamer.«

Jericho schaute ihn finster an. »Wieso?«

»Sie testen ein neues Gift an uns, um zu sehen, ob sie uns im Kampf infizieren können, ohne dass ihr es merkt. Dann würden wir unseresgleichen anstecken, sobald wir wieder zu Hause sind.«

Wie hinterlistig! Außerdem würde es dazu führen, dass zwischen den Skoti Misstrauen gesät wurde, sobald sie vom Kampf zurückkehrten.

Zarek fluchte. »Was können wir dagegen unternehmen?«

»Man muss denjenigen töten, der sie infiziert hat.«

Sie wandten sich zu Jared, der vollkommen ausdruckslos gesprochen hatte.

»Wie bitte?«, fragte Madoc ungläubig.

»Das hat Zephyra herausgefunden«, erklärte Jared. »Wenn man den gallu tötet, der den Zombie hervorgebracht hat, dann wird er wieder normal.«

»So was Bescheuertes! Wer hat sich denn so was ausgedacht?«, sprudelte Eros hervor.

»Das war die ägyptische Göttin Ma'at. Vor vielen Jahrhunderten haben die gallu ihr Reich erobert, und sie hat sie modifiziert, damit ihr Volk im Krieg eine Chance hatte.«

Madoc schüttelte angewidert den Kopf. »Na super, wirklich ganz toll.«

»Ja«, stimmte Eros zu. »Übrigens sollte keiner von euch Ma'at sagen, dass ich ihren Einfall bescheuert genannt habe. Sie wird nämlich verdammt schnell sauer, und eins auf die Mütze kann ich wirklich nicht gebrauchen.«

Jericho ignorierte Eros' Paranoia. »Wie kriegen wir raus, wer Nike infiziert hat?«

Zarek zuckte die Schultern. »Bringen wir sie doch einfach alle um, dann kann Hades es rauskriegen.«

Hades verschränkte die Arme vor der Brust und schaute ihn ohne einen Funken Humor an. »Nur fürs Protokoll: Ich putze euch Dreckskerlen nicht hinterher. Und ein gallu kommt nicht mal auch nur in die Nähe meines Reichs. Das hat mir gerade noch gefehlt: eine ganze Sphäre mit infizierten Toten! Das hört sich ja an wie ein Horrorfilm von Cesar Romero.«

Eros hob die Hand. »Ähm, Hades, der Regisseur heißt George Romero. Cesar Romero hat den Joker in der Fernsehserie *Batman* gespielt.«

Hades starrte ihn desinteressiert an. »Seh ich etwa so aus, als würde mich das interessieren? Wieso weißt du das eigentlich?«

»Psyche und ich gehen manchmal mit Acheron ins Kino. Er steht auf Zombie-Filme.«

Asmodeus kümmerte sich nicht um ihre Frotzeleien und trat unbeholfen vor. »Ich werde rausfinden, wer sie infiziert hat.«

Jericho runzelte bei diesem Angebot die Stirn. »Was?«

»Ich kann nach Azmodea, ohne dass ich Verdacht errege. Hoffentlich finde ich den gallu und kann ihn umbringen.«

Delphine schüttelte den Kopf. »Asmodeus …«

»Das ist schon in Ordnung«, unterbrach der Dämon sie. »Ich weiß, es klingt unglaublich schmalzig, aber ihr habt mir das Gefühl vermittelt, als wäre ich jetzt Teil eines Teams. So was habe ich noch nie erlebt. Ich will auch meinen Teil beitragen. Wenn einer von euch da reingeht, bringt Noir ihn um. Aber mich … wird er höchstens foltern. Er wird mich schlagen und demütigen. Vielleicht auch übel beleidigen und ausweiden. Aber ich bin eure einzige Hoffnung.«

Delphine warf Jericho einen besorgten Blick zu, dann schaute sie wieder zu Asmodeus. »Wir können dich nicht allein dorthin lassen.«

»Ach, das ist schon in Ordnung. Noir hasst mich ohnehin.«

»Aber wenn er Verdacht schöpft, bringt er dich um.«

Der Dämon zuckte die Schultern. »Wer will denn schon ewig leben. Nun ja, nur dass ihr Bescheid wisst, das will ich eigentlich schon, aber ich will das hier eben auch für euch tun.«

Jericho hielt ihn auf, ehe er sie verlassen konnte. Er nahm seinen Ring vom Finger und reichte ihn Asmodeus. »Nimm den hier mit.«

Asmodeus verzog den Mund und fuhr entsetzt vor dem Ring zurück. »Ich werde dich ganz bestimmt nicht heiraten, du alter Sack. Nimm's mir nicht übel, aber du bist nicht mein Typ. Ich bevorzuge Dates mit Leuten, die weniger stark behaart sind … und die von der Natur mit weiblichen Organen ausgestattet wurden.«

Jericho ließ ein verärgertes Knurren hören. »Das ist doch kein Ehering, du Arsch. Es ist der Ring von Berith. Wenn du in Schwierigkeiten gerätst, kannst du ihn heraufbeschwören. Er wird dir zu Hilfe kommen und dich rausholen.«

Das änderte seine Haltung augenblicklich. »Oh, tja, da könnte sich eine Verlobung mit dir ja durchaus lohnen.« Asmodeus grinste und nahm den Ring entgegen. »Wenn ich in ein paar Stunden nicht zurück bin … tja, darüber möchte ich lieber nicht nachdenken, sonst überlege ich es mir womöglich noch mal anders. Ich denke jetzt nur noch an schöne Dinge. An Mus aus Hundeinnereien und an ein vergammeltes Steak. Ja, lecker.« Damit verschwand er.

Delphine hakte sich bei Jericho unter und tat ihr Bestes, nicht an das Bild zu denken, das Asmodeus bei seinem Abschied heraufbeschworen hatte, und auch nicht daran, dass das für ihn möglicherweise Haute Cuisine sein könnte. Sie wusste nicht warum, aber sie hatte den Dämon auf eine merkwürdige Art gern. Er war für sie wie ein sozial unterentwickelter unehelicher Cousin … »Glaubst du, er kommt da heil wieder zurück?«

»Er ist hier nicht derjenige, um den wir uns Sorgen machen sollten.«

Sie wandten sich alle zu Hades. »Was soll das heißen?«

»Ihr seid noch nicht fertig mit Zeus, da bin ich mir sicher. Heute wird er euch nicht mehr angreifen, aber ihr habt ihn in aller Öffentlichkeit gedemütigt, und wenn ich eines über meinen Bruder weiß, dann das: Öffentliche Demütigung verträgt er gar nicht gut.«

»In Ordnung«, sagte Madoc. »Wir werden unsere Stellung hier verteidigen.«

»Uns solltet ihr lieber in einen Käfig stecken«, sagte ein anderer Skoti. »Wir haben für Noir schon genug Schaden angerichtet, wir wollen, dass das ein Ende hat.«

Jared und Madoc sperrten sie ein, während Delphine über alles nachdachte, was gerade geschah. Sie hätte sich gewünscht, dass alles langsamer vonstattenginge, aber das hatte sie natürlich nicht in der Hand.

Die Lage wurde mit jeder Minute unheimlicher.

»Die Sache mit Nike tut mir wahnsinnig leid.«

Jericho starrte sie traurig an. »Mir auch. Verdammt, ich hätte mich nicht ablenken lassen dürfen, ich hätte in Azmodea bleiben und sie finden müssen.«

»Du bist nicht dafür verantwortlich.«

»Wen soll ich denn sonst dafür verantwortlich machen? Ich habe sie dort zurückgelassen.«

»Weil du dir Sorgen um mich gemacht hast«, flüsterte Delphine. »Wenn ich nicht dort gewesen wäre, wärst du auch nicht abgelenkt worden.«

Er zog sie an sich. »Das ist auf keinen Fall deine Schuld, Süße. Ich habe diese Entscheidung getroffen und Nike im Stich gelassen. Ich muss Asmodeus vertrauen.«

Hades trat zu ihnen. »Ich kehre jetzt in die Unterwelt zurück. Sagt Bescheid, wenn ihr mich braucht.«

»Das machen wir. Danke.«

Hades nickte ihnen zu und verschwand.

Jericho schaute zu, wie die anderen sich daranmachten, die große Halle zu putzen, damit sie wieder so schön wurde wie zuvor. Aber Madocs traurige Augen gingen ihm nach.

Er ließ Delphine los und schaute nach den Oneroi. »Alles klar bei euch?«

Madoc wollte zuerst nicken, doch dann schüttelte er den Kopf. »Meine Brüder fehlen mir. Ich bin noch nie ohne sie hier gewesen und frage mich die ganze Zeit, was D'Alerian tun würde. Was er sagen wird, wenn er wiederkommt.«

Falls er wiederkommt. Aber Delphine hatte ihm beigebracht, nicht so kaltherzig zu sein, den Gedanken laut auszusprechen.

»Ihr macht das hier wirklich großartig.« Delphine kam zu ihnen hinüber und tätschelte Madoc den Arm. »Ehrlich. Niemand könnte das besser, und ich weiß, dass D'Alerian stolz auf euch wäre und auf das, was ihr getan habt, um uns zu beschützen.«

»Danke schön.« Er schaute zu ihr hinunter und lächelte traurig. »Ich habe übrigens mit Zeth über Jerichos Vorschlag gesprochen. Wir hätten dich gern als unseren dritten Anführer.«

Delphine war von seinem Angebot überrascht. »Mich?«

Madoc nickte. »Wenn du nicht wärst, wäre keiner von uns jetzt hier. Du hast Jericho gerettet und geholfen, uns zu befreien. Ohne dich wäre ich noch immer am Boden festgekettet.«

Das war richtig … aber Delphine war nicht daran gewöhnt, irgendwen anzuführen. »Also, ich weiß nicht …«

»Du würdest das großartig hinkriegen«, sagte Jericho mit einer Zuversicht, die sie leider nicht empfand.

Sein Lob motivierte sie, dem Vorschlag zuzustimmen.

»Nun gut, dann werde ich's mal versuchen. Aber wenn ich Mist baue, muss einer von euch mir helfen.«

Madoc lachte. »Wir haben noch mehr Neuerungen.«

»Was denn?«

Madoc schaute zu Zarek hinüber. »Wir haben ab jetzt zwei Generäle: Zarek und Jericho.«

»Ach du liebes Bisschen«, sagte Eros sarkastisch. »Hättet ihr nicht zwei noch mürrischere Leute aussuchen können?«

»Genau deshalb werden die beiden für unsere Armee verantwortlich sein. Die Götter mögen Mitleid haben mit den Ärmsten, die die beiden gegen sich aufbringen, denn Zarek und Jericho werden mit ihnen sicher kein Mitleid haben.«

Zarek räusperte sich. »Du kannst froh sein, dass ich das als Kompliment auffasse, sonst würde ich dir nämlich jetzt die Eingeweide rausreißen.«

Jericho stimmte mit wütendem Blick zu. »Geht mir ganz genauso.«

Delphine lächelte, als Astrid mit einem schreienden Kleinkind erschien. Seine Augen waren so hellblau, dass sie ihn für einen Dream Hunter gehalten hätte, aber er hatte das blonde Haar von Astrid und sah aus wie sein Vater … nur der Bart fehlte.

Mit bekümmertem Gesicht übergab Astrid Zarek das Kind. »Menoeceus schreit nach seinem Vater.«

Zarek starrte sie an. »Bob schreit, weil er will, dass seine Mutter endlich aufhört, ihn mit diesem Scheiß-Namen anzusprechen.« Zarek drückte den kleinen Jungen an sich und wiegte ihn sanft, während das Kind weiter jammerte, und zwar sehr laut. »Alles in Ordnung, Bob. Du bist jetzt bei Papa. Ich rette dich vor dem schlechten Geschmack, den deine Mutter in puncto Vornamen hat. Ich würde auch heulen, wenn meine Mutter mich nach einem Idioten benannt hätte.«

»Menoeceus ist ein großartiger Name«, sagte Astrid empört.

Zarek schnaubte. »Für einen alten Mann vielleicht. Oder für ein Hygieneprodukt für Frauen – aber nicht für meinen Sohn. Das nächsten Mal entscheide ich über den Vornamen unseres Kindes, und es wird garantiert nichts, was so ähnlich klingt wie Meningitis.«

Astrid stemmte wütend die Hände in die Seiten und trat dicht an ihren Mann heran. »Mach nur weiter so, dann kannst du nächstes Mal das Kind auch gleich auf die Welt bringen. Und leg dich nicht mit mir an, Freundchen, denn ich hab da gute Verbindungen. In meiner Welt ist ein schwangerer Mann nicht unmöglich.«

Sie drehte sich um und ging.

»Ich würde das Kind wirklich gern zur Welt bringen, wenn das bedeutet, dass ich ihm dann auch einen normalen Namen geben kann«, rief Zarek ihr hinterher.

»Ja, ja. Das ist die Aussage eines Mannes, der wie ein Zweijähriger jammert, wenn er sich den Zeh angestoßen hat. Dich möchte ich mal sehen, wenn du zehn Stunden in den Wehen liegst.«

»Ich bin kein Weichei!« Zarek warf einen drohenden Blick in die Runde. »Ich kann euch jede Menge Narben zeigen, die das beweisen.«

»Klar, du bist ein echter Kerl«, sagte Eros. »Nicht dass es unmännlich wäre, wenn man über einen angestoßenen Zeh jammert, das mach ich auch.«

Noch immer schrie der kleine Junge, als hätte man ihm das Herz gebrochen.

»Bob«, flüsterte Delphine Jericho lautlos zu. Sie versuchte, nicht zu lachen, denn offenbar war das ein heikles Thema zwischen Zarek und Astrid. Der Name war für den kleinen goldhaarigen Engel genauso unpassend wie die Sanftheit für den wilden Mann, der ihn in den Armen hielt und wiegte.

»Will meine Kuscheldecke«, heulte Bob.

Zarek sah leicht panisch aus. »Die Kuscheldecke …« Er reichte Jericho das Kind. »Da, halt ihn mal eine Sekunde.«

»Ich glaube nicht, dass …« Jericho hielt inne, als Zarek ihm das Kind regelrecht zuwarf. Er hatte gar keine andere Wahl, als ihn aufzufangen.

Er hielt das Kind mit ausgestreckten Armen vor sich, als wüsste er nicht, was er mit ihm anfangen sollte. Er hatte schon seit Jahrhunderten kein Kind mehr auf dem Arm gehabt. Mit aufgerissenen Augen starrte er den kleinen Kerl an, der genauso überrascht worden war wie Jericho. Das Kind war totenstill.

»Da siehst du mal, was du angerichtet hast«, fuhr er Zarek an, »jetzt habe ich ihn kaputtgemacht.«

Delphine lachte. »Du hast ihn nicht kaputtgemacht. Er mag dich!«

Jericho war sich da nicht so sicher. Er schluckte schwer, hielt das Kind ein bisschen näher und versuchte, die wiegenden Bewegungen von Zarek nachzuahmen.

Bob nahm seine kleine Faust aus dem Mund und schlabberte Jericho auf die vernarbte Wange.

Jericho verzog entsetzt das Gesicht. »Oh Gott, ein Schleim-Angriff!«

Bob lachte.

Auch Delphine lachte, reckte sich zu ihm und wischte ihm die Wange trocken. »Das ist kein Schleim, das ist der Kuss eines Babys.«

»Es ist wohl Schleim«, sagte Zarek, als er mit einer hellblauen Decke zurückkehrte, an deren einem Zipfel der Kopf eines Stofflamms war. Er hielt ihn Bob hin. »Hallo, kleiner Bobby«, sagte er mit hoher Stimme. »Ich bin das große böse Lamm und will dich umarmen. Schmatz!« Er ahmte einen Kusslaut nach.

Bob griff nach der Decke, quietschte glücklich und küsste sie.

Delphine war verblüfft, wie liebevoll diese beiden riesigen, kräftigen Männer das winzige Kind verhätschelten.

»Das müssen wir auf YouTube setzen«, sagte Astrid mit einem Zwinkern.

»Allerdings!«

Zarek nahm ihm Bob wieder ab, sodass sein Sohn sich in die Decke kuscheln konnte. Der kleine Kerl drückte sie sich an die Wange und lehnte sich an die Schulter seines Vaters. »Siehst du, er hat nur seine Kuscheldecke gebraucht.« Zarek sah Astrid neckend von oben bis unten an. »Und ich brauche später auch eine Kuscheleinheit.«

Astrid schaute Delphine trocken an. »Irgendwann werde ich ihn mal erwürgen.«

Zarek gab seinem Sohn einen Kuss auf den Kopf und reichte ihn zurück an Astrid. »Wenn du mal wieder einen echten Experten auf dem Gebiet brauchst ...«

»Dann wende ich mich an Jericho.«

Jericho sah entsetzt aus. »Ähm, könntest du damit wenigstens warten, bis er stubenrein ist?«

Zarek lachte. »Tja, weißt du, genauso habe ich mich auch gefühlt. Du hättest mein Gesicht sehen sollen, als Astrid mir gesagt hat, dass sie schwanger ist. Ich hatte tatsächlich einen Augenblick, da dachte ich an Harakiri, aber als der Schock erst mal überwunden war, habe ich mich sehr schnell an die Vorstellung gewöhnt. Du kannst es vielleicht nicht glauben, aber sie wachsen einem wirklich ans Herz, Schleim hin oder her.«

Delphine schlang Jericho die Arme um die Hüften. »Ach, komm schon, Jericho. Hättest du nicht gern eine Miniaturausgabe von dir?«

»Eigentlich nicht, und ich kann mir auch nicht vorstellen, dass du so jemanden wie mich noch mal haben willst.«

Sie schubste ihn spielerisch und ging zu Madoc hinüber.

Zarek und Astrid wandten sich ebenfalls von Jericho ab und kümmerten sich um Bob.

Jetzt war er allein und wandte sich Nike zu. »Wir besorgen dir Hilfe, Nike, das verspreche ich dir.«

Sie zischte nur.

»Komm schon, Asmodeus«, flüsterte er, »lass mich nicht im Stich.«

»Ach, kleiner Bruder, dieser unfähige Dämon ist noch dein geringstes Problem.«

Jericho zuckte zusammen, als er die Stimme von Zelos hinter sich hörte. Er drehte sich um und wollte seinen Bruder begrüßen. Aber im gleichen Augenblick stieß Zelos ihm einen Dolch tief in die Brust, ganz hinein bis zum Heft …

Mitten durch sein Menschenherz.

Jericho schnappte nach Luft und taumelte zurück, direkt in die Arme von Nike.

Kapitel 16

»Nein!«, schrie Delphine. Zelos hatte so rasch auf Jericho eingestochen, dass sie nicht mehr einschreiten konnte. Ihr drohte das Herz zu zerspringen, als sie sah, wie er stürzte und Nike ihn von hinten ergriff. Plötzlich packte sie eine unbegreifliche Wut, die sie weder erklären noch mäßigen konnte.

Sie spürte nur noch eins: Sie wollte Blut sehen.

Zelos' Blut.

Ehe sie begriff, was sie tat, hatte sie ihn schon zu Boden geworfen und schlug seinen Kopf von Wut wie besessen fest auf die Erde.

»Delphine, hör auf, du bringst ihn ja um!«

Durch den Nebel der Wut hindurch erkannte sie die Stimme von Madoc, der versuchte, sie von ihm wegzuzerren. Sie riss die Hand aus Zelos' schwarzem Haar, stand auf und trat ihm mit aller Kraft in die Rippen. »Halt ihn fest. Denn wenn Jericho stirbt, werde ich ihm das Herz aus der Brust reißen und es ihm in den Rachen stopfen.«

Zeth riss die Augen auf. »Wie du ihn gerade fertiggemacht hast, bin ich mir sicher, das würdest du ernsthaft tun.« Er schaute Madoc an. »Bitte erinnere mich daran, dass ich dieser Frau nie in die Quere komme.«

Delphine hörte gar nicht richtig zu, sondern rannte zu Jericho. Deimos hatte ihn von Nike fortgerissen, aber sie hatte es noch geschafft, ihn zu beißen.

Er lag keuchend und zitternd am Boden.

Delphine kniete sich neben ihn und bekam vor lauter Verzweiflung kaum noch Luft. Tränen verschleierten ihren Blick. »Schatz?« Ihr brach die Stimme, als der Schmerz sie überwältigte.

Jericho griff nach ihrer Hand und hielt sie gepackt, während Deimos einen Lappen auf die Wunde in der Brust drückte. »Was sollen wir tun?«, fragte Deimos. »Ich habe noch nie erlebt, dass ein Gott derart blutet.«

»Er hat das Herz eines Menschen … aber er kann wiederbelebt werden. Die Oneroi und die Dolophoni haben ihn jahrhundertelang jede Nacht umgebracht, morgens wurde er dann wieder ins Leben zurückgeholt.«

»Von Zeus«, erinnerte Deimos sie. »Und jetzt sei bitte nicht beleidigt, aber ich glaube nicht, dass der besonders entgegenkommend sein wird, wenn man bedenkt, was wir gerade mit ihm veranstaltet haben.«

Tränen flossen ihr über die Wangen, während sie zuschauen musste, wie Jerichos Gesicht immer bleicher wurde, sein Atem immer flacher ging.

»Verlass mich nicht, Jericho«, flüsterte sie und legte ihm die Hand auf die vernarbte Wange. »Bitte. Ich komme alleine nicht mit den Gefühlen zurecht, die ich für dich habe, ich schaff es nicht. Ich will nicht ohne dich sein, ich brauche dich.«

Jericho zog ihre Hand an die Lippen und küsste sie sanft. »Immer wenn ich gestorben bin, diese ganzen Jahrhunderte lang, wollte ich nie wieder aufwachen. Jede Nacht habe ich gebetet, dass es der letzte Tod sein sollte. Und jetzt …« Er hustete und spuckte Blut.

Delphine schluchzte laut auf und versuchte, ihm zu helfen, damit er nicht an seinem eigenen Blut erstickte. Sie war jetzt auch blutverschmiert, was ihr schmerzhaft klarmachte, dass er starb. Sie zitterte am ganzen Körper, im Wissen, dass sie ihn verlor, und konnte diesen Gedanken nicht ertragen.

Sie *durfte* ihn einfach nicht verlieren!

»Er braucht ein unsterbliches Herz!«, rief sie Madoc zu und schaute ihn über die Schulter hinweg an. Ihr Blick fiel auf seinen Gefangenen.

Sie erstarrte, als sie die Lösung sah, es war, als schlüge ihr eine Faust in den Magen. Das Vorgehen war zwar krass, aber …

Wer wäre besser geeignet, sein Leben zu geben, um Jericho zu retten, als der Verräter? Jerichos Bruder, der ihn hintergangen hatte. Dieser Bruder, der ihn sein ganzes Leben lang gequält hatte. Der selbstsüchtige Gott, der auch jeden anderen betrogen hatte, mit dem er in Kontakt gekommen war.

Zelos.

Über den dahingestreckten Körper von Jericho hinweg traf sich ihr Blick mit dem von Deimos, und sie wusste, dass er genau den gleichen Gedanken hatte.

»Bleib bei ihm.« Deimos stand auf und ging durchs Zimmer.

Delphine strich Jericho das Haar aus dem Gesicht. »Atme, Baby, atme weiter. Halt durch. Wir lassen dich nicht einfach so sterben.«

Jerichos Griff um ihre Hand wurde immer schwächer. »Wenigstens konnte ich eine Zeitlang mit dir zusammen sein.«

»Nein«, fuhr sie ihn an. »Du bist schon seit unserer ersten Begegnung ein sturer Bock. Wag es jetzt ja nicht aufzugeben. Du kämpfst jetzt für mich, hörst du mich?«

Er nickte und verlor noch mehr Blut.

Delphine hörte hinter sich Geräusche eines Kampfes, aber sie drehte sich nicht um. Es war ihr ehrlich gesagt völlig egal. Wer seinem eigenen Bruder so etwas antat, hatte keine Gnade verdient.

Lass ihn sterben.

Deimos kehrte wieder, er hielt das Herz von Zelos in der Hand.

Delphine wand sich bei diesem Anblick vor Entsetzen. Madoc erschien neben ihr, drehte sie zu sich und nahm sie in die Arme, damit sie nicht mitansehen musste, wie Deimos die Herzen austauschte. Sein gleichmäßiger, tiefer Herzschlag half ihr, sich zu konzentrieren, während sie noch immer Jerichos Hand umklammert hielt. Auf keinen Fall würde sie die loslassen.

Nie wieder.

Es schien eine Ewigkeit zu dauern, bis sie hörte, wie Jericho nach Luft schnappte. Sein Griff um ihre Hand wurde kräftiger.

Mit wild klopfendem Herzen machte sich Delphine von Madoc los und sah, wie Jericho sie beide anstarrte.

Er hustete und verzog wütend das Gesicht. »Wenn du dich an meine Freundin ranmachen willst, Madoc, dann solltest du damit wenigstens warten, bis mein Leichnam kalt ist.«

Madoc hob abwehrend die Hände und lachte. »Ich würde mich nie an deine Freundin ranmachen. Du bist der Einzige, der sogar noch aus der Unterwelt zurückkehren würde, um mir dafür den Hals umzudrehen.«

Deimos schaute sie an. »Delphine, du solltest dich jetzt noch einmal wegdrehen. Ich muss diesen Biss ausbrennen, damit er sich nicht entzünden kann.«

Delphine tat wie ihr geheißen und hörte Jericho fluchen, als Deimos den gallu-Biss ausbrannte. Obwohl er dabei fürchterliche Schmerzen litt, umklammerte er ihre Hand nicht so fest, dass er ihr wehgetan hätte.

Sobald Deimos fertig war, rückte sie näher zu Jericho. »Mein armer Liebling«, flüsterte sie und küsste ihn auf die Wange. »Jag mir bloß nie wieder einen solchen Schrecken ein. Ich schwöre, wenn du das noch einmal tust, schlag ich dich grün und blau.«

Jericho nahm sie in die Arme und drückte sie an sich. Er

küsste sie auf den Kopf, und aus dem Augenwinkel sah er die Leiche seines Bruders. Eigentlich hätte er sich schlecht oder schuldig fühlen müssen, aber das tat er nicht. Zelos war schon immer ein eifersüchtiger Mistkerl gewesen, der Jerichos Kindheit unerträglich gemacht hatte.

»Wer hat seine Kräfte bekommen?«

Madoc zeigte auf sich und Zeth. »Wir haben sie uns aufgeteilt.«

Zeth trat auf ihn zu. »Sollen wir die Leiche auf den Müll werfen?«

»Nein, er ist trotz allem immer noch mein Bruder. Bringt die Leiche meiner Mutter, sie soll damit tun, was sie will.«

Deimos schnaubte. »Glaubst du, er wäre dir gegenüber auch so rücksichtsvoll gewesen?«

Jericho richtete sich auf. »Nein. Aber es hat mir jemand beigebracht, menschlicher zu werden«, er warf einen sprechenden Blick auf Delphine.

»Na gut«, sagte Zeth seufzend. »Müssen wir halt noch ein bisschen mehr aufräumen. Vielleicht sollten wir dafür auf Dauer mal jemanden einstellen.«

Madoc stieß ihn spielerisch an. »Die größte Sauerei haben ja deine Leute hier angestellt, ich will also kein Gemecker hören.«

Jared zischte und kam auf sie zu.

Jericho erstarrte. Wer würde jetzt schon wieder angreifen? Verdammt, konnte man denn nicht mal eine Minute Ruhe haben? »Was ist los?«

Jared sah krank und blass aus. »Ich bin zurückbeordert worden und muss gehen. Zephyra mag es gar nicht, wenn ich ihr nicht gehorche.«

Jericho zog seine Schwingen ein und wischte sich die Kleidung ab. »Soll ich mit ihr reden?«

»Das bringt nichts. Sie ist mit ihrer Geduld am Ende. Ich

muss sofort zurück, denn wenn sie nicht bald bekommt, was sie will …«

Er schaute sich mit gequältem Gesicht um, man konnte sehen, dass er sie alle vermissen würde. Er hatte sich schnell daran gewöhnt, dass er nicht gefoltert wurde. »Viel Glück euch allen.« Er senkte den Kopf und verschwand.

Delphine machte ein finsteres Gesicht. »Es tut mir sehr leid für ihn.«

»Mir auch. Ich wünschte, es gäbe eine Möglichkeit, ihn zu befreien.«

Sie seufzte. »Ich bin sicher, das wünscht sich niemand mehr als er selbst.« Sie warf einen Blick auf Nike. »Was meinst du, müssen wir uns Sorgen um Asmodeus machen?«

»Allerdings«, sagte Deimos sarkastisch. »Bei unserem Glück wird er wahrscheinlich gerade jetzt ausgeweidet, während wir uns hier unterhalten.«

Asmodeus krabbelte durch die Halle, durch die normalerweise nur Nagetiere huschten. Er tat sein Bestes, damit niemand ihn sah oder erschnüffelte. Noir und Azura tobten vor Zorn und schlugen auf jeden ein, der ihnen in die Quere kam.

Kein Wunder, dass er hier weggegangen war. Aber das würde ihn nicht retten, wenn sie jetzt zufällig auf ihn stießen. Sie würden ihm die Eingeweide rausreißen und ihn bitterlich für seine Flucht büßen lassen.

»Was machst du da?«

Er fuhr zusammen und hätte fast aufgeschrien, als er die tiefe Stimme aus der Dunkelheit vernahm. »Verdammt, Jaden!«, flüsterte er wütend, »wer hat dich denn losgemacht?«

»Das war Noir selbst. Er hatte Angst, dass mich jemand befreien könnte, während sie mit den Skoti kämpfen. Deswegen bin ich jetzt in die große Halle verbannt, die kein Außenseiter betreten kann.«

Asmodeus verzog das Gesicht, als er sah, was man Jaden angetan hatte. Wie konnte er mit derart geschwollenen Lippen überhaupt sprechen? Aber das Erstaunlichste war, wie perfekt er diese Wunden zu verbergen wusste, wenn die Dämonen da draußen in der Welt ihn heraufbeschworen.

Niemand in der Außenwelt wusste, welche Schrecknisse in der Sphäre der Hölle herrschten.

Jaden beugte sich vor und warf einen Blick in das Zimmer, wo Asmodeus nach einer Spur gesucht hatte. »Der gallu, den du suchst, ist ganz hinten im Zimmer.«

»Ich hasse es, wenn du meine Gedanken liest.«

»Ich weiß. Glaub mir, für mich ist es auch alles andere als ein Privileg. Ich will wirklich nicht wissen, wie verkorkst du bist. Ich hab meine eigenen Probleme.«

»Klar doch. Hast du auch irgendwelche genialen Vorschläge, wie ich an diesen gallu rankommen und ihn umbringen kann, ohne dass er mich vorher beißt? Und wie ich bei der ganzen Aktion nicht erwischt werde?«

»Das ist gar nicht nötig.«

Asmodeus hielt überrascht den Kopf schräg und bekam Angst. Wollte Jaden ihn etwa umbringen? »Was willst du damit sagen?«

Jaden zog ein funkelndes grünes Amulett aus der Tasche. »Bring Jericho das hier, und sag ihm, er soll mei… er soll Jared von seiner Herrin befreien. Dafür kümmere ich mich um deinen gallu.«

Asmodeus war so geplättet, dass er sich nicht rühren konnte. Durfte er wirklich wagen, auch nur zu hoffen, dass sich alles derart einfach erledigen ließ? »Bist du sicher? Kannst du das?«

Jaden nickte und drückte ihm das Amulett in die Hand. »Schwöre mir, dass du es nicht für dich selbst behalten wirst. Denn wenn du das tust, kannst du dich auf was gefasst machen …«

»Ich weiß, schon gut, dann wirst du mir die Eingeweide rausreißen. Keine Sorge, ich werde dich nicht betrügen.«

»Danke.« Jaden wandte sich ab.

»Hey, Jaden?«

Jaden hielt inne und drehte sich wieder zu Asmodeus um.

»Wieso ist es dir so wichtig, dass Jared freikommt?«

»Weil ...« Er sprach den Satz so leise zu Ende, dass Asmodeus nicht sicher war, ob er ihn richtig verstanden hatte. »... er meinetwegen verdammt worden ist. Und jetzt verschwinde, ehe dich noch jemand entdeckt.«

Asmodeus nickte ihm zu und benutzte seine Kräfte, um sich aus dem trostlosen schwarzen Loch zurück in die Halle zu versetzen, wo seine Freunde auf ihn warteten.

Freunde!

Wer hätte je davon träumen können, dass ein Dämon wie er Freunde hatte!

Delphine sprang von ihrem Stuhl hoch, als sie Asmodeus sah. Sie schaute Nike an, aber die Göttin war nach wie vor in ihrer gallu-Gestalt. »Was ist passiert?«

Asmodeus ging auf sie zu. »Jaden hat gesagt, er würde sich um die Sache mit dem gallu kümmern.« Er reichte Jericho die Halskette. »Und er hat mir gesagt, ich soll dir das hier geben, damit du Jared freikaufen kannst.«

Jericho schnappte ungläubig nach Luft und betrachtete das wertvolle antike Stück. »Ist das dein Ernst?«

Asmodeus nickte.

Noch bevor Jericho antworten konnte, hörte er, wie Nike vor Schmerzen aufschrie. Sie fiel auf die Knie und schaukelte vor und zurück. Ein gefangener Skotos verhielt sich genauso.

Als Jericho zum Käfig gerannt kam, blickte Nike zu ihm auf. Ihre Augen waren wieder normal, sie sah verängstigt und verblüfft aus. »Cratus?«

Jericho nickte und spürte, wie Freude ihn überwältigte. Es hatte funktioniert! Er konnte es kaum fassen. Er machte die Käfigtür auf, nahm seine Schwester in die Arme und drückte sie fest an sich. »Geht es dir gut?«

»Ich bin völlig durcheinander. Ich saß eingesperrt in einem Loch, dann kam Zelos mit einem Dämon zu mir. Er war unglaublich wütend und hat mir befohlen mitzukommen, aber ich habe mich geweigert. Ich traue weder Noir noch Azura, und ich werde mein Volk nicht im Stich lassen.« Sie schüttelte den Kopf. »Zelos hat mich als Idiotin beschimpft, dann hat er dem Dämon gesagt, er soll mich beißen.« Sie weinte und lehnte sich an seine Schulter.

Jericho tröstete sie. »Mach dir keine Sorgen, Nike. Zelos ist weg.«

»Wohin … weg?«

»Deimos hat ihn umgebracht.«

Sie schnappte noch Luft, dann wand sie sich. »Ich wünschte, es könnte mir leidtun um ihn, so wie es mir damals um Bia leidgetan hat, als sie gestorben ist. Aber es gibt bei Zelos nicht viel, worum ich trauern könnte. Ich hoffe nur, dass er jetzt, wo er gestorben ist, endlich ein bisschen Frieden findet.«

Erschöpft schaute Nike zur Seite und sah Delphine in der Nähe stehen. Sie kniff gedankenvoll die Augen zusammen und schaute zwischen ihr und Jericho hin und her. »Ich hatte doch recht, was meinen Bruder angeht, oder?«

Delphine lächelte. »Du hattest völlig recht, und ich kann dir gar nicht genug danken.«

Nike warf Jericho einen hinterhältigen Blick zu. »Ich habe so das Gefühl, dass du nicht die Einzige bist, die sich über die Entwicklung freut.«

»Stimmt. Aber mehr sage ich dazu nicht.« Jericho trat von ihr weg. »Wenn die Damen mich jetzt bitte entschuldigen würden, ich muss mich da noch um etwas kümmern.«

In der glatten, dunklen Eingangshalle der Daimons, die er zuvor zusammen mit Tory besucht hatte, zögerte Jericho. Vielleicht sollte er Zephyra das Amulett doch nicht geben?

Jared hatte nachdrücklich betont, dass Zephyra es niemals bekommen dürfe. Aber nach allem, was Jaden und Jared für sie getan hatten, erschien es ihm falsch, Jared in der Sklaverei zu lassen. Er hatte selbst seine Strafe in der Hölle abgesessen, und es fiel ihm außerordentlich schwer, jemanden einer solchen Strafe auszuliefern. Ganz besonders, wenn derjenige es nicht verdient hatte.

»Was willst du hier?«

Bei dem aggressiven Tonfall von Medea blieb er stehen. »Geisterst du immer hier in der Eingangshalle herum?«

»Nein, aber ich spüre, wenn ein Fremder hier ist, und ich kann es nicht leiden, wenn Leute in meine Sphäre kommen, ohne dass man sie eingeladen hat.«

Jericho zuckte nachlässig die Schultern. »Du kannst dich wieder abregen, ich bleibe nicht lang. Ich bin nur gekommen, um mit deiner Mutter zu sprechen.«

»Mum?«, rief sie, ohne sich diesmal die Mühe zu machen, ihn ins Arbeitszimmer zu führen.

Zephyra kam erhitzt und verlegen herein. »Ich habe dir doch gesagt, du sollst mich nicht …« Sie brach ab, als sie Jericho sah. »Was willst *du* denn hier?«

Mehr Verachtung hätte sie nicht in ihre Stimme legen können. Jeder andere hätte sein Ego vom Boden aufkratzen müssen.

»Ich bin hier, um Jared zu holen.«

Zephyra schnaubte höhnisch. »Auf gar keinen Fall. Er ist jetzt wieder da, wo er hinge…« Sie verstummte, als er das Amulett aus der Tasche holte und es in der Luft baumeln ließ, sodass sie es gut sehen konnte.

Mit gierigen Augen griff sie danach.

Jericho zog es weg. »Erst wenn du mir Jared gegeben hast.«

Sie zischte. »Na gut.«

»Außerdem«, sagte er rasch, »musst du mir etwas versprechen.«

Sie schaute ihn an, als wäre er die abstoßendste Kreatur, die ihr je unter die Augen gekommen war. »Bist du wahnsinnig? Du hast Glück, dass du überhaupt noch lebst.«

»Glaub mir, das weiß ich«, sagte er mit einem bitteren Lachen. »Aber ich werde dir nicht die Hilfsmittel an die Hand geben, jemandem zu schaden, der mir geholfen hat. Ich gebe dir diese Kette nur unter der Bedingung, dass du sie niemals gegen Acheron oder seine Mutter einsetzen wirst. Niemals.«

Sie verdrehte die Augen. »Als ob ich so blöd wäre. Bei meinem Glück würde der Zauber bei den beiden sowieso nicht funktionieren, und sie würden mich allein aus gekränkter Eitelkeit umbringen. Jetzt gib das Amulett her!«

Er zog es wieder zurück. »Zuerst will ich Jared.«

»Jared!«, brüllte sie.

Auf der Stelle erschien er neben ihr, das Gesicht verhärmt und angespannt. Als er Jericho sah, kniff er misstrauisch die Augen zusammen. »Was hast du getan, Jericho?«

»Wir tun uns gegenseitig einen Gefallen.«

Zephyra schubste ihn auf Jericho zu. »Ich entlasse dich aus freiem Willen aus meinen Diensten. Verschwinde.«

Jared schüttelte den Kopf und geriet in Panik, als er das Amulett sah. »Das darfst du nicht tun!«

Jericho zögerte. Er wollte auf keinen Fall etwas falsch machen. Aber Jaden hätte ihm das Amulett doch sicher nicht überbringen lassen, wenn sie durch dessen Einsatz alle umkommen würden. »Warum nicht?«

»Weil ich lieber will, dass Jaden es benutzt, damit er freikommt. Bitte!« Seine Stimme klang regelrecht panisch.

»Zu spät.« Zephyra riss Jericho das Amulett aus der Hand. »Und jetzt raus hier, ehe ich euch beide meinen Daimons zum Fraß vorwerfe.«

Jared zuckte zusammen, als sie und Medea verschwanden. Ein Muskel zuckte in seinem Kiefer, als ob er sich zurückhalten müsse, um nicht laut zu fluchen.

Jericho fühlte mit ihm. Es musste schrecklich für Jared sein, dass er jetzt frei war und sich nicht einmal darüber freuen konnte. »Es tut mir leid.«

»Mir auch«, sagte Jared wehmütig.

»Wenigstens bist du jetzt frei.«

Jared spielte an seinem schmalen Sklaven-Halsband herum. »Wohl kaum.«

»Das kann ich dir abnehmen.«

Er schaute Jericho müde an. »Wenn du das tust, dann sterbe ich. Nur die Erste Macht kann mich von meiner Strafe lossprechen.«

»Ich brauche keinen Sklaven, Jared. Du wirst alle Freiheiten haben, die du willst.«

Jared nickte bedrückt.

Merkwürdig, Jericho hätte erwartet, dass er viel glücklicher wäre. Andererseits war seine Freiheit auf Kosten von Jaden zustande gekommen. Weil er nicht wusste, wie die beiden zueinander standen, hatte er keine Ahnung, wie schlimm das für Jared war.

Er seufzte tief auf. »Muss ich mit den anderen auf der Verschwindenden Insel leben?«

»Nein, du kannst leben, wo du willst.«

Jared schien erleichtert, als er das hörte. »Wenn du mich brauchst, dann ruf mich. Ich gehöre dir, in jeder Beziehung, die du wünschst.« Der Unterton war nicht zu überhören. Es war klar, dass andere ihn ausgenutzt hatten und er verbittert war. »Wenn ich mich jetzt entfernen dürfte … Herr?«

»Ich bin nicht dein Herr, Jared. Du kannst mit deinem Leben anfangen, was du möchtest. Ich brauche keinen Sklaven. Aber ich werde dich immer als Freund und Verbündeten willkommen heißen.« Er streckte ihm die Hand hin.

Jared zögerte, als hätte er Angst, sie zu ergreifen. Er schaute Jericho mit ungläubig gerunzelter Stirn an, dann erst schüttelte er ihm endlich die Hand. »Danke schön.«

»Gern geschehen. Jetzt machst du dich besser auf den Weg, ehe Zephyra es sich anders überlegt.«

Jericho wartete, bis Jared sicher unterwegs war, dann kehrte er zurück zu Delphine.

Noir kam in den Kriegsraum gepoltert, er war spürbar zornig. »Wir sind besiegt.«

Azura schaute fassungslos auf. »Von wem?«

»Was glaubst du denn?«

»Jaden«, grinste sie höhnisch. »Dafür lasse ich ihm bei lebendigem Leib die Haut abziehen!«

Noir hatte schon den gleichen Gedanken gehabt. »Wir können nichts mehr dagegen tun. Unsere Skoti sind zu den Oneroi übergelaufen. Zelos ist tot, Madoc hat ihn umgebracht. Nike ist befreit worden und Cratus wieder zum Leben erweckt.«

Azura fluchte laut. Wenn Cratus seine alte Kraft wiederhatte, dann konnte er ihnen Jaden entreißen … schlimmer noch, er könnte Cam und Rezar finden. Das würde das endgültige Aus für sie bedeuten. »Wir müssen Braith finden.« Alles im Universum war Ausgleich.

Ihre Schwester Braith war ihr Ausgleich. Sie war das nötige Gegengewicht, und jetzt brauchten sie sie.

Noir knurrte tief in der Kehle. »Und den Malachai. Wir müssen sichergehen, dass wir ihn entweder umbringen oder ihn auf unsere Seite holen.« Denn er allein konnte alle Götter der Ersten Macht stürzen und auslöschen. Und wenn er deren Kräfte in sich aufnahm, könnte nicht einmal Jared ihn noch aufhalten.

Der Malachai wäre in der Lage, die gesamte Schöpfung zu zerstören, das Universum zu entvölkern und es zurück in seinen ursprünglichen Zustand zu versetzen.

Diese Kräfte brauchte Noir unbedingt! Dann könnte keine Götterwelt und keine Macht ihm widerstehen.

Azura kniff die Augen zusammen. »Auf alle Fälle haben wir noch die gallu. Sie sind jetzt ohnehin wirkungsvoller als die Skoti.«

Er nickte. »Aber das erfordert viel sorgfältige Planung unsererseits. Die Griechen sind einfallsreicher, als ich es ihnen zugetraut hätte.«

»Nein. Cratus ist einfallsreicher. Aber es geht hier nur um eine Schlacht. Den gesamten Krieg werden wir gewinnen.«

Noir nickte ihr zu. »Ja, das werden wir. Und was Jaden angeht …«

Azura lachte. »Er wird ein Unterhändler sein, dem es außerordentlich leidtut, je existiert zu haben.«

»Allerdings, und ich werde inzwischen Spaß mit unseren neuen Freunden haben.«

Sie hob eine Augenbraue. »Welche neuen Freunde?«

»Die Griechen. Es ist an der Zeit, dass sie erfahren, dass wir kein Erbarmen kennen. Außerdem haben wir einen Verbündeten, von dem sie nicht im Entferntesten etwas ahnen.«

Azura lachte. »Das stimmt. Auf ihn würden sie nie im Leben kommen.«

Delphine saß mit Madoc, Zarek und Zeth in einem kleinen Raum. Als er ihre mürrischen Gesichter sah, wusste Jericho gleich, dass während seiner Abwesenheit etwas vorgefallen sein musste.

»Was ist los?«

Zeth schob ihm ein brüchiges Stück Pergament hin. Als er einen Blick daraufwarf, erschienen die Worte von selbst darauf.

»Noir hat uns und den Dark Huntern offiziell den Krieg erklärt. Wenn wir ihm den Malachai übergeben, wird er uns am Leben lassen. Wenn nicht …«

Jericho lachte. »Dann wird er uns das Leben zur Hölle machen.«

»Das ist nicht witzig«, fuhr Zeth ihn an.

Jericho zuckte unerschrocken die Schultern. »Nein, ist es nicht, aber wir wussten ja, dass es so kommen würde.«

Zeth lehnte sich auf seinem Stuhl zurück und verschränkte die Hände hinter dem Kopf. »Wir müssen unbedingt Cam und Rezar auftreiben.«

Jericho stimmte ihm zu. »Und diesen verdammten Malachai trainieren.«

Zarek schnaubte. »Na dann, viel Glück damit!«

»Was soll das heißen?«

»Er ist ein mieser kleiner Kerl. Ich wollte ihn vor Jahren mal umbringen, aber Ash hat es nicht zugelassen. Irgendwann wird er sich vielleicht wünschen, er hätte mich damals nicht zurückgehalten.«

Irgendwann würden sie sich das möglicherweise alle wünschen.

Jericho ging zu Delphine hinüber. »Nun ja, heute Abend können wir sowieso nichts mehr unternehmen. Ich für meinen Teil bin erschöpft. Ich bin bedroht worden, geschlagen, gebissen und umgebracht – und das alles innerhalb der letzten Stunde.«

Delphine schüttelte den Kopf. »Brauchst du jemanden, der dich ins Bett bringt, mein Süßer?«

»Dafür, meine Göttin, würde ich dich ewig anbeten.«

Sie stand lachend auf und folgte ihm zu ihrem Zimmer.

Er schaute sich um. Die weiße Spitze und die ganzen Rüschen – das war eindeutig ihr Zimmer. »Weißt du, dieser Raum ist wirklich sehr mädchenhaft.«

Sie zögerte. »Willst du, dass ich ihn neu einrichte?«

»Nein«, sagte er, ließ seine Kleidung verschwinden und verbarg die Schwingen im Rücken, sodass er ins Bett schlüpfen konnte. »Ich liebe es, dass hier alles nach dir riecht.«

Sie hob einen Zipfel der Decke und roch daran. »Tut es nicht. Ich müffle schließlich nicht.«

Bei ihrem beleidigten Tonfall musste er lächeln. »Dein Geruch liegt hier auf allem, deswegen möchte ich nicht, dass du irgendetwas veränderst. Ich liebe deinen Duft, er beruhigt mich. Und jetzt komm ins Bett, ich möchte dich in die Arme nehmen.«

Sie erstarrte. »Soll das etwa ein Befehl sein?«

»Nein«, sagte er und gähnte müde, »so klingt es, wenn ich um etwas bitte.«

»Da bist du aber ganz schön aus der Übung.«

Er lächelte. »Stimmt.«

Delphine kuschelte sich nackt an seinen Rücken und schlang die Arme um ihn. Sein ganzes Leben lang hatte ihn noch niemand so in den Arm genommen. Fertig wie er war, genoss er die beruhigende, liebevolle Berührung.

»Ich habe Angst, Jericho«, flüsterte sie ihm ins Ohr, »und ich bin nicht daran gewöhnt, mit Angst umzugehen.«

»Ist schon in Ordnung. Ich bin nicht daran gewöhnt, mit Liebe und Vertrauen umzugehen.« Er nahm ihre Hand und küsste ihre makellosen Knöchel. »Dann kann ja der Blinde den Lahmen führen.«

Delphine drückte ihm die Hand. »Solange wir zusammen sind …«

»… wird uns nichts passieren. Du bist alles, was mir wichtig ist, mein Engel, ich würde durch die Hölle gehen, damit ich dein Gesicht berühren kann.«

»Und ich würde durch die Hölle gehen, damit ich dir etwas zu essen bringen kann.«

Jericho lachte. »Das ist gut, denn wenn ich aufwache, werde ich kurz vorm Verhungern sein.«

»Ich kümmere mich darum, dass etwas für dich bereitsteht. Was hättest du denn gerne?«

Er rollte sich herum und zog sie an sich. »Dich nackt in meinem Bett. Das ist alles, was ich je an Nahrung brauchen werde.«

Kapitel 17

Jericho stand auf dem Gipfel des Berges, wo er einst den Sonnenuntergang betrachtet und sich auf seinen Tod vorbereitet hatte. Er erinnerte sich genau an diesen Abend. Der Sonnenuntergang hatte heute die gleiche Farbe wie damals, er sah aus wie ein strahlender Feueropal.

Er hatte sich Zeus um Delphines willen nicht unterworfen. Heute konnte er sich keinen besseren Ort vorstellen, um sich ihr zu erklären, als den hier oben, wo alles angefangen hatte.

Er wandte sich um und sah sie in ein fließendes weißes Gewand gekleidet und mit Blumen im hellen Haar an seiner Seite stehen. Obwohl die Götter und Göttinnen nicht heirateten wie die Menschen, sollte der Festakt etwas Besonderes für sie sein.

»Du hast mir mein Leben zurückgegeben«, sagte er und nahm sie bei der Hand.

Sie küsste seine vernarbten Knöchel. »Das scheint mir nur gerecht, denn ich hätte gar nicht erst gelebt, wenn du damals dein Herz nicht entdeckt und mich verschont hättest.«

Wer hätte je gedacht, dass eine einzige gute Tat ihn auf diesen Lebensweg führen würde?

Dass sie ihn zu Delphine geführt hätte?

Er vermochte seine Gefühle nicht in Worte zu fassen und ließ sich auf ein Knie nieder.

Delphine war verblüfft. Jericho trug seine schwarze Rüstung und blickte mit den verschiedenfarbigen Augen zu ihr auf. Sein weißes Haar war vom Wind leicht zerzaust, und er sah atemberaubend schön aus.

»Ich kann dir nicht viel bieten, Herrin. Aber ich verpflichte mich dir auf ewig.«

Tränen verschleierten ihren Blick. »Das ist nicht wahr, Jericho. Du hast ungeheuer viel zu bieten.«

»Was sollte das sein?«

»Alles, was in meinem Leben gut ist, habe ich dir zu verdanken. Ich schwöre bei deiner Mutter Styx, dass ich dir niemals Schmerz zufügen werde. Ich werde dich niemals verraten.«

»Und ich schwöre bei meiner Mutter, dass du jeden einzelnen Tag merken sollst, wie unglaublich viel du mir bedeutest.«

Delphine lächelte. Sie kniete sich neben ihn. »Gib mir einen Kuss und zeig mir, dass du es ernst meinst.«

Er lachte tief in der Kehle. »Herrin, führ mich zu deinem Bett, dann zeige ich dir, dass ich es ernst meine.«

»Nun, wenn du meinst …« Sie versetzte sie beide zurück in ihr Zimmer, wo sie nackt miteinander im Bett liegen konnten.

Schließlich bedeuteten Schwüre nichts, wenn sie nicht auch besiegelt wurden.

Nike hielt kurz inne, als sie das Arbeitszimmer von Madoc betrat. Der Oneroi war allein und starrte aus dem Fenster aufs Meer.

»Brauchst du irgendwas?«, fragte er, ohne sich umzudrehen.

»Ja. Mir ist eingefallen, dass ich etwas Interessantes gehört habe, als ich in Azmodea war.«

Er drehte sich um und schaute sie an. »Und was hast du gehört?«

»Einer von unseren Göttern liefert Noir Informationen über uns.«

»Dein Bruder Zelos.«

»Nein«, sagte sie im Brustton der Überzeugung. »Ich kenne seine Stimme, er war es nicht. Ich kenne die Stimme, die ich dort gehört habe, aber ich kann sie nicht zuordnen.«

»Woher weißt du dann, dass es einer von uns ist?«

»Weil er den Platz von Zeus einnehmen und Aphrodite zu seiner Frau machen will.«

Madoc runzelte die Stirn. »Aber du kannst dich nicht erinnern, wer es war?«

»Nein, ich versuche es schon die ganze Zeit. Noir hat noch lange nicht aufgegeben, und ich werde das üble Gefühl nicht los, dass sehr bald irgendetwas Schlimmes auf uns zukommen wird.«

Madoc lachte. »Es kommt immer irgendwas Schlimmes auf uns zu.« Er lächelte liebenswürdig. »Mach dir keine Sorgen, Nike. Wir werden auf jeden Fall siegen.«

Bei diesen Worten lief ihr ein Schauer über den Rücken. Madoc verschwieg ihr etwas, das spürte sie genau. »Dann überlasse ich dich deinen Pflichten.«

Madoc schaute ihr nach, als sie ging. Diese Runde hatten sie gewonnen. Die Skoti und Zeth waren in den Schoß der Oneroi-Familie zurückgekehrt. Er war befreit, sie hatten Jared wieder bei sich, und Jericho hatten die Feinde nicht in einen gallu verwandeln können.

Aber genau wie Nike spürte er ein Zerwürfnis und erschauderte. Sie hatten zwar eine neue Ordnung errichtet – aber wie lange hätte sie Bestand?

Zeus und die anderen würden ihre Pläne schmieden, Noir und Azura ebenfalls.

Madoc seufzte und schaute wieder hinaus auf die tobende See. Er hatte keine Zweifel, dass ihnen noch großes Blutvergießen bevorstand, ehe die Wunden heilen konnten. Die Frage war: Wer von ihnen würde überleben – würde überhaupt jemand überleben?

Kapitel 18

Jericho und Delphine blieben an der Ecke St. Ann Street und Royal Street stehen und warteten auf Acheron. Was zum Teufel war nur los?

Es war jetzt seit Tagen gespenstig ruhig, alle warteten angespannt auf den nächsten Angriff von Noir. Sie wussten, dass er kommen musste, er hing über ihnen wie ein Damoklesschwert.

Trotz allem tröstete es Jericho, dass Delphine gewillt war, an seiner Seite zu stehen und jedem Schicksalschlag zu trotzen, der ihnen zustoßen würde.

»Was macht ihr denn hier?«

Er drehte sich um, als er Jareds Stimme hörte, und war überrascht, ihn hier in New Orleans zu sehen. Er sah den Sephiroth zum ersten Mal, seit sie Kalosis verlassen hatten.

»Wir warten auf Ash«, antwortete Delphine. »Die Frage müsste doch eher lauten: Was machst du denn hier?«

Jared wies kurz über seine Schulter nach hinten. »Dämonen-Babysitten.«

Delphine runzelte die Stirn, als sie eine Charonte-Dämonin mit langem schwarzem Haar sah, die wie eine menschliche Gruftie-Frau gekleidet war: kurzer Rock, Corsage, gestreifte Leggings. Neben ihr ging ein anderer Dämon, der aussah wie ein Steampunk. Die Frau wäre fast als Mensch durchgegangen, nur dass sie kleine rote Hörner auf dem Kopf trug.

Das Haar des Dämons war wie das der Dämonin schwarz:

ein Berg von Dreadlocks, in dem eine Schutzbrille vergraben war. Er hatte ein Ziegenbärtchen und trug schwarze fingerlose Handschuhe, die gerade noch aus den Ärmeln seines zu großen Mantels hervorschauten. Am merkwürdigsten war, dass am Gürtel um seine Hüfte auf der einen Seite ein pinkfarbenes Häschen hing und auf der anderen ein mutierter Teddybär.

Die beiden sahen wirklich sehr merkwürdig aus.

Sie aßen ein extragroßes Eis und bummelten an den Schaufenstern entlang wie zwei vollkommen sorglose Studenten. Als er einen Klecks Eis auf die Nase bekam, lachte sie, wischte ihn weg und leckte sich den Finger ab.

»Sollte ich über die beiden genauer Bescheid wissen?«, fragte Delphine.

»Eigentlich nicht. Solange sie keine Touristen oder Städter fressen, ist alles in Ordnung, und ich will mich nicht beschweren.« Jared nickte jemandem hinter ihnen zu. »Da kommt Ash.«

Delphine drehte sich um und sah ihn allein die dunkle Straße hinunterkommen. Er trug einen schwarzen Lederrucksack über der Schulter, sein langer schwarzer Mantel bauschte sich über der schwarzen Jeans und dem »Raised by Bats«-T-Shirt und betonte seine dunkelroten Doc Martens. Delphine war in ihren Mann verliebt und hielt ihn für den bestaussehenden Mann im ganzen Universum … aber Ash hatte etwas an sich, dass Frauen auf ihn aufmerksam wurden.

Er zog eine Taschenuhr heraus und schaute nach der Zeit, als er zu ihnen trat.

»Was machen wir hier?«, fragte Jericho.

Ash steckte die Uhr in die Tasche zurück. »Wir warten.«

Das schien Jericho nicht zu reichen. »Und worauf?«

Ein silbergrauer Jaguar XKR schoss die Straße hinauf und legte sich in die Kurve. Der Fahrer stieg voll auf die Bremse, und das Auto rutschte nur ein paar Meter von ihnen entfernt in eine Parklücke am Straßenrand, hinter einem schwarzen Laster.

Das Manöver war wirklich beeindruckend. Der Wagen stand perfekt in der Parklücke, nur Zentimeter von der Stoßstange des Lasters entfernt. Delphine hätte so nur einparken können, wenn sie ihre Kräfte eingesetzt hätte.

Wie auf ein Stichwort ging die Autotür auf, und ein großer, unerhört gut aussehender dunkelhaariger Mann mit pechschwarzen Augen ließ sich aus dem Auto auf die Straße gleiten. Was Delphine besonders an ihm auffiel, war das Zeichen mit dem doppelten Bogen und dem Pfeil, das er auf der Wange trug.

Das Zeichen eines Dark Hunters.

Als der Mann zu ihnen trat, spürte Delphine die Macht und den Hass, die er in sich hatte. Selten hatte sie so starke Kräfte wahrgenommen. Dieser Mann besaß einige der krassesten Fähigkeiten, die sie jemals irgendwo angetroffen hatte.

Er warf einen Blick auf Acheron, als würde er ihn gerade noch so tolerieren, dann musterte er Jared böse von oben bis unten.

»Wieso bin ich hier, Rex?« Er sprach mit starkem Cajun-Akzent und ließ das letzte Wort ausklingen wie eine mit Widerhaken versehene Beleidigung.

Acheron ignorierte das und sah mit finsterer Miene zum Auto. »Verdammt, Junge, wie faul bist du denn eigentlich? Warum bist du nicht zu Fuß gekommen? Wir sind bloß ein paar Blocks von deiner Wohnung entfernt.«

Der Mann ließ die Schultern in einer beiläufigen, aber irritierenden Weise kreisen, bis die Bewegung zu einem Schulterzucken wurde. »Ich mag mein Auto nun mal.«

Ash verdrehte die Augen. »Jericho, Delphine, ich dachte, ihr wollt vielleicht mal das Arschloch kennenlernen, das ihr zu beschützen helft. Nick Gautier, das sind Jericho und seine Frau Delphine.«

Jericho verschluckte sich fast vor Überraschung. »*Das* ist der Malachai?«

Ash grinste böse. »In seiner ganzen Glorie, mit der er uns auf den Sack geht.«

Nick schaute Ash böse an. »Sind wir jetzt fertig mit der Vorstellung, *Dad*? Darf ich jetzt mit meinen Freunden spielen gehen, wenn ich verspreche, dass ich brav bin? Ich werde auch versuchen, zum Abendläuten pünktlich wieder zu Hause zu sein.«

Ash lachte böse. »Aber sicher doch, mein Sohn. Hier kommen übrigens deine neuen Spielgefährten.«

Delphine drehte sich um, als eine röhrende Hayabusa mit einem Klang, der ganz Kraft und Geschwindigkeit war, die Straße hinuntergedröhnt kam. Sie hielt genau vor dem Laster und parkte ihn zu. Dann kam ein Lamborghini Murciélago, und neben ihm hielt eine weitere Hayabusa Gixxer.

Delphine verschränkte die Arme vor der Brust, als der Fahrer den Helm abnahm und eine unglaublich sexy aussehende Frau mit irre tollem, lockig-braunem Haar zum Vorschein kam. Sie fühlte sich zwar nicht zu Frauen hingezogen, aber sie musste zugeben, dass diese Frau wirklich umwerfend gut aussah. Das Biker-Outfit betonte ihre lange, schmale Gestalt, und ihr Gang besagte, dass sie jedem in den Hintern treten würde, der so dumm war und ihr in den Weg kam.

Nachdem sie den Reißverschluss der Jacke geöffnet hatte und ein blutrotes Tanktop zum Vorschein gekommen war, setzte sie eine dunkle Versace-Sonnenbrille auf.

Der Fahrer des anderen Motorrads war ein Mann mit kurzem, schwarzem Haar und einem schmalen Bart, der so getrimmt war, dass es sie an den Bart von Tony Stark in *Iron Man* erinnerte. Er strotzte vor Muskeln und strahlte eine

Arroganz aus, die besagte, dass er sich von niemandem etwas gefallen ließ. Am linken Ohr trug er eine ganze Reihe kleiner Ringe, und seine Arme waren mit farbigen Tattoos bedeckt.

Den Lamborghini fuhr ein tödlich aussehender Mann mit langem, glattem, blondem Haar, das er zu einem Pferdeschwanz zusammengebunden hatte. Er war noch schlanker als die Brünette, und seine Aura besagte, dass er jeden ausschalten würde, den er als Feind betrachtete.

Delphine war ihr Leben lang in der Nähe von Kriegern und Göttern gewesen, aber sie hatte noch nie etwas gesehen, das dem Auftritt dieser Leute auch nur im Entferntesten ähnlich gewesen wäre. Sie stellten sich als hundert Prozent harte Kerle dar.

Die drei bauten sich nebeneinander auf wie ein Rudel wilder Löwen, das gleich im Dschungel auf Patrouille gehen würde. Nein, nicht auf Patrouille …

Auf Beutezug.

Ash stellte sie einander vor, als sie zu der kleinen Gruppe traten. »Leute, das hier ist Samia, die wildeste Amazonenkriegerin ihres Stammes.«

Die Frau nickte ihnen zur Begrüßung kurz zu.

»Der riesige Kerl hier ist Blade. Er war der blutrünstigste Warlord von Mercia.«

Blade nahm sie nicht im Geringsten zur Kenntnis. Es sah eher aus, als würde er sie nur kurz abchecken, um zu sehen, welche Größe er für ihre Leichensäcke brauchen würde.

Dann wies Ash auf den großen blonden Mann. »Ethon stammt aus dem antiken Athen. Er hat allein gegen eine ganze Gruppe Spartaner gekämpft und sie abgewehrt. Noch tausend Jahre nach seinem Tod war sein Name im antiken Sparta der Inbegriff des Feindes.«

Ethon lächelte sie charmant an. »Alles an einem Tag erledigt. Wen soll ich hier umbringen?«

»Immer mit der Ruhe, mein Junge. Ich habe andere Pläne mit dir.«

Ethon verzog gequält den Mund. »Verdammt, Acheron, jetzt sag nicht, du hättest mich endlich aus der Hölle herausgelassen, und dann darf ich keinen umbringen. Das ist verdammt ungerecht!«

Ash tätschelte ihm den Arm. »Keine Sorge, ich bin sicher, du wirst bald Gelegenheit haben, Leute zu verstümmeln und abzuschlachten.« Er wies mit dem Kinn in Richtung eines weiteren Mannes, der auf sie zukam.

Delphine drehte sich um und holte tief Luft, als ein weiterer Krieger auf sie zutrat. Er war als Asiat ein bisschen kleiner als die anderen, aber genauso unschlagbar und tödlich.

»Raden«, begrüßte Ash ihn, als er zu ihnen trat. »Ein ausgebildeter Shinobi, der nie richtig gelernt hat, wie man von dem Hochgefühl nach einem Blutbad wieder runterkommt.«

»Warum sollte ich auch? Blut schmeckt immer am besten, wenn es noch warm ist.«

Als sie das hörte, zog Delphine eine Augenbraue hoch. So, wie er das sagte und sich dabei die Fangzähne leckte, glaubte sie nicht, dass er Witze machte.

Ash ging nicht auf seinen Kommentar ein. »Tafari, Roman, Cabeza und Kalidas stoßen später zu uns.«

»Roman!« Samia spuckte den Namen regelrecht aus. »Hast du den Verstand verloren?«

Ash warf ihr einen Blick zu, der noch tödlicher war als die ganze versammelte Mannschaft. »Du wirst dich gut mit ihm vertragen und dich von ihm fernhalten, Sam … andernfalls muss ich mir geeignete Maßnahmen für dich überlegen.«

»Beschissener römischer Abschaum.«

Nick stieß einen gelangweilten Seufzer aus und verdrehte die Augen. »Wisst ihr, ich hab hier ein irres Déjà-vu. Und ich bin, ehrlich gesagt, kein bisschen beeindruckt. Sollte ich diese …«

»Still, Nick«, sagte Ash scharf, ehe er seine Beleidigungen aussprechen konnte. »Du bist gerade als härtester Kerl übertrumpft worden. Wenn Dark Hunter Mitbewohner hätten, dann wären es diese hier. Sie sind bekannt als die Hunde des Krieges, denn sie leben vom Krieg und gedeihen auf ihm, sind kaltblütig und intolerant.« Er gab Nick einen Klaps auf den Rücken. »Glückwunsch, Kumpel, das hier sind deine neuen Beschützer. Anders als die anderen Dark Hunter saugen sie einander nicht die Kräfte weg.«

Nick machte ein finsteres Gesicht. »Wie kann das denn sein?«

Blade packte Ethon und versetzte ihm einen Kopfstoß. Wenn ein Dark Hunter einen anderen angriff, spürte er diesen Schlag normalerweise zehn Mal schlimmer als derjenige, der ihn abbekommen hatte. Aber davon war bei Blade keine Spur zu merken. »Der Schmerz ist mein bester Freund.«

Als Antwort versetzte Ethon ihm einen kräftigen Schlag ins Gesicht. Seine Nase schien blutspritzend zu explodieren, aber man konnte ihm ansehen, dass es ihm völlig egal war, dass er sich selbst bei einem Angriff verletzte. Er wischte sich das Blut ab, und Blade tat das Gleiche.

Ash schüttelte seufzend den Kopf. »Es ist nicht so, dass ihre Kräfte nicht weniger würden. Doch sie sind so mächtig, dass es gar nicht auffällt, wenn sie ein bisschen schwächer werden. Bei allen anderen merkt man es eher. Und wie du gerade gesehen hast, haben sie eine ordentlich masochistische Ader, ähnlich wie Zarek.«

Nick war verblüfft. »Und du setzt sieben …«

»Acht«, korrigierte ihn Ash.

Nick fluchte derb. »Acht von denen in New Orleans auf freien Fuß? Bist du verrückt geworden? Wie willst du die denn unter Kontrolle behalten?«

Ash zuckte wegwerfend die Schultern. »Dafür habe ich ja Jericho, Jared und Zarek.«

»Zarek?«, stieß Nick hervor. »Den verrückten Arsch? Den holst du wieder her?«

»Für dich immer noch Herr Verrückter Arsch, du Penner«, sagte Zarek, als er sich hinter Nick materialisierte und ihn am Hals packte. Er drückte so fest zu, dass Nick stöhnte. »Wer ist hier eigentlich der Babysitter für wen?«

Jericho schnaubte. »Es sieht ganz so aus, als wäre ich der Babysitter für euch alle.«

Bei seinem düsteren Tonfall musste Delphine lachen. »Das ist in Ordnung, Süßer. Ich bin sehr gut darin, Wunden zu versorgen.«

Epilog

Knob Creek, Tennessee

Delphine war fürchterlich nervös, als sie die kleine Treppe zu einer Holzhütte hinaufstiegen, die mitten in der Pampa auf dem Gipfel eines riesigen Berges lag. Es war kalt, und alles war verschneit, die Landschaft war atemberaubend schön.

Trotzdem beruhigte sie der Anblick nicht. »Vielleicht hätten wir uns doch telefonisch anmelden sollen.«

Jericho ließ tief in der Kehle einen tadelnden Ton hören. »Das meinst du ja wohl nicht ernst. Du hast die letzten beiden Wochen von nichts anderem geredet als von diesem Besuch.«

»Ja, aber wie soll ich mich denn vorstellen? Was ist, wenn sie sich nicht mehr an mich erinnert?«

Er verdrehte die Augen. »Du bist ihre Tochter, Delphine. Glaub mir, sie könnte dich niemals vergessen.«

Das mochte ja sein – aber ihre Mutter hielt sie für tot. Vielleicht hatte sie sie völlig aus ihrem Gedächtnis verdrängt und hatte einfach weitergelebt. »Und was ist, wenn …«

Er hob sie kurzerhand hoch und trug sie weiter.

»Jericho!«, fuhr sie ihn an, voller Angst, er könnte auf dem Schnee und den Steinen ausrutschen und sie beide verletzen. »Lass mich sofort runter. So will ich ihr nicht gegenübertreten.«

Er schaute sie ernst an, dann gehorchte er und setzte sie direkt vor der roten Holztür ab.

Delphine versuchte noch immer, sich an ihre Gefühle zu gewöhnen, die jetzt völlig aus dem Gleichgewicht geraten waren. Sie hatte Angst und war zugleich glücklich, sie war sowohl besorgt als auch nervös.

Nichts davon fühlte sich wirklich gut an.

Aber Jericho hatte recht. Sobald sie sich an den Gedanken gewöhnt hatte, dass ihre Mutter noch am Leben war, war sie regelrecht davon besessen gewesen, sie zu treffen.

Doch jetzt, wo sie hier stand, kurz vor dem Ziel, war es nicht so leicht, wie sie gedacht hatte.

»Ich bin bei dir, Baby«, sagte Jericho sanft und legte ihr beruhigend die Hand auf die Schulter. »Und jetzt klopf an.«

»Gut.« Sie holte lange und tief Luft.

Dann ballte sie die Fäuste und starrte auf die Tür, die irgendwie einschüchternd aussah … auf eine einladende Art. Sie hatte gegen Götter und Dämonen gekämpft, gegen Daimons und gallu. Warum fiel ihr das hier bloß so verdammt schwer?

Klopf einfach an.

Delphine hob eine zitternde Hand und klopfte leise. Dann wandte sie sich zu Jericho und zuckte die Schultern. »Tja, ist wohl niemand zu Hause. Versuchen wir's einfach später noch mal.«

Sie wandte sich ab, aber Jericho zog sie zurück zur Tür. Mit strengem Blick legte er den Arm um sie und klopfte so laut, dass die Tür in den Angeln bebte.

»Ich hasse dich«, zischte sie.

»Du liebst mich«, sagte er und lächelte sie liebevoll an. »Sogar dann, wenn ich dich aufrege.«

Sie wollte ihn gerade berichtigen, da hörte sie, wie jemand von innen die Tür aufschloss. Ihr Herz hämmerte wild vor Furcht und Erwartung.

Die Tür ging auf, und auf der Schwelle stand eine Frau, die

fast genauso aussah wie sie selbst, nur dass sie schwarzes Haar und lebhafte blaue Augen hatte.

Sie trug einen weißen Pullover und Jeans und starrte Delphine an, als wäre sie ein Geist. Ihr Atem wurde schneller. »Ist das hier ein schlechter Scherz?«

Ihr Blick wanderte von Delphine zu Jericho, sie kniff voller Hass die Augen zusammen und brüllte ihn wütend an. »Du Dreckskerl! Hast du mir nicht schon genug angetan?«

Delphine hielt sie zurück, als sie sich auf Jericho stürzen wollte. »Mom?«

Ihre Mutter wehrte sich, bis dieses eine Wort zu ihr durchgedrungen war. Tränen schossen ihr in die blauen Augen, sie trat zurück und schaute Delphine erneut an. »Iole?«, flüsterte sie ungläubig. »Bist du es wirklich? Wie ist das möglich?«

Delphine nickte schluchzend. »Ich bin es, Mom. Cratus hat mich nicht getötet, wie Zeus befohlen hatte. Er hat mich versteckt und mich in Sicherheit gebracht.«

Leta umarmte sie so fest, dass sie kaum noch Luft bekam, aber das war Delphine egal.

Das hier war ihre Mutter. Ihre leibliche Mutter. Sie lebte, und sie stand direkt vor ihr … und sie erinnerte sich an ihre Tochter!

Es war eigentlich dumm, doch sie hatte ernsthaft Angst gehabt, ihre Mutter würde sie zurückweisen. Oder sie hätte sie vergessen.

»Ich habe dich so sehr geliebt«, schluchzte Leta und strich ihr übers Haar. »Und ich hasse alle, die für deinen Tod verantwortlich sind, schon so lange. Es gibt keinen Tag, an dem ich nicht an dich gedacht und mich gefragt habe, was wohl aus dir geworden wäre, wenn du überlebt hättest.« Sie küsste Delphine erneut aufs Haar und auf die Wangen. Dann schüttelte sie den Kopf und nahm ihr Gesicht zwischen die Hände.

Ihre blauen Augen strahlten voller Stolz. »Schau dich nur an! Du hast die wunderbaren Augen deines Vaters geerbt. Du bist ja so groß geworden!«

Delphine lachte durch ihre Tränen hindurch. »Du siehst aus wie meine Schwester.«

Auch Leta lachte, doch als ihr Blick wieder auf Jericho fiel, wurde er vorwurfsvoll. »Warum hast du mir nicht gesagt, dass sie lebt? Wie konntest du mir das verschweigen?«

»Zeus hat ihn gnadenlos gestraft«, erklärte Delphine.

Jericho schaute Leta ruhig ins Gesicht. Sie sollte wissen, dass er ihr diesen Schmerz nicht vorsätzlich zugefügt hatte. »Wenn es eine Möglichkeit gegeben hätte, dich zu benachrichtigen, dann hätte ich es getan, das schwöre ich. Aber wenn er gewusst hätte, dass Delphine noch lebt, dann hätte Zeus sie umgebracht.«

Leta streckte die Hand aus und strich ihm über die vernarbte Wange. »Stammt das …«

»Von dem Tag, als ich sie gerettet habe? Ja.«

Leta weinte, nahm ihn in die Arme und küsste seine Wange. »Danke, Cratus. Danke, dass du mein Kind gerettet und zu mir zurückgebracht hast.«

Delphine sah, dass seine Augen feucht wurden. »Glaub mir, ich bin derjenige, der dankbar sein muss.«

Leta machte sich stirnrunzelnd von ihm los. »Was meinst du damit?«

Delphine schniefte und ergriff Jericho bei der Hand. »Er ist mein Mann, Mutter.«

»Du bist verheiratet?« Leta umarmte jetzt wieder Delphine. »Das ist ja … das ist … einfach wunderbar!«

»Leta? Ist alles in Ordnung?«

Delphine wischte sich die Tränen ab, als ein großer blonder Mann durch die Türe trat. Sie war völlig verblüfft, da sie ihn kannte.

Aidan O'Conner, der berühmte Schauspieler. Sie war ihm in den Träumen unzähliger Frauen begegnet.

Wie merkwürdig!

Doch am meisten schockierte sie, dass Aidan ein Kind auf dem Arm trug. Es hatte schwarzes Haar und trug ein pinkfarbenes Kleidchen.

Lachend nahm Leta ihm das kleine Mädchen ab und drückte es an sich. »Es könnte mir gar nicht besser gehen, Aidan.«

»Warum weinst du denn dann und stehst hier draußen in der Eiseskälte ohne Jacke herum?«

Sie küsste ihn auf die Wange und drehte sich wieder zu Delphine um. »Kari, das hier ist deine große Schwester Iole.«

Delphine lachte, als die Kleine ihr zuwinkte und einen schüchternen, leisen Gruß sagte.

»Ich habe eine Schwester?«, fragte sie glücklich.

»Ich habe noch eine Tochter?« Aidan schnappte nach Luft.

Leta nickte. »Aidan, das hier ist Cratus …«

»Jericho«, korrigierte er sie.

Leta schaute ihn verwirrt an. »Jericho?«

Er nickte. »Cratus ist schon lange tot.«

Sie nickte verständnisvoll. »Jericho hat mein Kind vor Dolor gerettet, als er uns angegriffen hat, er hat sie aufgezogen.

»Das stimmt nicht ganz«, unterbrach er sie nervös lachend. »Ich habe sie einem Menschenpaar gegeben, das sie aufgezogen hat, sonst wäre die Geschichte wirklich ein bisschen gruselig.«

Delphine schüttelte den Kopf über ihn und seine Paranoia. »Ich heiße jetzt Delphine.«

Leta schaute sie überrascht an.

Jericho zuckte hilflos die Schultern. »Ich wusste nicht, wie sie hieß, und du bist in dieser Nacht auch nicht unbedingt hilfreich gewesen. Nicht dass ich dir das übel nehmen würde.

Ich habe den Menschen das Kind übergeben und bin rasch zurückgekehrt, damit niemandem auffiel, was ich mit ihr gemacht hatte. Dann haben die Menschen ihr einen eigenen Namen gegeben. Tut mir leid.«

Leta winkte ab. »Du sollst dich nie für das entschuldigen, was du getan hast. Ich würde nie hinterfragen, was du in jener Nacht getan hast.« Sie strich dem Kind über den Rücken, als es nieste. »Aber Aidan hat recht. Es ist wirklich kalt hier draußen, und drinnen brennt ein schönes Feuer. Bitte kommt herein.«

Jericho folgte ihnen in eine urige Hütte, die in Dunkelblau und Grüntönen eingerichtet war. Der Bergblick aus den Panoramafenstern war unglaublich beeindruckend. »Wirklich schön habt ihr's hier.«

»Danke«, sagte Aidan.

Leta setzte Kari am Couchtisch ab, wo ihre Spielsachen lagen. »Kann ich euch etwas zu trinken anbieten?«

»Nein, danke.« Delphine setzte sich auf die Couch.

Ihre Mutter setzte sich neben sie, ihre kleine Schwester ließ das Spielzeug liegen und patschte Delphine auf die Knie. Entzückt hob sie sie hoch und nahm sie auf den Schoß, sodass sie sie knuddeln konnte.

Aidan und Jericho hielten sich zurück und blieben stehen wie echte Kerle. »Wann habt ihr beiden denn geheiratet?«

Jericho zuckte die Schultern. »Vor ein paar Wochen.«

Aidan runzelte die Stirn. »Ich wünschte, wir hätten es gewusst. Wir wären gerne gekommen.«

Leta lächelte ihn an. »So läuft das aber bei den Göttern nicht, Liebling. Man erklärt sich einfach für verheiratet, und dann ist man es.«

»Irgendwie langweilig, oder?«

Jericho schüttelte den Kopf. »Mag sein, aber in der Ehe geht es mehr um die Bindung als um die Feier.«

»Nein«, sagte Leta und umarmte Delphine und Kari gleichzeitig. »In einer Ehe geht es mehr um die Liebe als um alles andere.«

Delphine schaute hinauf zu Jericho und lächelte. Ihre Mutter hatte recht. Sie war dankbar, dass sie in ihrem Leben Familie hatte: sowohl diejenigen, mit denen sie blutsverwandt war, als auch diejenigen, die sie sich als Familie ausgesucht hatte.

Auf der Verschwindenden Insel

Madoc saß allein in seinem Arbeitszimmer und betrachtete die Szene, die sich zwischen Delphine und ihrer Familie abspielte. Ja, er spionierte sie aus, aber sie hatte so viel von ihrer Mutter geredet, und er hatte sich Sorgen gemacht, die Sache könnte schlecht ausgehen. Zum Glück war sie gut ausgegangen.

Leta war immer gutherzig und liebevoll gewesen. Manchmal sogar zu sehr.

In Wahrheit beneidete Madoc Leta um ihr Glück. Es hatte eine Zeit gegeben, da hatte auch er diese Art von häuslichem Glück ersehnt, aber seither war viel zu viel passiert, was ihn verändert hatte.

Jetzt hatte er wichtigere Angelegenheiten, um die er sich kümmern musste.

Der Wind drehte sich, die Wolken ballten sich zusammen und sammelten ihre Kräfte, bald würde das Unwetter losbrechen.

Hinter sich spürte er plötzlich einen Luftzug.

Es war Jared.

Madoc warf ihm über die Schulter hinweg einen Blick zu. »Was machst du denn hier?«

»Ich helfe dabei, den neuen Malachai zu trainieren, und ich wollte nur etwas fragen.«

»Was denn?«

»Weiß außer mir noch jemand, dass du mit ihm verwandt bist?«

Aufregend, sexy und gnadenlos fantasievoll.

256 Seiten. ISBN 978-3-7341-6086-8

Während sich die Welt nichtsahnend weiterdreht, plant Stryker, der Anführer einer gigantischen Armee von Dämonen und Vampiren, wie besessen eine vernichtende Schlacht gegen seine Feinde – zu denen die gesamte Menschheit sowie die Dark Hunter zählen. Denn sie macht er verantwortlich für den Tod seiner Schwester. Aber Strykers Plan droht zu scheitern, als sein ältester Widersacher auftaucht – seine ehemalige Gefährtin Zephyra. Plötzlich flammt sein jahrhundertealter Krieg gegen Zephyra wieder auf, und es kommt zu einer Verbindung, die er selbst niemals für möglich gehalten hätte …

Lesen Sie mehr unter: **www.blanvalet.de**